GUILLAUME MUSSO

Guillaume Musso est l'auteur français le plus lu, traduit en 36 langues et adapté au cinéma.

Passionné de littérature depuis l'enfance, il commence à écrire alors qu'il est étudiant. Paru en 2004, son roman *Et après...* est vendu à plus de deux millions d'exemplaires. Cette incroyable rencontre avec les lecteurs, confirmée par l'immense succès de tous ses romans ultérieurs, *Sauve-moi, Seras-tu là ?, Parce que je t'aime, Je reviens te chercher, Que serais-je sans toi ?, La Fille de papier* et *L'Appel de l'ange*, fait de lui un des auteurs français favoris du grand public.

Son dernier roman, *7 ans après...,* a paru chez XO Éditions en 2012.

Retrouvez toute l'actualité de l'auteur sur :
www.guillaumemusso.com

7 ANS APRÈS...

GUILLAUME MUSSO

7 ANS APRÈS…

ROMAN

XO ÉDITIONS

© XO Éditions, 2012
ISBN : 978-2-266-23906-6

Première partie

A rooftop in Brooklyn

« Pour rouler au hasard, il faut être seul.
Dès qu'on est deux, on va toujours quelque part. »

Alfred HITCHCOCK, *Vertigo*

1

Pelotonnée sous sa couette, Camille observait du fond de son lit le merle posé sur le rebord de la fenêtre. Le vent d'automne bruissait à travers la vitre, le soleil jouait entre les feuillages, projetant ses reflets mordorés sur les parois de la verrière. S'il avait plu toute la nuit, le ciel brillait à présent d'un bleu limpide qui annonçait une belle journée d'octobre.

Couché au pied du lit, un golden retriever à poil crème leva la tête en pointant le bout de sa truffe.

— Viens, mon Buck, viens, mon beau ! l'invita Camille en tapotant son oreiller.

Le chien ne se le fit pas répéter. D'un bond, il rejoignit sa maîtresse pour recevoir son lot de câlineries matinales. L'adolescente le cajola, caressant la tête ronde et les oreilles tombantes de l'animal avant de se faire violence :

Secoue-toi, ma vieille !

Elle s'extirpa à regret des profondeurs tièdes de son lit. En deux temps, trois mouvements, elle enfila un survêtement, chaussa ses baskets, noua en un chignon lâche ses cheveux blonds.

— Allez, Buck, bouge-toi, mon gros, on va courir ! lança-t-elle en s'engageant à toute allure dans l'escalier qui menait au salon.

Organisés autour d'un vaste atrium, les trois étages de la maison baignaient dans la lumière naturelle. L'élégante *townhouse* en pierre brune appartenait à la famille Larabee depuis trois générations.

C'était un triplex à l'intérieur moderne et dépouillé, aux pièces largement ouvertes, aux murs ornés de peintures des années 1920 signées Marc Chagall, Tamara de Lempicka et Georges Braque. Malgré les toiles, le côté minimaliste de la décoration rappelait davantage les résidences de Soho et de TriBeCa que celles du très conservateur Upper East Side.

— Papa ? Tu es là ? demanda Camille en arrivant dans la cuisine.

Elle se servit un verre d'eau fraîche en regardant autour d'elle. Son père avait déjà pris son petit déjeuner. Sur le comptoir laqué, une tasse à moitié vide et un reste de bagel voisinaient avec le *Wall Street Journal*, que Sebastian Larabee feuilletait chaque matin en buvant son café, et un exemplaire du *Strad*[1].

En tendant l'oreille, Camille perçut le bruit de la douche à l'étage. Apparemment, son père était encore dans la salle de bains.

— Hé !

Elle donna une petite tape à Buck et claqua la porte du réfrigérateur pour empêcher son chien d'attraper les restes d'un poulet rôti.

— Tu mangeras plus tard, espèce de goinfre !

Écouteurs sur les oreilles, elle sortit de la maison et remonta la rue à petites foulées.

La demeure des Larabee était située entre Madison et Park Avenue, à hauteur de la 74e, dans une jolie traverse bordée d'arbres. Malgré l'heure matinale, le quartier était déjà animé. Les taxis et les limousines défilaient devant les hôtels particuliers et les immeubles chics. Sanglés dans leurs uniformes, les concierges redoublaient de zèle dans un ballet étourdissant, hélant les *yellow cabs*, ouvrant les portières, chargeant les bagages dans les coffres.

Camille rejoignit la 5e Avenue en trottinant et remonta Millionaire's Mile, l'allée des milliardaires qui, le long de Central Park, voyait se succéder

1. Magazine spécialisé dans l'actualité des instruments à cordes.

11

les plus prestigieux musées de la ville : le Met, le Guggenheim, la Neue Galerie…

— Allez, mon beau, l'effort avant le réconfort ! lança-t-elle à Buck en accélérant sa course pour s'engager sur la piste de jogging.

Dès qu'il fut certain que sa fille avait quitté la maison, Sebastian Larabee sortit de la salle de bains. Il pénétra dans la chambre de Camille pour son inspection hebdomadaire. Il l'avait mise en place lorsque sa fille était entrée dans la pré-adolescence.

Œil sombre et sourcils froncés, il avait sa tête des mauvais jours car, depuis plusieurs semaines, il sentait Camille plus secrète, moins concernée par ses études et la pratique du violon.

Sebastian balaya la pièce du regard : une vaste chambre d'adolescente aux tonalités pastel dont se dégageait une atmosphère apaisante et poétique. Aux fenêtres, des rideaux vaporeux scintillaient sous les rayons du soleil. Sur le grand lit, des oreillers colorés et une couette roulée en boule. Machinalement, Sebastian repoussa la couette et s'assit sur le matelas.

Il s'empara du Smartphone qui traînait sur la table de nuit. Sans états d'âme, il entra les quatre chiffres du code secret qu'il avait saisi à la dérobée, un jour où sa fille téléphonait devant lui sans se méfier. L'appareil se débloqua. Sebastian sentit une poussée d'adrénaline l'envahir.

Chaque fois qu'il s'aventurait dans la vie intime de Camille, il appréhendait ce qu'il pourrait découvrir.

Rien à ce jour et pourtant il continuait…

Il scruta les derniers appels passés et reçus. Il connaissait tous les numéros : ceux des copines du lycée St. Jean Baptiste, de sa professeure de violon, de sa partenaire de tennis…

Pas de garçon. Pas d'intrus. Pas de menace. Soulagement !

Il fit défiler les photos récemment enregistrées. Rien de bien méchant. Des clichés pris lors de la fête d'anniversaire de la petite McKenzie, la fille du maire, avec qui Camille allait à l'école. Pour ne rien laisser au hasard, il zooma sur les bouteilles pour s'assurer qu'elles ne contenaient pas d'alcool. C'était du Coca et des jus de fruits.

Il poursuivit ses investigations par l'étude des mails, des SMS, ainsi que par l'historique de la navigation Web et de la messagerie instantanée. Là encore, tous les contacts étaient bien identifiés et le contenu des conversations ne portait pas à conséquence.

Son angoisse descendit d'un cran.

Il reposa le téléphone, puis examina les objets et les papiers posés sur le bureau. Un ordinateur portable était bien en vue, mais Sebastian s'en désintéressa.

Six mois auparavant, il avait installé un *keylogger* sur l'ordinateur de sa fille. Un logiciel espion qui lui permettait de recevoir un compte rendu exhaustif des sites fréquentés par Camille, ainsi qu'une retranscription de ses courriers électroniques et de ses conversations en « tchat ». Bien entendu, personne n'était au courant de cette démarche. Les bons esprits le condamneraient à coup sûr, le faisant passer pour un père abusif. Mais Sebastian n'en avait cure. Son rôle de père était d'anticiper et d'éloigner les dangers potentiels que pouvait courir sa fille. Et dans ce cas-là, la fin justifiait les moyens.

Craignant un retour précipité de Camille, il jeta un coup d'œil par la fenêtre avant de reprendre ses recherches. Il contourna la tête de lit qui servait de séparation entre la chambre et le dressing. Là, il ouvrit méthodiquement les placards, souleva chaque pile de vêtements, fit la moue devant le mannequin de bois sur lequel reposait une robe bustier qu'il trouva beaucoup trop glamour pour une gamine de son âge.

Il fit glisser la porte du placard à chaussures et

découvrit une nouvelle paire : des Stuart Weitzman en cuir verni à talons hauts. Il regarda avec inquiétude les escarpins, symbole douloureux pour lui de la volonté de sa fille de s'extirper trop tôt de sa chrysalide.

En colère, il les reposa sur la planchette, avant de remarquer un élégant sac de shopping rose et noir, orné du logo d'une célèbre enseigne de lingerie. Il l'ouvrit avec appréhension et découvrit un ensemble en satin composé d'un soutien-gorge à balconnet et d'une culotte en dentelle.

Cette fois, c'en est trop ! fulmina-t-il en balançant le sac au fond du placard. Dans un mouvement d'humeur, il claqua la porte de la penderie, prêt à rejoindre Camille pour lui dire son fait. Puis, sans trop savoir pourquoi, il poussa la porte de la salle de bains. En passant au crible le contenu de la trousse de toilette, il en extirpa une plaquette de comprimés. Une série de numéros indiquait l'ordre de prise de chaque cachet. Une des deux rangées de capsules était déjà entamée. Sebastian sentit ses mains trembler. Sa colère se changea en panique au fur et à mesure que l'évidence s'imposait à lui : sa fille de quinze ans prenait la pilule.

2

— Allez, mon Buck, on rentre à la maison !

Après deux tours de piste, le golden retriever commençait à tirer la langue. Il mourait d'envie de s'ébrouer dans l'immense plan d'eau qui se trouvait derrière le grillage. Camille accéléra et termina au sprint ses dernières foulées. Trois matins par semaine, pour garder la forme, elle venait courir ici, au cœur de Central Park, sur la boucle de deux kilomètres et demi qui longeait le Reservoir.

Une fois le parcours terminé, elle reprit son souffle, les mains sur les hanches, puis repartit vers Madison en se frayant un chemin au milieu des cyclistes, des rollers et des poussettes.

— Y a quelqu'un ? demanda-t-elle en ouvrant la porte de la maison.

Sans attendre la réponse, elle monta les marches trois par trois pour regagner sa chambre.

Faut que je me grouille ou je vais être en retard ! pesta-t-elle en passant sous la douche. Après s'être savonnée, séchée et parfumée, elle s'arrêta devant son dressing pour choisir une tenue.

Le moment le plus important de la journée...

Son lycée, le St. Jean Baptiste High School, était un établissement catholique pour filles. Une école d'élite accueillant la jeunesse dorée new-yorkaise. Une institution régie par des règles strictes qui imposaient le port d'un uniforme : jupe plissée, blazer à écusson, chemise blanche, serre-tête.

Une rigueur chic et austère qui autorisait heureusement le choix de quelques accessoires plus audacieux. Camille noua autour de son cou une cravate lavallière, appliqua avec son doigt un soupçon de rouge couleur framboise sur ses lèvres.

Elle peaufina son allure d'écolière *preppy* en empoignant le *it bag* rose vif qu'elle avait reçu pour son anniversaire.

— Bonjour, papa ! lança-t-elle en s'asseyant autour de l'îlot central de la cuisine.

Son père ne répondit pas. Camille le détailla. Il avait de l'allure dans son costume sombre coupé à l'italienne. C'était elle d'ailleurs qui lui avait conseillé ce modèle : une veste aux épaules basses et à la taille cintrée qui tombait impeccablement.

L'air soucieux, les yeux dans le vague, il se tenait immobile devant la baie vitrée.

— Ça va ? s'inquiéta Camille. Tu veux que je te prépare un autre café ?

— Non.

— Tant pis… conclut-elle d'un ton léger.

Une bonne odeur de toasts grillés flottait dans la pièce. L'adolescente se servit un verre de jus d'orange, déplia sa serviette d'où tomba… sa plaquette de pilules.

— Tu… tu peux m'expliquer ? demanda-t-elle d'une voix tremblante.

— C'est à toi de m'expliquer ! gronda son père.

— Tu as fouillé dans mes affaires ! s'indigna-t-elle.

— Ne change pas de sujet, tu veux bien ! Que fait ce contraceptif dans ta trousse de toilette ?

— Ça, c'est ma vie privée ! protesta-t-elle.

— On n'a pas de vie privée à quinze ans.

— Tu n'as pas le droit de m'espionner !

Sebastian s'avança vers elle en pointant un index menaçant.

— Je suis ton père : j'ai tous les droits !

— Mais lâche-moi un peu ! Tu contrôles tout : mes amis, mes sorties, mon courrier, les films que je vais voir, les livres que je lis…

— Écoute, je t'élève seul depuis sept ans et…

— Parce que tu l'as bien voulu !

Excédé, il abattit son poing sur la table.

— Réponds à ma question : tu couches avec qui ?

— Ça ne te regarde pas ! Je n'ai pas à te demander l'autorisation ! Ce n'est pas ta vie ! Je ne suis plus une enfant !

— Tu es trop jeune pour avoir des relations sexuelles. C'est de l'inconscience ! Qu'est-ce que tu cherches ? À saborder ta vie à quelques jours seulement du concours Tchaïkovski ?

— J'en ai marre du violon ! Et d'ailleurs, j'en ai marre de ce concours ! Je ne m'y présenterai jamais ! Voilà, c'est tout ce que tu as gagné.

— Ben voyons ! C'est tellement plus facile ! En ce moment, tu devrais jouer dix heures par jour pour avoir une petite chance de briller. Au lieu de quoi, tu t'achètes de la lingerie de bimbo et des chaussures qui doivent coûter l'équivalent du PIB du Burundi.

— Arrête de me harceler ! cria-t-elle.

— Et toi, arrête de te fringuer comme une pute ! On dirait… on dirait ta mère ! hurla-t-il en perdant complètement son calme.

Stupéfaite par la violence du propos, elle contre-attaqua :

— Tu es un sale malade !

Ce fut le mot de trop. Hors de lui, il leva le bras et lui assena une gifle magistrale qui la déséquilibra. Le tabouret sur lequel elle s'appuyait vacilla et tomba sur le sol.

Sidérée, Camille se releva et se tint quelques instants immobile, encore sonnée par ce qui venait de se passer. Reprenant ses esprits, elle attrapa son sac, bien décidée à ne pas rester une seconde de plus en présence de son père. Sebastian essaya de la retenir, mais elle le repoussa et sortit de la maison sans même refermer la porte derrière elle.

3

Le coupé aux vitres teintées s'engagea sur Lexington et rejoignit la 73ᵉ Rue. Sebastian baissa son pare-soleil pour éviter l'éblouissement. Il faisait particulièrement beau en cet automne 2012. Encore sous le choc de son altercation avec Camille, il se sentait désemparé. C'était la première fois qu'il levait la main sur elle. Conscient de l'humiliation qu'elle avait dû éprouver, il regrettait profondément cette gifle, mais la violence de son geste était proportionnelle à sa déception.

Le fait que sa fille puisse avoir une vie sexuelle l'anéantissait. C'était trop tôt ! Cela remettait en question les projets précis qu'il avait pour elle. Le violon, les études, les différentes professions à envisager : tout était planifié, réglé comme du papier à musique, il ne pouvait y avoir de place pour autre chose…

Cherchant à s'apaiser, il inspira profondément et regarda à travers la vitre, trouvant du réconfort dans le spectacle de l'automne. En cette matinée venteuse, les trottoirs de l'Upper East Side étaient tapissés de feuilles aux couleurs flamboyantes. Sebastian était attaché à ce quartier aristocratique et intemporel qui abritait la haute société new-yorkaise. Dans cette enclave au confort feutré, tout était sobre et rassurant. Une bulle préservée du tumulte et de l'agitation.

Il déboucha sur la 5e Avenue et descendit vers le sud en longeant Central Park tout en continuant ses ruminations. Sans doute était-il un peu possessif, mais n'était-ce pas une façon – certes maladroite – d'exprimer son amour à sa fille ? Peut-être pourrait-il essayer de trouver un juste équilibre entre son devoir de la protéger et le désir d'autonomie qu'elle manifestait ? Pendant quelques secondes, il voulut croire que les choses étaient simples et qu'il allait changer. Puis il repensa à la plaquette de pilules et toutes ses bonnes résolutions s'évanouirent.

Depuis son divorce, il avait élevé Camille seul. Il était fier de lui avoir donné tout ce dont elle avait eu besoin : de l'amour, de l'attention, une éducation. Il avait porté sur elle un regard prévenant et valorisant. Toujours présent, il prenait son rôle très au sérieux, s'investissant quotidiennement, depuis le suivi des devoirs jusqu'aux cours de violon en passant par les leçons d'équitation.

Il avait sûrement raté des choses, commis des maladresses, mais il avait fait de son mieux. Dans cette époque déliquescente, il avait surtout essayé de lui transmettre des valeurs. Il l'avait préservée des mauvaises fréquentations, du mépris, du cynisme et de la médiocrité. Pendant des années, leur relation avait été forte et complice. Camille lui racontait tout, lui demandait souvent son avis et tenait compte de ses conseils. Elle était la fierté de sa vie : une adolescente intelligente, subtile et travailleuse qui brillait à l'école et qui était peut-être à l'aube d'une grande carrière de violoniste. Pourtant, depuis quelques mois, les disputes se multipliaient et il devait bien admettre qu'il se sentait de plus en plus démuni pour l'accompagner dans cette traversée périlleuse qui menait des rivages de l'enfance vers les berges de l'âge adulte.

Un taxi le klaxonna pour lui signifier que le feu était passé au vert. Sebastian poussa un long soupir. Il ne comprenait plus les gens, il ne comprenait plus les jeunes, il ne comprenait plus son époque. Tout le désespérait et l'effrayait. Le monde dansait au bord du gouffre, le danger était partout.

Certes, il fallait vivre avec son temps, faire face, ne pas baisser les bras, mais personne ne croyait plus en rien. Les repères se brouillaient, les idéaux avaient disparu. Crise économique, crise écologique, crise sociale. Le système était à l'agonie et ses acteurs avaient rendu les armes : les politiciens, les parents, les enseignants.

Ce qui se passait avec Camille remettait en cause tous ses principes et ne faisait qu'aggraver son anxiété naturelle.

Sebastian s'était replié sur lui-même, se créant un monde à sa mesure. Désormais, il quittait rarement son quartier et encore moins Manhattan.

Luthier célèbre aimant la solitude, il s'enfermait de plus en plus souvent dans son atelier. Pendant des jours entiers, avec la musique pour seule compagne, il façonnait et ciselait ses instruments, modelant leur timbre et leur sonorité pour en faire des pièces uniques dont il tirait une grande fierté. Son atelier de lutherie était représenté en Europe et en Asie, mais lui n'y mettait jamais les pieds. Quant à ses fréquentations, elles se limitaient à un petit cercle de connaissances, essentiellement des gens évoluant dans le milieu de la musique classique, ou des descendants des familles bourgeoises vivant dans l'Upper East Side depuis plusieurs décennies.

Sebastian regarda sa montre et accéléra. Au niveau de Grand Army Plaza, il dépassa la façade gris clair de l'ancien hôtel Savoy et slaloma entre les voitures et les calèches à touristes pour rejoindre le Carnegie Hall. Il se gara dans le parking souterrain en face de la mythique salle de concert et prit l'ascenseur pour rejoindre la lutherie.

L'entreprise *Larabee & Son* avait été fondée par son grand-père, Andrew Larabee, à la fin des années 1920. Au fil du temps, la modeste échoppe des débuts avait acquis une réputation internationale, pour devenir une adresse incontournable dans le domaine de la fabrication et de la restauration des instruments anciens.

Dès qu'il entra dans l'atelier, Sebastian se détendit. Ici, tout n'était que quiétude et apaisement. Le temps semblait arrêté. Les odeurs agréables d'érable, de saule et d'épicéa se mêlaient à celles, plus entêtantes, du vernis et des solvants.

Il aimait l'atmosphère particulière de cet artisanat d'un autre temps. Au XVIIIe siècle, l'école de Crémone avait porté l'art de la lutherie au sommet de sa perfection. Depuis cette époque, les techniques n'avaient guère évolué. Dans un monde en perpétuelle mutation, cette stabilité avait quelque chose de rassurant.

Derrière leurs établis, luthiers et apprentis travaillaient sur différents instruments. Sebastian salua Joseph, son chef d'atelier, qui ajustait les chevilles d'un alto.

— Les gens de Farasio ont appelé à propos du Bergonzi. La vente a été avancée de deux jours, expliqua-t-il en époussetant les copeaux qui s'accrochaient à son tablier de cuir.

— Ils exagèrent ! Ça va être difficile pour nous de tenir les délais, s'inquiéta Sebastian.

— À ce propos, ils aimeraient avoir ton certificat d'authenticité dans la journée. Tu penses que c'est possible ?

Sebastian n'était pas seulement un luthier de talent, il était également un expert reconnu.

Il fit une moue résignée. Cette vente était la plus importante de l'année. Impensable d'y renoncer.

— Il faut que je complète mes notes et que je rédige mon rapport, mais, si je m'y mets tout de suite, ils l'auront avant ce soir.

— D'accord. Je les préviens.

Sebastian se rendit dans la grande salle de réception aux murs tendus de velours pourpre. Accrochés au plafond, une cinquantaine de violons et d'altos donnaient à la salle sa singularité. Bénéficiant d'une excellente acoustique, elle avait accueilli des interprètes illustres venus du monde entier pour acheter ou faire réparer leur instrument.

Sebastian s'installa à sa table de travail et chaussa de fines lunettes avant de s'emparer de la pièce qu'il devait expertiser. C'était un objet assez rare : il avait appartenu à Carlo Bergonzi, le plus doué des élèves de Stradivari. Datant de 1720, il était étonnamment bien conservé et la célèbre maison d'enchères Farasio était décidée à en tirer plus de 1 million de dollars, lors de sa prochaine grande vente d'automne.

Spécialiste mondialement réputé, Sebastian ne pouvait se permettre la moindre erreur d'appréciation sur un événement de cette ampleur. À la manière d'un œnologue ou d'un parfumeur, il avait en mémoire des milliers de caractéristiques sur chaque école de lutherie : Crémone, Venise, Milan, Paris, Mirecourt… Mais, malgré toute cette expérience, il restait difficile de certifier avec exactitude l'authenticité d'une pièce et, à chaque expertise, Sebastian jouait sa réputation.

Avec précaution, il coinça l'instrument entre sa clavicule et son menton, leva son archet et entama les premières mesures d'une *partita* de Bach. La sonorité était exceptionnelle. Du moins jusqu'à ce qu'une des cordes casse subitement et, tel un élastique, vienne le gifler. Médusé, il reposa l'instrument. Toute sa nervosité et toute sa tension s'étaient ressenties dans son jeu ! Impossible de se concentrer. L'incident de la matinée polluait son esprit. Les reproches de Camille résonnaient et s'amplifiaient en lui. Il devait bien admettre qu'il y avait une part de vérité dans ce qu'elle lui avait dit. Cette fois, il était allé trop loin. Terrifié à l'idée de la perdre, il savait qu'il devait renouer le dialogue au plus vite, mais il se doutait que ce ne serait pas aisé. Il regarda sa montre, puis sortit son téléphone mobile. Les cours n'avaient pas encore commencé, avec un peu de chance... Il essaya de la joindre, mais tomba directement sur son répondeur.

Inutile de rêver...

À présent, il était convaincu que la stratégie frontale était vouée à l'échec. Il fallait qu'il lâche la bride, du moins en apparence. Et pour ça, il avait besoin d'un allié. Quelqu'un qui lui permettrait de regagner la confiance de Camille. Lorsqu'il aurait restauré cette complicité, il s'arrangerait pour éclaircir l'affaire et ramener sa fille à la raison. Mais à qui demander de l'aide ?

Mentalement, il passa en revue les différentes options. Des amis ? Il avait bien des « relations », mais personne de suffisamment proche et fiable pour aborder un problème aussi intime. Son père était décédé l'année dernière ; quant à sa mère, ce n'était pas vraiment un modèle de progressisme. Sa compagne, Natalia ? Elle était en déplacement à Los Angeles avec le *New York City Ballet*.

Restait Nikki, la mère de Camille...

4

Nikki...

Non, ce n'était pas sérieux. Ils ne s'étaient plus adressé la parole depuis sept ans. Et puis, plutôt crever que de demander de l'aide à Nikki Nikovski !

En y réfléchissant bien, il était même possible que ce soit elle qui ait laissé Camille prendre la pilule ! Ça lui ressemblait bien, après tout... Nikki était une adepte de la libération des mœurs et de tous ces préceptes prétendument progressistes : laisser les enfants s'émanciper, leur faire une confiance aveugle, refuser de les sanctionner, bannir toute autorité, prôner une tolérance à tout crin, voire une liberté absolue aussi inconsciente que naïve.

Il considéra la chose un instant. Était-il possible que Camille ait demandé conseil à sa mère plutôt qu'à lui ? Même pour un sujet aussi intime que la contraception, cela lui parut peu probable. D'abord, parce que Nikki et sa fille se voyaient peu, ensuite, parce que Nikki – volontairement ou non – était toujours restée en dehors de l'éducation de Camille.

Chaque fois qu'il repensait à son ex-femme, Sebastian éprouvait un mélange d'aigreur et de colère. Mais une colère dirigée contre lui-même, tant l'échec de leur relation paraissait programmé. Ce mariage avait été la plus grande erreur de sa vie. Il y avait perdu ses illusions, sa sérénité et sa joie de vivre.

Ils n'auraient jamais dû se rencontrer, jamais dû se plaire. Ils n'avaient en commun ni l'origine sociale, ni l'éducation, ni même la religion. Leurs tempéraments, leurs caractères étaient aux antipodes. Et pourtant, ils s'étaient aimés !

Débarquée à Manhattan de son New Jersey natal, Nikki avait débuté une carrière de mannequin en rêvant de rôles dramatiques et de comédies musicales à Broadway. Elle vivait au jour le jour, dans l'insouciance et la désinvolture.

Vive d'esprit, extravertie et passionnée, elle savait être attachante et jouer de ses charmes pour arriver à ses fins. Mais elle vivait dans l'excès, droguée aux sentiments et aux effusions. Victime d'un besoin compulsif d'exister à travers le regard des hommes, elle jouait sans cesse avec le feu, prête à aller très loin pour se rassurer sur son pouvoir de séduction.

L'exact opposé de Sebastian.

Discret et réservé, il était le produit d'une éducation élitiste et bourgeoise. Il aimait prévoir les choses longtemps à l'avance, organiser sa vie sur le long terme, s'accrocher à des projets d'avenir.

Dans son entourage, ses parents et ses amis n'avaient pas été longs à le mettre en garde, lui faisant comprendre que Nikki n'était pas une fille pour lui. Mais Sebastian s'était entêté. Une force irrésistible les attirait l'un vers l'autre. Tous les deux s'étaient laissé griser par le mythe naïf et populaire voulant que « les contraires s'attirent ».

Ils avaient cru en leur chance, s'étaient mariés sur un coup de tête et Nikki était tombée enceinte dans la foulée, donnant naissance à des jumeaux : Camille et Jeremy. Après une jeunesse chaotique, Nikki était en quête de stabilité et de maternité. Lui, engoncé dans une éducation conservatrice, avait pensé trouver dans cette relation une échappatoire à la morgue pesante de sa famille. Chacun avait vécu cet amour comme un défi, avec l'ivresse de transgresser un interdit. Mais le retour de balancier avait été brutal. Les différences qui, dans les premiers temps, avaient pimenté leur existence étaient rapidement devenues des motifs d'agacement puis de disputes incessantes.

Même après la naissance des jumeaux, ils n'avaient pas réussi à s'accorder sur un socle de valeurs qui leur auraient permis d'avancer dans la vie. La nécessité de fixer des principes pour élever leurs enfants avait au contraire exacerbé les conflits. Nikki concevait l'éducation sur un mode privilégiant la liberté et l'autonomie. Sebastian ne l'avait pas suivie sur ce chemin qu'il jugeait dangereux. Il avait cherché à la convaincre que seules des règles strictes structuraient la personnalité d'un enfant. Mais leurs points de vue étaient devenus inconciliables et chacun avait campé sur ses positions. C'était ainsi. On ne peut pas changer les gens. On ne peut pas éradiquer les fondements d'une personnalité.

Ils avaient fini par se séparer à la suite d'un épisode pénible que Sebastian avait vécu comme une trahison. Nikki avait franchi la limite de ce qu'il était capable d'endurer. Si les événements l'avaient dévasté, ils avaient été le signal impérieux lui ordonnant de mettre fin à ce mariage qui n'avait plus de sens.

Pour sauver ses enfants de ce naufrage et en obtenir la garde, Sebastian avait engagé un spécialiste du divorce et du droit de la famille. Un ténor du barreau qui s'était employé à traîner Nikki plus bas que terre pour l'obliger à renoncer à l'essentiel de ses droits parentaux. Mais les choses s'étaient révélées plus difficiles que prévu. Sebastian avait finalement proposé un accord particulier à sa future ex-femme : il lui abandonnait la garde quasi exclusive de Jeremy en échange de celle de Camille. Pour ne pas risquer de tout perdre en s'engageant dans une bataille juridique, elle avait accepté ce partage.

Depuis sept ans, Camille et Jeremy vivaient donc dans deux maisons distinctes sous la responsabilité de deux adultes qui leur avaient prodigué une éducation diamétralement opposée. La fréquence des visites à l'« autre parent » était faible et strictement encadrée. Camille ne voyait sa mère qu'un dimanche sur deux pendant que Sebastian recevait Jeremy.

Si son mariage avec Nikki avait tenu de la descente aux enfers, cette période était depuis longtemps révolue. Au fil des années, Sebastian avait remis de l'ordre dans sa vie. Désormais, Nikki n'était plus qu'un lointain souvenir. Il n'avait que de rares échos de sa vie par l'intermédiaire de Camille. Sa carrière de mannequin n'avait pas décollé ; sa carrière d'actrice n'avait jamais débuté. Aux dernières nouvelles, elle avait abandonné les séances photo, les castings et ses rêves de théâtre pour se reconvertir dans la peinture. Ses toiles étaient certes parfois exposées dans des galeries secondaires de Brooklyn, mais sa renommée restait très confidentielle. Quant aux hommes, ils défilaient dans sa vie. Jamais les mêmes, jamais les bons. Elle semblait avoir un talent particulier pour attirer ceux qui la feraient souffrir, qui devineraient sa faille, sa fragilité, et essaieraient d'en tirer parti. Avec l'âge, toutefois, elle semblait vouloir stabiliser sa vie sentimentale. Aux dires de Camille, elle avait depuis quelques mois une liaison avec un flic de la NYPD. Un homme de dix ans son cadet, évidemment. Rien n'était jamais simple avec Nikki.

La sonnerie du téléphone sortit Sebastian de sa rêverie. Il regarda son cellulaire et écarquilla les yeux. Par un effet troublant de synchronicité, l'intitulé « NIKKI NIKOVSKI » s'afficha à l'écran.

Il eut un mouvement de recul. Ses contacts avec son ex-femme étaient devenus presque inexistants. La première année qui avait suivi le divorce, ils s'apercevaient au moment de l'« échange », mais leur relation se limitait aujourd'hui à quelques SMS informatifs pour coordonner les visites bimensuelles des deux enfants. Si Nikki prenait la peine de l'appeler, c'est qu'il s'était passé quelque chose de grave.

Camille... pensa-t-il en décrochant.

— Nikki ?

— Bonjour, Sebastian.

Il sentit immédiatement l'inquiétude dans sa voix.

— Tu as un problème ?

— C'est Jeremy. Tu... tu as eu des nouvelles de ton fils, ces derniers jours ?

— Non, pourquoi ?

— Je commence à être inquiète. Je ne sais pas où il est.

— Comment ça ?

— Il n'est pas allé au lycée. Ni hier ni aujourd'hui. Son portable ne répond pas et il n'a pas dormi à la maison depuis...

— Tu plaisantes ! la coupa-t-il. Il a découché ?

Elle ne répondit pas tout de suite. Elle avait anticipé sa colère, ses reproches.

— Ça fait trois nuits qu'il n'est pas rentré, finit-elle par avouer.

La respiration de Sebastian s'arrêta net. Sa main se crispa autour du portable.

— Tu as prévenu la police ?

— Je ne pense pas que ce soit une bonne idée.

— Pourquoi ?

— Viens, je t'expliquerai.

— J'arrive, dit-il en raccrochant.

5

Sebastian trouva une place au croisement de Van Brunt et de Sullivan Street. À cause de la circulation, il avait mis presque trois quarts d'heure pour faire le trajet jusqu'à Brooklyn.

Depuis le divorce, Nikki s'était installée avec Jeremy à l'ouest de South Brooklyn, dans le quartier de Red Hook, l'ancien bastion des dockers et de la mafia. Enclavé et mal desservi par les transports en commun, le secteur avait longtemps souffert de son isolement et de l'insécurité. Mais ce passé sulfureux était révolu. Le Red Hook d'aujourd'hui n'avait plus rien de la zone *underground* et dangereuse qu'elle avait été dans les années 1980 et 1990. À l'image de beaucoup d'endroits à Brooklyn, c'était devenu un territoire en pleine mutation, *hype* et bohème, plébiscité par nombre d'artistes et de créateurs.

Sebastian ne venait ici que rarement. Il lui arrivait parfois d'y déposer Camille le samedi, mais il n'avait jamais mis les pieds dans l'appartement de son ex-femme. À chacune de ses incursions à Brooklyn, il était frappé par la rapidité des changements qui affectaient le quartier. Les entrepôts délabrés et les docks cédaient la place aux galeries d'art et aux restaurants bio à une vitesse étourdissante.

Sebastian verrouilla sa voiture et remonta la rue jusqu'à la façade en brique rouge d'une ancienne usine à papier, transformée en habitation. Il pénétra dans le petit immeuble et monta les marches deux par deux jusqu'à l'avant-dernier étage. Nikki l'attendait sur le seuil d'une porte coupe-feu métallique qui faisait office de porte d'entrée.

— Bonjour, Sebastian.

Il la contempla en tenant ses émotions à distance. Elle avait conservé une silhouette sportive et élancée : épaules larges, taille étroite, longues jambes, fesses hautes et rebondies.

Son visage était toujours d'une indéniable distinction : pommettes saillantes, nez pointu et regard félin. Mais il y avait chez elle une volonté de dissimuler cette grâce sous une allure faussement négligée. Teints en roux, ses longs cheveux étaient tressés en deux nattes relevées en un chignon informe. Ses yeux verts en amande étaient soulignés de trop de khôl, son corps de liane perdu dans un pantalon bouffant, sa poitrine serrée dans un tee-shirt exagérément décolleté.

— Salut, Nikki, lança-t-il en entrant dans l'appartement sans attendre d'y être invité.

Il ne put s'empêcher d'examiner l'endroit avec curiosité. L'ancienne usine abritait un vaste loft qui assumait avec fierté son passé industriel : parquet décapé et blanchi, poutres apparentes, charpente et piliers en fonte, pan de mur en vieilles briques, plateau de béton gris. Partout contre les murs, posées à même le sol, séchaient de grandes toiles abstraites que Nikki avait peintes récemment. Sebastian jugeait la décoration complètement fantaisiste. Des objets hétéroclites – probablement chinés aux puces – qui allaient du vieux canapé Chesterfield jusqu'à la table de salon constituée d'une grosse porte rouillée posée sur deux tréteaux. L'ensemble obéissait probablement à une logique esthétique, mais elle lui échappait.

— Bon, c'est quoi, cette histoire ? dit-il d'un ton impérieux.

— Je te l'ai expliqué : je n'ai plus de nouvelles de Jeremy depuis samedi matin.

Il secoua la tête.

— Samedi matin ? Mais on est mardi !

— Je sais.

— Et c'est maintenant que tu t'inquiètes ?

— Je t'ai appelé pour que tu me prêtes main-forte, pas pour que tu m'accables de reproches.

— Attends, tu vis dans quel monde ? Tu connais les probabilités de retrouver un enfant quarante-huit heures après sa disparition ?

Elle étouffa un cri, l'empoigna brutalement par les revers de son pardessus pour le pousser dehors.

— Tire-toi ! Si tu n'es pas venu pour m'aider, rentre chez toi !

Surpris par la violence de son geste, il se débattit et réussit à attraper les mains de Nikki pour l'immobiliser.

— Explique-moi pourquoi tu ne m'as pas prévenu avant !

Elle planta son regard dans le sien. Ses yeux traversés d'éclairs mordorés affichaient un air de défi.

— Peut-être que si tu montrais un peu plus d'intérêt pour ton fils, j'aurais moins hésité !

Sebastian encaissa le propos et reprit d'une voix plus calme :

— On va retrouver Jeremy, promit-il, mais il faut que tu me racontes tout. Depuis le début.

Méfiante, Nikki mit plusieurs secondes avant de baisser la garde.

— Assieds-toi, je vais préparer du café.

6

— J'ai vu Jeremy pour la dernière fois samedi matin, autour de 10 heures, un peu avant qu'il ne parte pour la salle de boxe.

Nikki parlait d'une voix troublée par l'inquiétude.

Sebastian fronça les sourcils.

— Depuis quand fait-il de la boxe ?

— Depuis plus d'un an. Tu débarques ou quoi ?

Il esquissa une moue incrédule. La vision de Jeremy, adolescent filiforme, apparut dans son esprit. Il avait du mal à imaginer son fils sur un ring.

— On a pris le petit déjeuner tous les deux, continua Nikki. Puis on a préparé nos affaires. C'était un peu le rush. Lorenzo m'attendait en bas. On devait partir en week-end dans les Catskills et…

— Lorenzo ?

— Lorenzo Santos, mon mec.

— C'est toujours celui qui est flic ou c'est un nouveau ?

— Putain, Sebastian, tu cherches quoi, là ? s'emporta-t-elle.

Il s'excusa d'un geste de la main. Elle poursuivit :

— Juste avant que je ne quitte la maison, Jeremy m'a demandé la permission d'aller passer la nuit chez son ami Simon. J'ai accepté. C'était courant pour un samedi soir, presque une habitude pour eux de dormir chez l'un ou chez l'autre.

— Première nouvelle.

Elle ne releva pas.

— Il m'a embrassée et il est parti. Il ne m'a pas donné de nouvelles de tout le week-end, mais je ne me suis pas inquiétée outre mesure.

— Ben voyons…

— Il a quinze ans. Ce n'est plus un bébé. Et puis Simon est presque majeur.

Il leva les yeux au ciel, mais s'abstint de tout commentaire.

— Je suis rentrée à Brooklyn dimanche soir. Comme il était tard, j'ai passé la nuit chez Santos.

Sebastian lui jeta un regard froid avant de demander :

— Et le lundi matin ?

— J'ai fait un crochet par la maison vers 9 heures.

À cette heure-ci, il est généralement parti pour l'école. C'était normal qu'il ne soit pas là.

Il s'impatienta :

— Et après ?

— J'ai travaillé toute la journée à mon exposition de peinture au BWAC, un bâtiment près des quais qui accueille un collectif d'artistes...

— OK, Nikki, épargne-moi les détails !

— Dans l'après-midi, j'ai trouvé sur mon répondeur un message du lycée me prévenant que Jeremy avait séché les cours.

— Tu as appelé les parents du gamin ?

— J'ai eu la mère de Simon hier soir. Elle m'a dit que son fils était parti en voyage d'études depuis plusieurs jours. Jeremy n'a donc pas dormi chez eux ce week-end.

Le téléphone de Sebastian vibra dans sa poche. Il regarda l'écran : c'étaient les types de Farasio qui devaient s'inquiéter pour l'expertise de leur violon.

— Là, j'ai vraiment commencé à avoir peur, enchaîna Nikki. J'ai voulu aller au commissariat, mais... je n'étais pas certaine que les flics m'auraient prise au sérieux.

— Pourquoi ?

— Pour être honnête, ce n'est pas la première fois que Jeremy découche...

Sebastian soupira. Il tombait des nues. Nikki expliqua :

— En août dernier, Jeremy est resté deux jours sans donner signe de vie. J'étais dans tous mes états et j'ai prévenu le *precinct*[1] de Bushwick de sa disparition. Il est finalement réapparu le troisième jour. Il était simplement allé faire une randonnée dans le parc Adirondack.

— Quel petit con ! explosa-t-il.

— Tu imagines la réaction des flics. Ils ont pris un malin plaisir à me sermonner, me reprochant de leur avoir fait perdre leur temps et d'être incapable de tenir mon fils.

Sebastian voyait le tableau. Il ferma les yeux, se massa les paupières et proposa :

— Cette fois, c'est moi qui les appelle, mais sans passer par un sous-fifre. Je connais le maire. Sa fille est dans la même classe que Camille et j'ai réparé le violon de sa femme. Je vais lui demander de me mettre en rapport avec...

— Attends, tu ne sais pas tout, Sebastian.

— Quoi encore ?

— Jeremy a déjà eu un petit problème : il a un casier judiciaire.

Il resta sans voix et la regarda avec incrédulité.

1. Commissariat.

— Tu plaisantes ? Et tu ne m'as jamais mis au courant ?

— Il a fait des conneries ces derniers temps.

— Quel genre de conneries ?

— Il y a six mois, il s'est fait serrer par une patrouille en train de taguer un camion de livraison dans le hangar d'Ikea.

Elle but une gorgée de café, secoua la tête d'un air atterré.

— Comme si ces cons n'avaient pas autre chose à faire que de traquer les mômes qui aiment l'art ! pesta-t-elle.

Sebastian tiqua. Les tags, de l'art ? Nikki avait décidément une façon bien particulière de voir les choses.

— Il est passé au tribunal ?

— Oui. Il a écopé de dix jours de travaux d'intérêt général. Mais il y a trois semaines, il a été interpellé pour vol à l'étalage dans un magasin.

— Qu'est-cc qu'il cherchait à piquer ?

— Un jeu vidéo. Pourquoi ? Tu aurais préféré un livre ?

Sebastian ignora la provocation. Une deuxième condamnation était dramatique. En vertu de la politique de tolérance zéro, même un larcin insignifiant pouvait envoyer son fils en prison.

— Je me suis démenée auprès du magasin pour les dissuader de porter plainte, le rassura Nikki.

— Bon Dieu ! Qu'est-ce qu'il a dans la tête, ce gamin ?

— Ce n'est pas la fin du monde, tempéra-t-elle. On a tous volé au moins une fois dans notre vie. À l'adolescence, c'est normal…

— C'est normal de voler ? explosa-t-il de nouveau.

— Ça fait partie de la vie. Quand j'étais jeune, je piquais de la lingerie, des fringues, du parfum. C'est même comme ça qu'on s'est rencontrés, si tu t'en souviens bien.

Ce n'est pas la meilleure chose qui nous soit arrivée, pensa-t-il.

Sebastian se leva de sa chaise. Il essaya de faire le point. Fallait-il vraiment s'inquiéter ? Après tout, si Jeremy était coutumier de ce genre de fugue…

Comme si elle lisait dans ses pensées, Nikki s'alarma :

— Cette fois, je suis certaine que c'est grave, Sebastian. Jeremy a vu combien je m'étais inquiétée la dernière fois. Il m'avait promis de ne plus me laisser sans nouvelles.

— Qu'est-ce que tu veux qu'on fasse ?

— Je ne sais plus. J'ai contacté les services des urgences des principaux hôpitaux, j'ai…

— Tu n'as rien trouvé de bizarre en fouillant sa chambre ?

— Comment ça, en fouillant sa chambre ?

— Tu l'as fait ou pas ?

— Non, c'est son jardin secret. C'est…

— Son jardin secret ? Mais il a disparu depuis trois jours, Nikki ! s'emporta-t-il en se dirigeant vers l'escalier en métal qui menait à l'étage.

7

— Quand j'étais ado, je détestais que ma mère mette son nez dans mes affaires.

Malgré son inquiétude, Nikki répugnait manifestement à fouiner dans l'intimité de son fils.

— Tu fouilles la chambre de Camille, toi ?

— Une fois par semaine, répondit Sebastian sans s'émouvoir.

— Tu as vraiment un très gros problème…

Peut-être, mais elle au moins n'a pas disparu, pensa-t-il perfidement en se mettant au travail.

La chambre de Jeremy bénéficiait des dimensions généreuses offertes par la configuration atypique de l'ancienne usine. C'était une tanière de *geek* baignant dans un joyeux désordre. Épinglées au mur, des affiches de films cultes : *Retour vers le futur*, *WarGames*, *L'Aventure intérieure*, *Tron*. Posé contre une cloison, un vélo à pignon fixe. Dans un coin de la pièce, une borne d'arcade *Donkey Kong* datant des années 1980. Dans la poubelle, une pyramide de boîtes de *nuggets*, de pizzas surgelées et de canettes de Red Bull.

— C'est un bordel indescriptible ! s'exclama Sebastian. Ça lui arrive de ranger sa chambre ?

Nikki le fusilla du regard. Elle marqua un instant d'arrêt, puis s'attela à la tâche. Elle ouvrit la penderie :

— Apparemment, il a emporté son sac à dos, nota-t-elle.

Sebastian s'approcha du bureau. Disposés en arc de cercle, trois moniteurs de grande taille étaient reliés à deux tours d'ordinateur. Plus loin, un équipement complet de DJ : platines, table de mixage, enceintes de marque, ampli, caisson de basse. Uniquement du matériel de professionnel.

Où trouve-t-il l'argent pour se payer tout ça ?

Il détailla les étagères. Elles ployaient sous le poids des *comics* : *Batman*, *Superman*, *Kick-Ass*, *X-Men*. Sceptique, il feuilleta le dernier fascicule de la pile : un *Spiderman* dans lequel Peter Parker avait laissé place à un adolescent métis afro-américain et hispanique. « Les temps changent », comme chantait Dylan…

Sur un autre rayonnage, il trouva quantité d'ouvrages théoriques sur le poker ainsi qu'une longue mallette en aluminium contenant dix rangées de jetons en céramique et deux jeux de cartes.

— C'est quoi, cette chambre ? Un tripot ?

— Ce n'est pas moi qui lui ai acheté cette mallette, se défendit Nikki. Mais je sais qu'il joue souvent au poker ces derniers temps.

— Avec qui ?

— Ses copains de lycée, je pense.

Sebastian grimaça. Il n'aimait vraiment pas ça.

Avec un certain réconfort, il constata que l'étagère n'était pas dépourvue de « vrais » livres : *Le Seigneur des anneaux*, *Dune*, *La Machine à remonter le temps*, *Blade Runner*, le cycle de *Fondation*…

À côté des essentiels de tout *geek* digne de ce nom, on trouvait aussi une dizaine de manuels de scénario, des biographies de Stanley Kubrick, Quentin Tarantino, Christopher Nolan, Alfred Hitchcock.

— Il s'intéresse au cinéma ? s'étonna-t-il.

— Évidemment ! Son rêve est de devenir réalisateur. Il ne t'a jamais montré ses films amateurs ? Tu ne sais même pas qu'il possède une caméra, hein ?

— Non, concéda-t-il.

Avec une certaine tristesse, il se rendit à l'évidence : il ne connaissait pas son fils. Et cela ne tenait pas au fait qu'il le voyait peu : ces dernières années, leurs rapports viraient au dialogue de sourds. Il n'y avait même plus d'opposition.

Seulement de l'indifférence. Considérant que Jeremy n'était pas le fils qu'il aurait voulu avoir, parce qu'il ressemblait trop à sa mère, Sebastian s'était désintéressé de son évolution, de ses études, de ses aspirations. Lentement, mais sûrement, il avait jeté l'éponge, sans grande culpabilité.

— Je ne trouve pas son passeport non plus, s'inquiéta Nikki en examinant les tiroirs du bureau.

Pensif, Sebastian appuya sur la touche « entrée » du clavier de l'ordinateur. Jeremy était un adepte des jeux de rôle en ligne. Le moniteur s'alluma sur l'écran de veille à l'effigie de *World of Warcraft*. Le système d'exploitation invitait à entrer un mot de passe.

— N'y pense même pas, le dissuada Nikki. Il est parano pour tout ce qui touche à son ordinateur et il en connaît dix fois plus en informatique que toi et moi réunis.

Dommage. Ce verrou les privait d'une source vitale d'informations. Sebastian se résigna à suivre le conseil de son ex-femme et renonça à pénétrer dans les entrailles de la machine. Il repéra néanmoins un disque dur externe relié au PC. Peut-être que le périphérique, lui, n'était pas protégé.

— Tu as un ordinateur portable ? On pourrait essayer de le brancher.

— Je vais le chercher.

Pendant l'absence de Nikki, il regarda le mur du fond, sur lequel Jeremy avait tagué une « fresque » mystique et colorée dans laquelle un Christ bienveillant flottait au milieu d'un ciel bleu et vert. Il s'approcha de la composition, inspecta les bombes de peinture posées à même le sol. Malgré la fenêtre ouverte, une forte odeur de solvant flottait encore dans l'air. Le graff avait été réalisé récemment.

— Il a tourné mystique ? demanda-t-il tandis que Nikki le rejoignait dans la chambre.

— Pas que je sache. Moi, je trouve ça très beau.

— Tu es sérieuse ? L'amour t'aveugle…

Elle lui tendit son ordinateur portable en lui lançant un regard noir.

— Il m'a peut-être aveuglée lorsque je t'ai rencontré, mais…

— Mais ?

Nikki renonça à l'affrontement. Il y avait plus urgent.

Sebastian s'empara du notebook, y connecta le disque dur et en explora le contenu. Le périphérique débordait de films et de fichiers musicaux téléchargés sur Internet. Apparemment, Jeremy était un fan acharné d'un groupe de rock, The Shooters. Sebastian visionna quelques secondes de la captation d'un de leurs concerts : du garage rock un peu bourrin, pâle imitation des Strokes ou des Libertines.

— Tu connais cette daube ?

— C'est un groupe de Brooklyn autoproduit, précisa Nikki. Jeremy les suit souvent en concert.

Misère… pensa-t-il en écoutant les paroles.

En parcourant les autres fichiers, il découvrit des dizaines de séries télé dont il n'avait jamais entendu parler, ainsi que des films aux titres assez explicites truffés de *fuck*, *boobs* et autres *MILF*.

Par acquit de conscience, il lança l'un des fichiers. Une infirmière plantureuse apparut à l'écran et dégrafa langoureusement sa blouse avant de prodiguer une caresse bucco-génitale à son drôle de patient.

— Bon, ça suffit ! s'indigna Nikki. C'est abject, ce truc !

— Pas la peine d'en faire une maladie, tempéra Sebastian.

— Ça ne te gêne pas que ton fils mate du porno !

— Non, et pour tout te dire, ça me rassure.

— Ça te rassure !

— Avec ses fringues androgynes et son air efféminé, je commençais vraiment à me demander s'il n'était pas homo.

Elle le dévisagea, l'air outré.

— Tu penses vraiment ce que tu dis ?

Il ne répondit pas. Elle insista :

— Même s'il était gay, je ne vois pas où serait le problème !

— Puisqu'il ne l'est pas, le débat est clos.

— Côté ouverture d'esprit, je vois que tu es toujours coincé au XIXe siècle. C'est consternant.

Il se garda bien d'entrer dans cette discussion. Malgré tout, elle l'accabla de reproches :

— Non seulement tu es homophobe, mais en plus, tu cautionnes ce genre de films et l'image dégradante de la femme qu'ils véhiculent.

— Je ne suis pas homophobe et je ne cautionne rien du tout, se défendit Sebastian, battant prudemment en retraite.

Il ouvrit le premier tiroir du bureau. L'intérieur était colonisé par des dizaines de dragées multicolores échappées d'un paquet grand format de M&M's. Au milieu des sucreries, il trouva la carte de visite d'un tatoueur de Williamsburg agrafée au dessin d'un dragon encore au stade d'ébauche.

— Un projet de tatouage. Décidément, il a choisi de ne rien nous épargner. Il doit exister quelque part une liste secrète que les ados se refilent entre eux. Une compilation de toutes les âneries possibles et imaginables à faire pour contrarier leurs parents.

Nikki interrompit ses recherches pour se pencher sur le compartiment coulissant :

— Tu as vu ? demanda-t-elle en montrant un paquet de préservatifs encore sous cellophane.

— Il a une copine, ton petit protégé ?

— Pas à ma connaissance.

Sebastian repensa brièvement à la plaquette de contraceptifs qu'il avait trouvée deux heures plus tôt dans la chambre de Camille. Pilules pour l'une, capotes pour l'autre : qu'il le veuille ou non, ses enfants grandissaient. S'agissant de Jeremy, il y voyait un motif de satisfaction. Concernant sa fille, cette évolution le terrifiait. Il se demandait s'il devait évoquer cet épisode avec Nikki, lorsqu'il tomba sur un joint à moitié fumé.

— Le shit, ça me dérange plus que le porno ! Tu étais au courant qu'il fumait cette merde ?

Absorbée par l'exploration de la commode, elle se contenta de hausser les épaules.

— Je t'ai posé une question !

— Attends ! Viens voir ça.

En soulevant une pile de sweat-shirts, elle était tombée sur un téléphone.

— Jeremy ne serait jamais parti sans son portable, affirma-t-elle.

Elle tendit l'appareil à Sebastian. En faisant glisser le combiné hors de son étui, il découvrit une carte de crédit coincée entre la pochette et le cellulaire.

Il ne serait jamais parti sans cette carte de crédit non plus... pensèrent-ils en échangeant un regard grave.

....
....
....
....
....
....
....
....

8

Une odeur de romarin et de fleurs sauvages parfumait l'air. Une brise vivifiante faisait frémir les plans de lavande et les arbustes. Reconverti en potager bio, le toit de l'ancienne usine offrait des vues surprenantes sur l'East River, la ligne de gratte-ciel de Manhattan et la statue de la Liberté.

Nerveuse, Nikki s'était réfugiée sur la plate-forme pour fumer une cigarette. Appuyée contre une cheminée en brique, elle regardait Sebastian déambuler au milieu des jardinières en teck où poussaient potirons, courgettes, aubergines, artichauts et herbes aromatiques.

— Tu m'en files une ? demanda-t-il en la rejoignant.

Il desserra sa cravate et ouvrit sa chemise pour décoller le patch de nicotine fixé sur son omoplate.

— Je ne pense pas que ce soit conseillé.

Il ignora la recommandation de son ex-femme,

alluma sa clope et tira une longue bouffée de tabac avant de se masser les paupières. Tenaillé par une inquiétude sourde, il fit mentalement le point sur ce que lui avait appris la fouille de la chambre de son fils. Jeremy avait menti en demandant à passer la nuit chez son copain Simon alors qu'il savait que celui-ci était en voyage d'études. Puis il était parti en emportant son sac à dos et son passeport, ce qui laissait supposer un voyage lointain, peut-être même en avion. Enfin, il n'avait pris avec lui ni son téléphone ni la carte de crédit que lui prêtait sa mère : les deux « mouchards » grâce auxquels n'importe quel service de police aurait pu tracer ses déplacements et remonter sa piste…

— Non seulement il a fugué, mais il est bien décidé à ce qu'on ne le retrouve pas.

— Quelle raison aurait-il eu d'agir comme ça ? demanda Nikki.

— Il a fait une nouvelle connerie, c'est évident. Sans doute quelque chose de grave, lui répondit Sebastian.

Les yeux de Nikki s'embuèrent et une boule se forma dans sa gorge. Une peur lancinante, de plus en plus vive, s'était installée dans son ventre. Intelligent et débrouillard, son fils était aussi beaucoup trop naïf et lunaire. Qu'il vole ne lui plaisait pas. Qu'il ait disparu la terrifiait !

Pour la première fois de sa vie, elle regrettait de l'avoir élevé en le laissant si indépendant, mettant au premier plan les valeurs de générosité, de tolérance et d'ouverture aux autres. Sebastian n'avait pas tort. Le monde d'aujourd'hui était trop brutal et dangereux pour les rêveurs et les idéalistes. Comment pouvait-on y survivre sans une bonne dose de cynisme, de roublardise et de dureté ?

Sebastian prit une nouvelle bouffée de cigarette qu'il exhala dans l'air cristallin. Derrière lui, un conduit d'aération ronronnait comme un chat. Son angoisse contrastait avec l'atmosphère paisible qui se dégageait malgré tout de ce décor contemporain.

Perché au-dessus des maisons, à bonne distance de Manhattan, on dominait le bruit et l'agitation de la ville. Une colonie d'abeilles, pressée de faire ses dernières provisions avant l'hiver, bourdonnait autour d'une ruche. Filtrés par les arbustes, les rayons du soleil coloraient d'une lumière blonde une petite citerne de bois prise dans une armature rouillée.

— Parle-moi un peu des fréquentations de Jeremy.

Nikki écrasa son mégot dans une jarre remplie de terre.

— Il traîne toujours avec les deux mêmes garçons.

— Le fameux Simon… devina Sebastian.

— … et Thomas, son meilleur copain.

— Tu l'as interrogé ?

— Je lui ai laissé un message, mais il ne m'a pas rappelée.

— Alors, qu'est-ce qu'on attend ?

— On peut le coincer à la sortie du lycée, décida Nikki en regardant sa montre.

D'un même pas, ils abandonnèrent leur poste d'observation pour rejoindre le parcours dallé qui serpentait entre les plantations. Avant de quitter le toit, Sebastian désigna une petite cahute tendue de bâches noires.

— Qu'est-ce que tu entreposes là-dedans ?

— Rien, répondit-elle un peu trop rapidement. Enfin, seulement des outils.

Il la dévisagea avec méfiance. Il n'avait pas oublié l'inflexion particulière que prenait sa voix lorsqu'elle mentait. Et c'était le cas.

Il écarta les pans de toile et jeta un coup d'œil dans la tente. À l'abri des regards, une dizaine de plants de cannabis poussaient dans des pots en terre. L'abri était équipé d'un matériel perfectionné : rangées de lampes au sodium, systèmes de climatisation et d'arrosage automatique, sacs d'engrais et produits horticoles dernier cri.

— Tu es totalement irresponsable ! s'énerva-t-il.

— C'est bon ! Tu ne vas pas faire un drame pour un peu d'herbe.

— Un peu d'herbe ? C'est de la drogue que tu fais pousser !

— Eh bien, tu devrais essayer un petit pétard parfois, ça te détendrait !

Loin de goûter le trait d'humour, Sebastian redoubla de colère.

— Ne me dis pas que tu revends cette merde, Nikki ?

Elle relativisa :

— Je ne revends rien du tout. C'est uniquement pour ma consommation personnelle. Herbe 100 % bio, pure production artisanale. Bien plus saine que la résine que refourguent les dealers.

— C'est… de l'inconscience. Tu pourrais aller en tôle.

— Pourquoi, tu as l'intention de me dénoncer ?

— Et ton bellâtre, là, Santos ? Je croyais qu'il bossait à la brigade des stups.

— Ils ont autre chose à faire, crois-moi.

— Et Jeremy ? Et Camille ?

— Les enfants ne viennent jamais ici.

— Ne te fous pas de moi ! cria-t-il en pointant du doigt un panneau de basket flambant neuf qu'on avait récemment accroché au grillage.

Elle haussa les épaules en soupirant.

— Tu m'emmerdes !

Il détourna le regard, prit une longue inspiration

dans l'espoir de recouvrer son calme, mais la colère montait en lui comme une vague, charriant des souvenirs douloureux, ravivant des blessures mal cicatrisées, lui rappelant de ne pas oublier le vrai visage de Nikki : celui d'une femme qui ne serait *jamais* fiable et à qui il ne devait *jamais* faire confiance.

Dans un accès de fureur, il la saisit à la gorge et la plaqua contre une étagère métallique.

— Si, de près ou de loin, tu as mêlé mon fils à tes trafics, je te briserai, tu comprends ?

Il resserra sa prise, enfonçant ses deux pouces pour lui comprimer les voies respiratoires.

— Tu comprends ? répéta-t-il.

Elle suffoquait et ne put rien répondre. Dépassé par la colère et le ressentiment, il accentua encore sa pression.

— Jure-moi que la disparition de Jeremy n'a rien à voir avec tes histoires de dope !

Alors que Sebastian cherchait à la maintenir sous sa domination, il sentit ses jambes se dérober sous l'effet d'un balayage. Grâce à une prise d'autodéfense, Nikki se dégagea. Avec la vitesse de l'éclair, elle s'empara d'un sécateur rouillé pour le pointer sur le torse de son ex-mari.

— Avise-toi encore de lever la main sur moi et je te démolis, tu piges ?

9

La South Brooklyn Community High School était un grand bâtiment de brique brune donnant sur Conover Street. C'était l'heure du déjeuner, mais au vu du nombre important de *food trucks* qui stationnaient devant l'établissement, on devinait que la nourriture de la cantine ne devait pas être fameuse.

Avec méfiance, Sebastian s'approcha de l'un de ces « camions gourmets » qui, depuis quelques années, sillonnaient la ville pour rassasier les New-Yorkais. Chaque camion avait sa spécialité : hot-dogs au homard, tacos, dim-sum, falafels… Obsédé par l'hygiène, Sebastian évitait généralement ce genre de réjouissances, mais il n'avait rien avalé depuis la veille et des borborygmes grondaient douloureusement dans son ventre.

— Je te déconseille les spécialités d'Amérique du Sud, prévint Nikki.

Par défi, il ignora cette mise en garde et commanda une portion de *ceviche*, un plat péruvien à base de poisson cru mariné.

— À quoi il ressemble, ce Thomas ? demanda-t-il alors que la cloche retentissait pour annoncer la fin des cours et qu'un flot d'élèves se déversait sur le trottoir.

— Je te ferai signe, répondit-elle en plissant les yeux pour ne pas rater la sortie de l'adolescent.

Sebastian paya sa commande et goûta son poisson. Il en avala une bouchée. La marinade pimentée lui brûla aussitôt la trachée, lui arrachant une grimace.

— Je t'avais prévenu, soupira Nikki.

Pour apaiser le feu qui enflammait sa gorge, il descendit le verre entier de *horchata* que lui proposa le vendeur. Le lait végétal marronnasse avait un goût écœurant de vanille qui lui donna un haut-le-cœur.

— Le voilà ! s'exclama Nikki en désignant un jeune homme dans la foule.

— C'est lequel ? Le boutonneux ou la petite tête à claques ?

— Tu me laisses parler, d'accord ?

— On verra…

Jean slim, lunettes Wayfarer, veste noire étriquée, air désinvolte, tignasse savamment décoiffée, chemise blanche ouverte sur un torse fluet : Thomas prenait grand soin de son apparence. Chaque matin, il devait passer des heures dans sa salle de bains, affinant par petites touches son image de rockeur juvénile.

Nikki le rattrapa devant le terrain de basket grillagé.

— Hé ! Thomas !

— Hello, m'dame, lança-t-il en chassant une mèche rebelle de son visage.

— Tu n'as pas répondu à mes messages.

— Ouais, j'ai pas trop eu le temps, là.

— Aucun signe de Jeremy ?

— Non. Je ne l'ai plus vu depuis vendredi.

— Pas de mails, pas d'appels, pas de textos ?

— Rien.

Sebastian regarda l'adolescent plus attentivement. Il n'aimait ni le ton ni l'allure de ce petit merdeux qui portait des bagues gothiques, des chapelets de nacre et des bracelets. Il masqua toutefois son hostilité pour demander :

— Tu n'as aucune idée d'où il pourrait être ?

Thomas se tourna vers Nikki.

— C'est qui, celui-là ?

— Je suis le pape, espèce de petit con !

L'ado eut un mouvement de recul, mais se fit un peu plus bavard :

67

— Ces derniers temps, on se voyait moins. Jerem' séchait toutes les répétitions de notre groupe.

— Pourquoi ?

— Il préférait jouer au poker.

— Vraiment ? s'inquiéta Nikki.

— Je pense qu'il avait besoin de fric. Je crois qu'il a même revendu sa basse et passé une annonce sur eBay pour céder sa caméra numérique.

— Du fric pour quoi faire ? demanda Nikki.

— Chais pas. Bon, je dois y aller maintenant.

Mais Sebastian empoigna l'adolescent par l'épaule.

— Pas si vite. Avec qui jouait-il au poker ?

— Chais pas. Des gars sur Internet…

— Et en *live* ?

— Faudrait demander à Simon, esquiva-t-il.

— Simon est en voyage d'études. Tu le sais très bien, précisa Nikki.

Sebastian le secoua un peu.

— Bon, accouche !

— Hé, z'avez pas le droit de me toucher ! Je connais mes droits !

Nikki essaya de calmer son ex-mari, mais Sebastian perdait patience. Ce puceau arrogant commençait à lui taper sur le système.

— Avec qui Jeremy jouait-il au poker ?

— Des mecs un peu bizarres, des *rounders*…

— C'est-à-dire ?

— Des gars qui squattent les tables de *cash game* en quête de gains faciles, expliqua Thomas.

— Ils recherchent des joueurs moins expérimentés pour les plumer, c'est ça ?

— Oui, confirma l'ado. Jeremy adorait jouer au pigeon pour les piéger. Il s'est fait pas mal de thunes comme ça.

— À combien se montaient les mises ?

— Holà, pas grand-chose. On n'est pas à Vegas. Ces types jouent pour payer leurs factures et rembourser leurs crédits.

Nikki et Sebastian se regardèrent avec inquiétude. Tout sentait mauvais dans cette histoire : des cercles de jeu illégaux impliquant des mineurs, une fugue, des dettes potentielles…

— Ça se passait où, ce genre de parties ?

— Dans des bars minables de Bushwick.

— Tu as des adresses ?

— Non. Moi, ça me branchait pas trop.

Sebastian l'aurait volontiers secoué un peu plus, mais Nikki l'en dissuada : cette fois, le jeune homme semblait dire la vérité.

— Bon, là, je me barre. En plus, j'ai trop la dalle !

— Une dernière chose, Thomas. Est-ce que Jeremy a une copine ?

— Bien sûr !

Nikki marqua son étonnement.

— Tu connais son nom ?

— C'est une femme plus âgée.

— Vraiment ?

— Une veuve.

Sebastian fronça les sourcils.

— On t'a demandé son nom.

— La veuve poignet ! répondit-il en partant d'un grand éclat de rire.

Nikki soupira. Sebastian attrapa l'adolescent par le col et le tira à lui.

— Tu me saoules avec tes blagues à deux balles. Il a une copine, oui ou non ?

— La semaine dernière, il m'a dit qu'il avait rencontré une fille sur Internet. Une Brésilienne, je crois. Il m'a montré des photos, une vraie bombasse, mais, à mon avis, c'était de la frime. Jerem' n'aurait jamais été capable de choper une nana pareille.

Sebastian libéra Thomas de son emprise. Ils ne tireraient rien de plus de l'adolescent.

— Tu m'appelles si tu apprends quelque chose de nouveau ? demanda Nikki.

— Comptez sur moi, m'dame, assura-t-il en s'éloignant.

Sebastian se massa les tempes. Ce blanc-bec

l'avait épuisé. Sa voix, son langage, sa dégaine. Tout l'avait indisposé.

— Quel guignol, ce gosse, soupira-t-il. À l'avenir, je crois qu'on devrait mieux surveiller les fréquentations de notre fils.

— Pour ça, il faudrait d'abord le retrouver, marmonna Nikki.

10

Ils traversèrent la rue pour rejoindre le vieux side-car de Nikki. Une antique BMW série 2, tout droit sortie des années 1960.

Elle lui tendit le casque qu'il avait porté à l'aller.

— Et maintenant ?

Nikki avait le visage fermé. L'hypothèse de la fugue de Jeremy se précisait. Pour trouver de l'argent, il avait vendu sa guitare et mis sa caméra aux enchères. Il avait fui en prenant toutes les précautions nécessaires pour ne pas être retrouvé. Et surtout, il avait trois jours d'avance sur eux.

— S'il est parti comme ça, c'est qu'il avait peur, constata-t-elle. Très peur.

Sebastian écarta les bras en signe d'impuissance.

— Mais peur de quoi ? Et pourquoi ne s'est-il pas confié à nous ?

— Parce que tu n'es pas précisément un modèle de compréhension.

Il eut une idée :

— Et Camille ? Peut-être a-t-elle reçu des nouvelles de son frère ?

Le visage de Nikki s'éclaira. C'était une piste à creuser. Si les jumeaux ne se voyaient pas souvent, ils donnaient l'impression de s'être rapprochés ces derniers mois.

— Tu essaies de l'appeler ?

— Moi ? s'étonna-t-elle.

— Je pense que c'est mieux. Je t'expliquerai…

Pendant que Nikki composait le numéro de sa fille, Sebastian téléphona à son bureau. Joseph, son chef d'atelier, lui avait laissé deux messages coup sur coup lui demandant de le contacter d'urgence.

— On a de gros soucis, Sebastian. Farasio a essayé de te joindre plusieurs fois et ils se plaignent que tu ignores leurs appels.

— J'ai eu un empêchement. Un souci inattendu.

— Écoute, ils sont passés à l'atelier à l'improviste. Ils ont vu que tu ne travaillais pas. Ils veulent une confirmation de ta part avant 13 heures. Un engagement comme quoi tu rendras ton évaluation avant ce soir.

— Sinon ?

— Sinon, ils confieront l'expertise à Furstenberg.

Sebastian poussa un soupir. Ce matin, il avait ouvert le robinet à emmerdes et ne savait plus comment le refermer. Il évalua le plus calmement possible la situation. Grâce à sa commission, la vente du Carlo Bergonzi pouvait lui rapporter jusqu'à 150 000 dollars. Une somme qu'il avait déjà budgétée et dont il avait besoin pour maintenir son entreprise à flot. Mais au-delà du préjudice financier, la perte du Bergonzi aurait une portée symbolique redoutable. Le monde du violon était un petit milieu. Tout se savait très vite.

Cette vente était un événement de prestige dont Furstenberg, son grand concurrent, ne manquerait pas d'amplifier l'écho pour tourner la chose à son avantage.

Sebastian ne découvrait pas la Lune. Cela faisait plus de vingt ans qu'il collaborait avec des artistes : des êtres capricieux, tourmentés, perclus de doutes. Des interprètes aussi instables que géniaux. Des musiciens à l'ego surdimensionné qui mettaient un point d'honneur à travailler avec le meilleur luthier. Et le meilleur, c'était lui ! En moins de deux décennies, il avait fait de *Larabee & Son* la lutherie la plus réputée des États-Unis. Plus qu'une habileté, on lui reconnaissait un véritable don, une ouïe exceptionnelle et une empathie sincère envers ses clients, qui lui permettaient de leur proposer des instruments parfaitement adaptés à leur per-sonnalité et à leur jeu. Dans les tests à l'aveugle, ses violons battaient régulièrement les Stradivari et les Guarneri. Consécration suprême, son nom était devenu un label d'excellence. Désormais, les interprètes venaient dans son atelier pour acheter un « Larabee ». Grâce à cette renommée, il avait pour clients la dizaine de stars incontournables qui régnaient sur le royaume du violon. Des vedettes qu'il avait réussi à convaincre parce que, lentement, l'idée s'était imposée qu'il était le plus compétent pour prendre soin de leur instrument ou leur en fabriquer un nouveau. Mais cette position était fragile. Elle reposait autant sur un savoir-faire objectif que sur un effet de mode, un juste équilibre entre la communication et le bouche à oreille flatteur, mais toujours versatile. Plus que jamais, en cette période de crise, Furstenberg et d'autres lutheries célèbres restaient en embuscade, guettant le moindre faux pas. Il était donc exclu qu'il perde ce contrat. Fin du débat.

— Rappelle-les de ma part, demanda-t-il à Joseph.

— C'est à toi qu'ils veulent parler.

— Dis-leur que je les contacte dans trois quarts d'heure. Le temps de rentrer au bureau. Ils auront leur expertise avant ce soir.

Il raccrocha en même temps que Nikki.

— Camille n'a pas répondu, expliqua-t-elle. Je

lui ai laissé un message. Pourquoi tu ne voulais pas l'appeler toi-même ?

Au lieu de répondre à la question, il la prévint :

— Écoute, Nikki, je vais devoir repasser au bureau.

Elle le fixa avec stupéfaction.

— Repasser au bureau ? Ton fils a disparu et tu retournes travailler !

— Je crève d'inquiétude, mais je ne suis pas flic. Il faudrait mener des…

— Je vais appeler Santos, le coupa-t-elle. Lui au moins saura comment agir.

Aussitôt dit, aussitôt fait. Elle composa le numéro de son amant et lui raconta dans les grandes lignes l'histoire de la disparition de Jeremy.

Sebastian la regardait, impavide. Elle cherchait à le provoquer, mais ça ne marchait pas. Que pouvait-il faire ? Dans quelle direction creuser ? Incapable de prendre une décision, il se sentait aussi angoissé qu'impuissant.

À ce stade, l'intervention de la police le soulageait. Ils n'avaient d'ailleurs que trop tardé à prévenir les autorités.

En attendant la fin de la conversation, il s'assit à la place du singe[1], enfila le casque en cuir – qui

1. En compétition, nom donné au passager d'un side-car, celui-ci faisant des acrobaties pour maintenir l'équilibre de la moto.

n'était sûrement pas aux normes – et rabattit la grosse paire de lunettes d'aviateur. Il se sentait accablé, dépassé par les événements. Qu'est-ce qu'il foutait là, dans le panier d'une bécane bizarroïde, affublé d'un accoutrement ridicule ? Par quel engrenage infernal toute sa vie semblait-elle subitement partir à vau-l'eau ? Pourquoi s'était-il vu infliger ces « retrouvailles » avec son ex-femme ? Pourquoi son fils enchaînait-il connerie sur connerie ? Pourquoi sa fille de quinze ans se mettait-elle en tête de coucher avec des garçons ? Pourquoi sa situation professionnelle menaçait-elle de s'effondrer ?

Nikki raccrocha et le rejoignit sans mot dire. Elle enfourcha la moto, mit les gaz, fit vrombir le moteur avant de partir en trombe vers les docks. Visage balayé par le vent, fesses et dents serrées, Sebastian s'agrippait à son siège. Il avait oublié son imperméable à l'appartement et grelottait dans son costume élégant, mais léger. Contrairement à son ex-femme, il était plutôt casanier. Pas aventurier pour un sou, il préférait le confort cossu de sa Jaguar au supplice de ce tape-cul. D'autant qu'elle semblait prendre un malin plaisir à accélérer chaque fois qu'un nid-de-poule se présentait sur le trajet.

Ils arrivèrent enfin devant l'ancienne usine qui abritait l'appartement de Nikki.

— Je monte avec toi chercher mon pardessus,

78

prévint-il en s'extirpant du baquet. J'y ai laissé les clés de ma voiture.

— Tu fais ce que tu veux, répondit-elle sans le regarder. Moi, je vais attendre Santos.

Il la suivit dans l'escalier. Arrivée en haut des marches, elle ouvrit la porte métallique qui permettait d'accéder au loft et poussa un cri de stupeur en pénétrant dans l'appartement.

11

Canapé éventré, meubles renversés, étagères dévastées. Le salon était dans un état qui ne laissait aucun doute : en leur absence, l'appartement avait été saccagé.

Le cœur battant, Nikki s'avança pour constater les dégâts. Tout était sens dessus dessous. Téléviseur arraché du mur, tableaux jetés au sol, tiroirs retournés, feuilles de papier dispersées aux quatre coins de la pièce.

Elle tremblait, choquée de voir son intimité profanée, son intérieur mis à sac.

— Qu'ont-ils emporté ? demanda Sebastian.

— Difficile à dire. Pas mon ordinateur portable, en tout cas. Il est sur le bar de la cuisine.

Étrange.

Sur l'une des rares étagères encore debout, il remarqua une jolie boîte marquetée.

— Ça a de la valeur, ça ?

— Bien sûr, ce sont mes bijoux.

Il ouvrit la caissette. Elle contenait entre autres les bagues et les bracelets qu'il lui avait offerts autrefois. Des créations hors de prix de chez Tiffany.

— Quel voleur est assez stupide pour ne pas s'emparer d'un ordinateur et d'une boîte à bijoux posés en évidence ?

— Chut ! ordonna-t-elle en posant le doigt sur sa bouche.

Il se tut sans comprendre, jusqu'à ce qu'ils entendent un craquement. Il y avait encore quelqu'un dans l'appartement !

D'un signe de la main, elle lui demanda de ne pas bouger et emprunta les marches métalliques qui menaient à l'étage. Le couloir desservait d'abord sa propre chambre.

Vide.

Puis celle de Jeremy.

Trop tard.

La fenêtre à guillotine qui donnait sur la cour avait volé en éclats. Nikki se pencha pour apercevoir une silhouette épaisse qui s'enfuyait par l'escalier de secours en fonte. Elle enjamba la fenêtre pour la prendre en chasse...

— Laisse tomber, la dissuada Sebastian en la retenant par le bras. Il est probablement armé.

Elle se résigna et passa d'une chambre à l'autre. Le ou les cambrioleurs avaient commencé à fouiller la maison de fond en comble. Atterrée par la vision de ses affaires éparpillées sur le sol, elle ne put que constater :

— Ils ne sont pas venus pour voler, mais pour trouver quelque chose de précis.

Sebastian s'intéressa de plus près à la chambre de Jeremy : à première vue, rien n'avait disparu. Machinalement, il redressa les tours des ordinateurs un peu bancales. Il y avait en lui quelque chose de maladif, à la limite du trouble obsessionnel : une angoisse profonde du désordre, une tendance maniaque à la propreté. Il releva le vélo à pignon fixe, remit d'aplomb une étagère qui menaçait de s'écrouler et rassembla les cartes à jouer tombées sur le parquet. En reprenant la mallette de poker en aluminium, il eut un mouvement de surprise. Les jetons en céramique étaient soudés entre eux, chaque pile formant une sorte de tube creux et circulaire. Il inspecta l'intérieur : des sachets en plastique étaient coincés dans les conduits. Il tira sur l'une des pochettes. Elle était bourrée de poudre blanche.

Non, c'est surréaliste…

Affolé, il retourna les deux gaines en céramique pour étaler sur le lit une dizaine de petits emballages transparents.

De la cocaïne !

Il ne parvenait pas à y croire.

— Merde, lâcha Nikki en entrant dans la chambre.

Ils se regardèrent, médusés.

— C'est ça que les voleurs cherchaient. Il y en a au moins un kilo !

Mais Sebastian refusait toujours d'y croire.

— C'est trop gros pour être vrai. C'est peut-être… un jeu de rôle ou une blague.

Nikki secoua la tête et esquissa une moue dubitative. Elle fit une petite entaille dans l'un des sachets et goûta un peu de poudre. La saveur amère et piquante provoqua une sensation d'engourdissement de la langue.

— C'est de la coke, Sebastian. C'est certain.

— Mais comment…

Sa phrase fut interrompue par le tintement joyeux d'un carillon. Quelqu'un sonnait à la porte.

— Santos ! s'exclama-t-elle.

La stupeur et l'effarement se lisaient sur leurs visages. Pour la première fois depuis des années, ils se sentirent unis par un lien puissant : protéger leur fils. Leurs cœurs battaient à l'unisson. Mêmes palpitations, même sueur, même vertige.

Le carillon retentit une deuxième fois. Le flic s'impatientait.

L'heure n'était plus aux atermoiements. Il leur

fallait prendre une décision, et vite. Jeremy était sous le coup d'une mise à l'épreuve. S'il paraissait suicidaire de vouloir cacher leur découverte à la police, avouer que leur fils dissimulait un kilo de cocaïne dans sa chambre signifiait le condamner à une longue peine de prison. Hypothéquer ses études et son avenir. Plomber son entrée dans la vie. Le plonger dans l'enfer d'un centre de détention.

— Il faut… commença-t-il.

— … faire disparaître cette dope, termina-t-elle.

L'union, dernier rempart contre le danger.

Rassuré d'être en terrain d'entente, Sebastian s'empara de plusieurs sachets de coke pour les jeter dans les toilettes de la salle de bains qui prolongeait la chambre. Nikki lui prêta main-forte, projetant dans la cuvette l'autre moitié de la « cargaison ».

Troisième sonnerie du carillon.

— Va lui ouvrir. Je te rejoins !

Elle acquiesça. Tandis qu'elle descendait l'escalier vers le salon, il tira une première fois la chasse. L'eau peinait à dissoudre la cocaïne. Loin de disparaître dans les tréfonds de la tuyauterie, les sachets bouchèrent la canalisation. Sebastian réitéra la manœuvre, sans plus de succès. Complètement paniqué, il regarda l'eau blanchâtre remonter inexorablement vers la lunette des toilettes et menacer de déborder.

12

— Tu as mis le temps ! reprocha Santos. Je commençais à m'inquiéter.

— Je ne t'ai pas entendu, mentit Nikki.

Elle s'effaça pour le laisser entrer, mais il s'arrêta net en découvrant l'appartement dévasté.

— Que s'est-il passé ? Une tornade a traversé ton salon ?

Prise au dépourvu, elle ne sut que répondre. Elle sentit son cœur s'accélérer tandis que de fines gouttes de transpiration perlaient sur son front.

— Je… je faisais un peu de ménage, c'est tout.

— Tu te fous de moi ? Sérieusement, Nikki ?

Elle perdait pied. Vu l'état de l'appartement, elle ne réussirait pas à le convaincre.

— Tu m'expliques ? fit-il, pressant.

En provenance de l'escalier, la voix persuasive de Sebastian sonna comme une délivrance :

— On s'est disputés, ça arrive, non ?

Hébété, Santos se retourna pour découvrir le nouveau venu. Surjouant le rôle de l'ex-mari jaloux, Sebastian s'était composé un visage agressif.

— Vous appelez ça une dispute ? dit le flic en montrant du doigt le salon saccagé.

Gênée, Nikki les présenta l'un à l'autre.

Les deux hommes se saluèrent d'un bref hochement de tête. Sebastian essaya de masquer son étonnement, mais, en vérité, il était un peu surpris par l'apparence de Santos. L'autre le dépassait d'une tête. Métisse, bien bâti, les traits fins, il n'avait rien du flic bourrin et brutal. Son costume bien taillé – qui devait coûter la moitié de sa paie mensuelle –, sa coupe de cheveux nette, son rasage impeccable lui donnaient une allure soignée qui inspirait confiance.

— Il n'y a plus une seconde à perdre, déclarat-il en fixant les deux parents. Je ne veux pas vous inquiéter, mais trois jours sans nouvelles d'un ado, ça commence à faire beaucoup.

Il déboutonna machinalement sa veste en poursuivant d'un ton docte :

— Les affaires de disparition sont gérées par les autorités locales, sauf si l'enquête dépasse les limites d'un seul État ou lorsqu'il s'agit de la disparition d'un mineur. Dans ce cas, c'est le FBI qui intervient par l'intermédiaire du CARD, le *Child Abduction Rapid Deployment*. J'ai un contact là-bas. Je l'ai appelé pour lui signaler la disparition de Jeremy. Ils nous attendent à leur QG à Midtown, dans le Metlife Building.

— OK, on te suit, décida Nikki.

— Moi, je prends ma voiture, tempéra Sebastian.

— C'est stupide : j'ai mon véhicule de service, on évitera les embouteillages grâce au gyrophare.

Sebastian jeta un bref coup d'œil à Nikki.

— On te rejoint tous les deux là-bas, Lorenzo.

— Très bonne idée ! ironisa-t-il. Perdons encore davantage de temps !

Comprenant qu'il ne parviendrait pas à les faire changer d'avis, il se dirigea vers la porte.

— C'est votre gamin, après tout ! dit-il en claquant le battant.

La sortie du flic ne fit retomber ni la tension ni la confusion. Restés seuls, Nikki et Sebastian se retrouvèrent face à leurs hésitations. Tétanisés par la peur de prendre la mauvaise décision, ils avaient du mal à analyser les informations qu'ils avaient mises au jour : la fugue de Jeremy, son goût pour le poker, la découverte de la drogue...

Par réflexe, ils remontèrent dans la chambre de leur fils. *In extremis*, Sebastian était parvenu à déboucher les toilettes avec le manche d'un balai-brosse. Si à présent toute trace de drogue avait disparu, cela ne reléguait pas pour autant l'épisode au rang de mauvais rêve.

À la recherche d'un indice, il examina plus attentivement la mallette en aluminium et son contenu. Aucun double fond, aucune inscription particulière, ni sur les cartes à jouer ni sur les faux jetons en céramique. L'intérieur du boîtier était revêtu d'une doublure en mousse alvéolée garnie d'une poche. Il y passa la main. Vide... à l'exception d'un sous-verre en carton. Au recto, une publicité pour une marque de bière ; au verso, le dessin d'une lame recourbée, enseigne stylisée d'un débit de boisson.

Bar Le Boomerang
17 Frederick Street – Bushwick
Propriétaire : Drake Decker

Il tendit le sous-bock à Nikki.

— Tu connais cet endroit ?

Elle secoua la tête. Il insista :

— C'est sans doute là qu'il jouait au poker, non ?

Il chercha son regard, mais il l'avait perdu.

Très pâle, grelottante, les yeux brillants figés dans le vide, Nikki semblait avoir lâché prise.

— Nikki ! cria-t-il.

Elle sortit brusquement de la chambre. Il la rattrapa dans l'escalier et la suivit dans la salle de bains où elle avalait une barrette d'anxiolytiques.

Il la prit fermement par l'épaule.

— Ressaisis-toi, s'il te plaît.

Il s'efforça de lui exposer son plan d'une voix calme :

— Voilà ce que nous allons faire. Tu vas décrocher le panier du side-car, puis tu iras en moto à Manhattan. Le plus vite possible. Il faut que tu interceptes Camille à la sortie de son école.

Il regarda sa montre.

— Elle termine à 14 heures. Si tu pars maintenant, tu pourras y être à temps. Il n'y a qu'en deux-roues que c'est jouable.

— Pourquoi t'inquiètes-tu pour elle ?

— Écoute, je ne sais pas ce que faisait cette coke dans la chambre de Jeremy, mais les types à qui elle appartenait veulent la récupérer, c'est évident.

— Ils savent qui nous sommes.

— Oui, ils connaissent ton adresse et sans doute la mienne. Nous sommes donc tous en danger : toi, moi, Jeremy et Camille. J'espère avoir tort, mais autant ne pas prendre de risques.

Paradoxalement, la verbalisation de cette nouvelle menace sembla la ragaillardir.

— Où veux-tu que je la conduise ?

— À la gare. Tu la mets dans un train pour East Hampton et tu l'envoies...

— ... chez ta mère, devina-t-elle.

— Là-bas, elle sera en sécurité.

13

Le bâtiment de l'école St. Jean Baptiste ressemblait à un temple grec.

Parfaitement symétrique, la façade de marbre gris était ornée de frontons triangulaires et de colonnes doriques finement sculptées.

Scientia potestas est[1] : gravée dans la pierre, la devise de l'établissement s'étalait fièrement des deux côtés d'un escalier monumental donnant au lycée des allures de sanctuaire. Cette froideur minérale était atténuée par le chant des oiseaux et les rayons de soleil qui filtraient entre les feuillages orangés. Aristocratique, le lieu respirait le calme, la culture et la connaissance. Difficile de croire que l'on était en plein cœur de Manhattan, à seulement quelques pâtés de maisons des attractions bruyantes et populaires de Times Square.

1. « Savoir, c'est pouvoir. »

Pourtant, en quelques secondes, cette quiétude monacale se troubla. Une élève descendit la première les marches du perron. Puis, par petits groupes, des jeunes filles s'éparpillèrent sur le trottoir.

Les rires et les cris fusaient. Malgré leur uniforme d'écolière et leur col Claudine, les discussions roulaient sur des sujets moins policés : ça parlait garçons, sorties, shopping, régime, Twitter et Facebook.

Adossée contre la selle de sa moto, Nikki plissa les yeux, cherchant à repérer la silhouette de Camille au milieu de ces bataillons féminins. Elle capta malgré elle des bribes de conversation. Remarques fugitives d'une génération qui n'était plus la sienne. « Je le kiffe trop, Stephen ! », « J'suis grave in love ! », « Comme elle craint, la prof de socio », « Ça fait iech' ! », « J'suis trop vénère ! »…

Enfin, elle aperçut sa fille avec soulagement.

— Qu'est-ce que tu fais ici, maman ? demanda Camille en écarquillant les yeux. J'ai vu que tu m'avais laissé un message.

— Je n'ai pas beaucoup de temps pour t'expliquer, chérie. Tu n'as pas eu de nouvelles de Jeremy ces derniers jours ?

— Non, assura-t-elle.

Nikki la mit au courant de la disparition de son frère, mais, pour ne pas l'effrayer, ne mentionna ni le saccage de l'appartement ni la découverte de la drogue.

— En attendant la fin de cette histoire, papa aimerait que tu ailles passer quelques jours chez ta grand-mère.

— Mais ça va pas ! J'ai plein de contrôles, cette semaine ! Et puis j'ai prévu des sorties avec mes copines.

Nikki tenta de se montrer convaincante.

— Écoute, Camille. Je ne serais pas là si je ne pensais pas que tu étais en danger.

— Mais en danger de quoi ? Mon frère a fugué et alors ? C'est pas la première fois.

Nikki soupira en regardant sa montre. Il y avait un train pour East Hampton dans moins d'une demi-heure, mais c'était le dernier avant 17 h 30.

— Enfile ça ! ordonna-t-elle en tendant un casque à sa fille.

— Mais…

— Il n'y a pas de « mais ». Je suis ta mère. Si je te dis de faire quelque chose, tu le fais, c'est tout ! Et sans discuter.

— On dirait papa ! se plaignit Camille en s'installant sur la selle à l'arrière de la moto.

— Et ne m'insulte pas, s'il te plaît !

Nikki enfourcha son engin et quitta l'Upper East Side. Elle se laissa glisser le long de Lexington, s'enfonçant à travers les canyons de verre et de béton, roulant aussi vite qu'elle le pouvait tout en restant concentrée sur sa conduite.

Surtout ne pas avoir d'accident. Pas maintenant...

À cause du divorce, elle avait toujours eu des relations lointaines avec Camille. Elle l'aimait profondément, mais elle n'avait pas eu l'occasion de tisser avec elle une vraie complicité. La faute bien sûr aux conditions de séparation absurdes que lui avait imposées Sebastian. Mais aussi à cause d'une barrière plus insidieuse. L'honnêteté l'obligeait en effet à admettre qu'elle nourrissait un complexe face à sa fille. Camille était une jeune fille brillante, éprise de culture classique. Très jeune, elle avait dévoré des centaines de livres, vu la plupart des films phares. De ce côté-là, Sebastian l'avait parfaitement élevée. Grâce à lui, elle évoluait dans un milieu privilégié. Il l'emmenait au théâtre, à des concerts, à des expositions...

Camille était une bonne gamine, plutôt humble et pas condescendante, mais Nikki se sentait souvent dépassée lorsque, au détour d'une conversation, elle s'aventurait sur le terrain de la culture « savante ». Une mère à la traîne. Une mère inférieure. Comme chaque fois qu'elle pensait à ça, les larmes lui montèrent aux yeux, mais elle fit des efforts pour garder son chagrin à distance.

À plein régime, elle dépassa Grand Central, lança un coup d'œil dans son rétro avant de déboîter pour doubler un camion de pompiers.

Tournis, vitesse, sensation d'écrasement. Elle aimait cette ville autant qu'elle la détestait. Son foisonnement et son mouvement perpétuel la prenaient à la gorge et l'étourdissaient.

Minuscule, coincée entre les parois verticales et les tranchées géométriques, la moto fonçait.

Sirènes hurlantes, pollution planante, taxis surexcités, klaxons, éclats de voix.

Nikki rétrograda, prit un large virage pour rejoindre la 39e, puis se fondit dans la circulation de Fashion Avenue. Les images se succédaient devant ses yeux : foule agglutinée, bitume fissuré, chariots cabossés des vendeurs de hot-dogs, reflets métalliques des buildings, paires de jambes fuselées affichées en gros plan sur une façade.

Débouchant sur Pennsylvania Plaza, elle réussit à intercaler sa moto entre deux voitures.

New York était un enfer pour les deux-roues : les chaussées étaient défoncées et on n'avait le droit de se garer nulle part.

— Terminus, tout le monde descend !

Camille sauta sur le trottoir et l'aida à cadenasser la BMW.

14 h 24.

Le train partait dans dix minutes.

— Dépêche-toi, chérie.

Elles traversèrent la rue au milieu de la circulation pour s'engouffrer dans l'immeuble sans grâce qui abritait Penn Station.

À en croire les photos d'époque affichées dans le hall, la gare la plus fréquentée des États-Unis occupait autrefois un bâtiment grandiose orné de colonnes en granit rose. Coiffée d'une verrière, sa salle des pas perdus avait la taille d'une cathédrale avec gargouilles, vitraux et statues de marbre. Mais cet âge d'or était depuis longtemps révolu. Sous la pression des promoteurs et de l'industrie de l'*entertainment*, on avait démoli le bâtiment au début des années 1960 pour y construire un complexe sans âme de bureaux, d'hôtels et de salles de spectacle.

Nikki et Camille jouèrent des coudes pour se frayer un chemin jusqu'au guichet.

— Un aller simple pour East Hampton, s'il vous plaît.

L'employée, une femme aux allures de bouddha, mit un temps infini pour éditer le ticket. La gare bourdonnait. Point névralgique du corridor reliant Washington à Boston, Penn Station desservait aussi de nombreuses gares du New Jersey et de Long Island.

— 24 dollars. Le train part dans six minutes.

Nikki récupéra sa monnaie et prit Camille par la main pour l'entraîner au sous-sol, où se trouvaient les voies ferrées.

Dans les escaliers, les gens se bousculaient. Promiscuité étouffante. Cris d'enfants. Épaules qui s'entrechoquent. Coups de valise dans les genoux. Odeurs de transpiration.

— Quai numéro 12, c'est par là !

Nikki tirait sa fille par la main. Elles remontèrent en courant jusqu'à la rame correspondante.

« Départ dans trois minutes », annonça le contrôleur.

— Tu nous appelles dès que tu es arrivée, d'accord ?

Camille acquiesça d'un mouvement de tête.

En se penchant pour embrasser sa fille, Nikki remarqua son embarras.

— Tu me caches quelque chose, n'est-ce pas ?

À la fois contrariée d'être prise en faute et soulagée de se délivrer d'un fardeau, Camille finit par confesser :

— C'est à propos de Jeremy. Il m'avait fait promettre de ne pas t'en parler, mais...

— Tu l'as vu récemment ? devina Nikki.

— Oui. Il est venu me chercher samedi, à midi, à la sortie de mon cours de tennis.

Samedi, il y a trois jours...

— Il semblait très inquiet, continua Camille. Très pressé aussi. Il avait des ennuis, c'est évident.

— Il t'a expliqué lesquels ?

— Il m'a juste dit qu'il avait besoin d'argent.

— Tu lui en as donné ?

— Comme je n'avais pas grand-chose sur moi, il m'a accompagnée à la maison.

— Ton père n'était pas là ?

— Non, il déjeunait au restaurant avec Natalia.

Le train allait fermer ses portes. Les derniers voyageurs couraient pour monter dans les wagons. Pressée par sa mère, Camille poursuivit :

— J'ai donné à Jeremy les 200 dollars que j'avais dans ma chambre, mais, comme ça ne lui suffisait pas, il a voulu ouvrir le coffre-fort de papa.

— Tu connais le code ?

— Facile : c'est notre date de naissance !

Un signal sonore annonça le départ imminent.

— Il y avait 5 000 dollars en liquide, précisa la jeune fille en sautant dans la rame. Jeremy m'a promis qu'il les remettrait avant que papa ne s'en aperçoive.

Restée sur le quai, Nikki affichait un visage livide qui inquiéta Camille.

— Tu crois qu'il lui est arrivé quelque chose, maman ?

Les portes se refermèrent sur sa question.

14

Le temps s'était couvert. Brusquement.

En quelques minutes, le ciel avait été frotté à la mine de plomb et des nuages charbonneux s'étaient empilés, bouchant l'horizon.

Sur la Brooklyn-Queens Express, les voitures roulaient pare-chocs contre pare-chocs. En route vers l'adresse indiquée par Santos, Sebastian traçait mentalement une ligne de partage entre ce qu'il allait révéler au FBI et ce qu'il préférait taire. Le choix était difficile. Depuis qu'il avait repris sa voiture, il tentait vainement de reconstituer un puzzle auquel il manquait trop de pièces. Comme une souffrance aiguë, une question lancinante le tourmentait : pourquoi Jeremy cachait-il un kilo de cocaïne dans sa chambre ? À cette interrogation, il ne trouvait qu'une réponse : parce qu'il l'avait volé. Sans doute au patron de ce bar, *Le Boomerang*.

Puis, dépassé par son geste et pris de panique, il avait certainement fugué pour échapper au dealer.

Mais comment avait-il pu basculer dans ce cauchemar ? Son fils n'était pas un imbécile. Ses récents démêlés avec la justice ne concernaient qu'un petit larcin et une dégradation anodine. Rien qui s'apparente de près ou de loin à de la grande délinquance.

Subitement, la circulation devint plus fluide. La voie express plongea dans un long tunnel avant de ressortir à ciel ouvert à l'extrémité des quais de l'East River.

Le téléphone de Sebastian vibra dans sa poche. C'était Joseph.

— Je suis désolé, expliqua le chef d'atelier, mais nous avons perdu le contrat. C'est Furstenberg qui expertisera le Bergonzi.

Sebastian accepta la sentence sans sourciller. À présent, tout cela lui paraissait dérisoire. Il profita qu'il avait Joseph en ligne pour lui demander abruptement :

— Tu as une idée de combien coûte un kilo de cocaïne ?

— Pardon ? Tu plaisantes ? Qu'est-ce qui t'arrive ?

— C'est une longue histoire. Je t'expliquerai. Alors ?

— Je n'en sais absolument rien, avoua Joseph. Moi, je carbure plutôt au single malt vingt ans d'âge…

— Je n'ai pas le temps de plaisanter, Joseph.

— OK... Ça doit dépendre de la qualité, de l'origine...

— Ça, je pouvais le deviner tout seul. Tu pourrais faire une recherche sur Internet ?

— Attends, je me connecte à Google. Ça y est. Je tape quoi ?

— Démerde-toi, mais fais vite.

Téléphone greffé à l'oreille, Sebastian entra dans une zone en travaux. Chargé de réguler la circulation, un ouvrier lui fit signe de prendre une déviation. Un virage brusque qui le déporta vers le sud où un nouvel embouteillage bloquait l'accès à la bretelle de sortie.

— J'ai trouvé un article qui peut t'aider, reprit Joseph après quelques instants. Écoute ça : *« Quatre-vingt-dix kilos de cocaïne, d'une valeur estimée à 5,2 millions de dollars, ont été saisis dans un parking de Washington Heights. »*

Sebastian se lança dans une règle de trois :

— Si quatre-vingt-dix kilos valent 5,2 millions, un kilo vaut...

— ... un peu moins de 60 000 dollars, compléta Joseph. Tu peux m'expliquer mainte...

— Plus tard, Joseph. Je dois raccrocher. Je te remercie.

Une lueur d'espoir brilla dans l'œil de Sebastian.

103

Il avait un plan. Cette somme était certes importante, mais pas excessive. En tout cas, il pouvait se la procurer rapidement en liquide. Voici comment il allait procéder : il se rendrait dans ce bar, *Le Boomerang*, et proposerait à ce Drake Decker un deal « qu'il ne pourrait pas refuser » : il lui rembourserait l'intégralité de la valeur de la drogue en ajoutant une commission de 40 000 dollars pour compenser le dérangement et la promesse d'oublier l'existence de Jeremy.

« L'argent est la seule puissance qu'on ne discute jamais », avait-on coutume de répéter dans sa famille. Une citation que son grand-père avait dû prendre dans un livre pour en faire une sorte de mantra, une devise familiale qui orientait la vie des Larabee depuis des décennies. Pendant longtemps, Sebastian avait méprisé cette façon de penser, mais, aujourd'hui, il s'y accrochait à son tour. Maintenant, il avait pleinement confiance en l'avenir. Les choses allaient s'arranger. Il paierait le dealer pour éloigner le danger de sa famille. Une fois la menace supprimée, il retrouverait son fils et reprendrait en main son éducation et ses fréquentations. Il n'était pas trop tard. Finalement, cet épisode serait peut-être salutaire.

Voilà. Sa décision était prise. Il n'y avait plus une minute à perdre.

Il arriva devant l'échangeur qui desservait les rampes du Manhattan Bridge, mais, au lieu de s'engager sur le pont, il fit demi-tour pour revenir sur Brooklyn.

Et mit le cap sur *Le Boomerang*.

15

— Dégage ta caisse, connard !

L'insulte frappa Sebastian alors qu'il dépassait un groupe de sans-abri qui fouillaient dans les poubelles du *Pizza Hut* de Frederick Street. Tétant leur canette de bière planquée dans un sac en kraft, ils marquaient leur territoire en invectivant les passants et les conducteurs qui les regardaient de trop près.

— Face de rat !

Un gobelet plein s'écrasa sur le pare-brise. Sebastian remonta sa vitre et actionna les essuie-glaces.

Charmant...

Il mettait les pieds dans cette partie de la ville pour la première fois. Et sans doute aussi la dernière, espérait-il.

Des parfums de cuisine portoricaine flottaient dans l'air graisseux. Des rythmes caribéens s'échappaient des fenêtres. Des drapeaux dominicains ornaient le perron des maisons. Nul ne pouvait ignorer bien longtemps que Bushwick était un fief latino. Tentaculaire, le quartier s'étendait sur des dizaines de blocs et avait gardé un côté rugueux. Les colonies de bobos qui avaient investi Williamsburg n'avaient pas encore déferlé sur le secteur. Ici, pas de jeunes friqués, d'artistes à la mode ou de restaurants bio, mais une succession d'entrepôts, de maisons aux toits de tôle, d'immeubles en brique, de murs couverts de graffitis et de terrains vagues envahis de mauvaises herbes.

L'avenue était large et presque déserte. Sebastian repéra *Le Boomerang*, mais préféra garer la Jaguar dans une ruelle parallèle. Il verrouilla sa voiture et regagna Frederick Street alors que les premières gouttes de pluie commençaient à tomber, rendant Bushwick gris et triste.

Le Boomerang n'avait rien d'un *lounge* cosy et branché. C'était un rade de banlieue, sinistre et crade, qui servait du whisky premier prix et des sandwiches au pain de viande à 2 dollars. Scotchée au rideau de fer, une pancarte indiquait que le débit de boisson n'ouvrait ses portes qu'à partir de 17 heures. Pourtant, le volet métallique était ouvert aux trois quarts, permettant d'accéder à la porte d'entrée de l'établissement.

Sebastian toqua contre la vitre fumée alors que la pluie s'intensifiait.

Pas de réponse.

S'enhardissant, il remonta complètement la grille et essaya d'ouvrir la porte.

Elle ne résista pas.

Trempé par l'averse, il hésita un court moment. L'endroit était sinistre et la pièce plongée dans la pénombre. Finalement, il se décida à entrer en prenant soin de refermer derrière lui pour ne pas risquer d'être repéré par des passants.

— Il y a quelqu'un ? demanda-t-il en avançant prudemment.

Après seulement quelques pas dans la pièce, il porta la main à sa bouche. Un relent infect l'avait pris à la gorge et lui retournait l'estomac. Des effluves ferrugineux, une odeur obsédante, violente…

Celle du sang.

Il fut tenté de fuir, mais domina sa peur. Il recula contre le mur, chercha à tâtons un interrupteur.

Lorsque la lumière glauque se répandit dans la pièce, il fut saisi d'effroi.

Le bar était repeint à l'hémoglobine. Le parquet maculé de taches noires et collantes. Les murs de brique aspergés de mélasse pourpre. Les boiseries souillées. Les éclaboussures avaient atteint jusqu'aux étagères qui débordaient de bouteilles derrière le comptoir.

Un véritable carnage.

Au fond de la pièce, un homme gisait dans une mare de sang.

Drake Decker ?

Le cœur de Sebastian bondit dans sa poitrine, hors de contrôle. Malgré la panique et l'écœurement, il avança vers le cadavre. Couché sur le dos, un corps énorme et mutilé se vidait de son sang. Le billard sur lequel se trouvait la dépouille ressemblait à un autel, une table liturgique élevée pour un obscur sacrifice. Le mort était un colosse chauve et moustachu dont le poids dépassait allégrement le quintal. Bedonnant, poilu, il avait l'allure de certains membres des *Bears*, une branche de la communauté homosexuelle affichant une virilité bien assumée. Autrefois couleur kaki, son pantalon de toile était imbibé de sang noir. De sa chemise à carreaux, largement ouverte sur son torse et son ventre, débordaient des viscères. Intestins, foie, estomac s'étaient amalgamés pour former une bouillie poisseuse et visqueuse.

Sebastian ne put résister davantage. Mains sur les genoux, il vomit la bile âcre et jaunâtre qui remontait de son estomac vide. Il resta quelques secondes dans cette position. Trempé de sueur, le visage brûlant. En apnée.

Il surmonta pourtant son affolement. Un

portefeuille dépassait de la poche de la chemise. Sebastian parvint à extraire l'étui en cuir et vérifia le permis de conduire : il s'agissait bien de Drake Decker.

Alors qu'il cherchait à remettre le portefeuille en place, le corps de Drake fut parcouru d'une convulsion.

Sebastian sursauta. Le sang bourdonnait contre ses tempes.

Ultime contraction *post mortem* ?

Il se pencha vers le visage sanguinolent.

Le « cadavre » ouvrit brutalement les yeux. Sebastian recula et étouffa un cri.

Et merde !

Drake était peut-être à l'article de la mort, mais le souffle de sa respiration se mêlait au mince filet de sang qui s'échappait de sa bouche.

Que faire ?

Panique. Étourdissement. Sensation d'étouffement.

Il sortit son portable et composa le numéro d'appel d'urgence. Il refusa de décliner son identité, mais réclama une ambulance à l'adresse du 17, Frederick Street.

Il raccrocha et se fit violence pour regarder de nouveau le visage et le corps de Drake. Visiblement, on avait torturé le *Bear* sans lui épargner aucun supplice. Le sang avait transpercé le drap de laine qui recouvrait la plaque d'ardoise du billard. Les bords capitonnés faisaient office de rigoles qui drainaient des flots d'hémoglobine jusque dans les poches de la table. À présent, l'homme était bien mort.

Un reflux acide fulgurant lui brûla l'œsophage. Sebastian avait la bouche sèche. Ses jambes flageolaient. Les idées se brouillaient dans son esprit.

Il fallait qu'il se dépêche de quitter les lieux. Il réfléchirait plus tard. En vérifiant qu'il n'abandonnait rien derrière lui, il repéra sur le comptoir une bouteille de bourbon posée à côté d'un verre à moitié plein. Un zeste d'orange et deux gros cubes de glace flottaient dans le whisky. Il s'arrêta sur ce dernier détail. Qui avait bu dans ce verre ? Sans doute le « boucher » qui avait torturé Drake. Mais si les glaçons n'avaient pas fondu, cela signifiait que l'agresseur venait à peine de quitter les lieux.

Voire qu'il était toujours dans la pièce…

Alors qu'il se ruait vers la porte, il entendit un craquement. Il se figea. Et si Jeremy était prisonnier de ce cloaque ?

Il se retourna et aperçut une ombre glisser derrière un paravent laqué.

Surgissant derrière les panneaux de bois, un colosse se précipita sur lui.

Peau cuivrée, carrure épaisse, visage tatoué comme un guerrier maori, il tenait dans la main un couteau de combat à lame à double tranchant.

Tétanisé, Sebastian resta cloué sur place.

Il ne leva même pas les bras pour se protéger lorsque la lame s'abattit sur lui.

16

— Lâche ça ! hurla Nikki en faisant irruption dans la pièce.

Stupéfait, le colosse suspendit son geste. Profitant de sa surprise, Nikki fondit sur le Maori pour lui assener un coup de pied retourné qui percuta le flanc du géant, mais ne le déséquilibra pas pour autant. Le tueur reprit ses esprits immédiatement. Ces deux adversaires ne l'effrayaient pas outre mesure. À en juger par le sourire sadique qui déformait son visage, l'arrivée de la jeune femme apportait même du piquant à l'affrontement.

Sebastian avait profité de la diversion pour se réfugier au fond de la salle. Pas par manque de courage, plutôt par incapacité à gérer ce genre de situation. Jamais de sa vie il ne s'était battu. Jamais il n'avait donné ni reçu le moindre coup de poing.

Seule, Nikki faisait face. D'un mouvement

souple, elle esquiva un coup de couteau, puis un autre. Décalage, petit saut, virevolte, feinte de corps. Elle mobilisait tout ce qu'elle avait appris en boxe dans sa salle de sport. Mais le colosse ne frapperait pas dans le vide indéfiniment.

Il fallait le désarmer coûte que coûte.

Faire abstraction de l'odeur du sang. Oublier le climat de mort qui régnait dans la pièce. Ne penser qu'à Jeremy.

Je n'ai pas le droit de mourir avant d'avoir retrouvé mon fils.

Elle s'empara d'une queue de billard posée contre la table. Ce n'était pas aussi efficace qu'un couteau, mais ça la rendait plus difficile à atteindre. Armée de cette tige de bois, elle balaya l'air, enchaînant avec agilité plusieurs attaques dont l'une gifla le Maori. Vexé, il poussa un grognement de colère et, considérant que le jeu avait assez duré, porta soudain un large coup de poignard circulaire qui brisa la canne de billard en son milieu. Désarçonnée, Nikki lui balança les deux morceaux de bois au visage. Il les repoussa d'un geste du bras.

Voyant Nikki en difficulté, Sebastian se sentit porté par une force nouvelle. Il saisit un extincteur accroché au mur et arracha l'anneau pour libérer le gaz de la cartouche.

— Prends ça dans la gueule ! cria-t-il en libérant la mousse carbonique à la tête de l'agresseur.

Surpris, le criminel se protégea les yeux sans lâcher son arme. Tirant profit de son aveuglement, Nikki lui envoya un coup de pied à l'entrejambe tandis que Sebastian le frappait de toute sa rage avec l'extincteur.

Un de ses coups toucha le tatoué en pleine tête, décuplant sa colère. Il se dégagea et projeta son couteau en direction de Nikki. Elle l'évita de justesse. L'arme blanche manqua sa cible et termina sa course en ricochant contre le mur.

Oubliant sa terreur de se faire écharper, Sebastian fut soudain saisi d'un sentiment d'euphorie. Avec une certaine inconscience, il décida d'attaquer frontalement le Maori, mais glissa dans une mare de sang. Il se releva, ferma son poing pour tenter un crochet. Trop tard : un direct magistral le fit valser derrière le comptoir. Pour amortir sa chute, il chercha à se rattraper à l'étagère du bar, entraînant avec lui les bouteilles et le large miroir qui se fracassèrent dans un grand bruit de verre brisé. Assommé par la violence du choc, il resta au tapis, incapable de se relever.

Retrouvant de sa superbe et décidé à en finir au plus vite, le géant saisit Nikki à la gorge pour la basculer sur la table de billard. Ses cheveux baignaient dans une flaque de sang poisseux. Elle poussa un cri d'horreur en se retrouvant à quelques centimètres du cadavre de Drake.

Le Maori lui martela le visage de ses poings.

Un coup, deux coups, trois coups.

Sous les assauts, Nikki perdait peu à peu connaissance. Dans un ultime effort, elle tendit le bras pour empoigner le premier objet venu.

La queue de billard cassée.

Épuisée, elle mit toutes ses forces dans un dernier geste de survie. Pointue comme une flèche, la moitié de canne atteignit le visage du colosse, glissant du haut de son front jusqu'au sourcil. La pointe déchira la chair et s'enfonça dans l'orbite, crevant le globe oculaire dans un bruit sourd.

Sous le coup de la douleur, le cyclope poussa un hurlement atroce et lâcha sa proie. Il retira la tige effilée de son œil et se mit à tituber en tournant sur lui-même.

Sa dernière vision fut celle de Sebastian qui, armé d'un morceau de miroir brisé, avançait vers lui.

Brillant comme une lame, affilé comme un glaive, le bout de verre lui trancha la carotide.

17

— Nikki ! Il faut partir !

L'air était lourd, irrespirable.

L'artère du Maori, qui s'était affalé au pied du comptoir, pissait le sang par saccades, déversant des litres d'hémoglobine, achevant de transformer le bar en abattoir sordide. L'antre inquiétant d'un dépeceur fou où reposaient deux carcasses en attente d'équarrissage.

Dehors, la pluie cognait contre les vitres. Le vent soufflait fort, mais pas assez pour couvrir le hurlement de la sirène de l'ambulance qui remontait la rue.

— Lève-toi, exhorta Sebastian. Les secours arrivent et les flics seront là d'une minute à l'autre.

Il aida Nikki à se mettre debout et la prit par la taille.

— Il doit y avoir une sortie derrière.

Par une porte au fond du bar, il la conduisit dans l'arrière-cour qui donnait sur la ruelle. Émergeant de l'enfer, ils accueillirent le contact avec l'air pur et la pluie ruisselante comme une bénédiction. Après ce qu'ils avaient subi, ils auraient eu besoin d'une douche sans fin pour se laver du sang qui s'incrustait dans leur chair.

Sebastian entraîna Nikki dans la Jaguar, mit le contact et démarra en trombe pendant que les éclairs bleutés des gyrophares éclaboussaient le gris lugubre de Bushwick.

Ils roulèrent suffisamment longtemps pour être hors de danger. Puis Sebastian s'arrêta devant une palissade de chantier, dans une rue déserte de Bedford Stuyvesant.

Il coupa le contact. L'habitacle de la voiture était cerné par un épais rideau de pluie.

— Bordel, qu'est-ce que tu foutais là ! hurla Nikki, au bord de la crise de nerfs. On était convenus de se retrouver chez les flics !

— Calme-toi, je t'en supplie ! J'ai cru pouvoir arranger les choses tout seul. Je me suis trompé... Mais et toi, comment as-tu su...

— Je voulais me faire une idée de cet endroit avant d'être cuisinée par les agents du CARD. J'ai plutôt bien fait, non ?

Nikki tremblait de tous ses membres.

— C'étaient qui, ces mecs ?

— Le barbu, c'est Drake Decker. Le monstre tatoué, je n'en sais rien.

Elle abaissa le pare-soleil et se regarda dans le miroir. Son visage était tuméfié, ses vêtements étaient déchirés et ses cheveux collés par le sang séché.

— Comment Jeremy s'est-il fourré dans un cauchemar pareil ? demanda-t-elle, la voix étranglée.

Alors qu'elle fermait les yeux, un barrage en elle se rompit. Une vague déferla dans son corps et elle éclata en sanglots. Sebastian posa une main sur son épaule pour la réconforter, mais elle le repoussa.

Il soupira et se massa les paupières. Sa tête était lourde. Accablé par une migraine intense, il frissonnait lui aussi dans sa chemise trempée. Il ne pouvait pas croire qu'il venait de tuer un homme en lui tranchant la gorge. Comment avait-il pu se laisser broyer aussi vite par cet engrenage ?

Il s'était réveillé ce matin, dans le confort cossu de sa maison. Un soleil rassurant inondait sa chambre. À présent, il avait du sang sur les mains, se trouvait aux portes de la prison et n'avait aucune nouvelle de son fils.

Malgré les maux de tête qui lui vrillaient le crâne et lui donnaient la nausée, il essaya de mettre de l'ordre dans ses pensées. Son cerveau brassait un flot d'images : ses retrouvailles avec Nikki, la découverte de la drogue, le cadavre mutilé de Decker, la violence bestiale du Maori, le morceau de verre affilé qu'il lui avait planté dans la gorge…

Le tonnerre gronda et l'averse redoubla d'intensité. Noyée sous une pluie diluvienne, la voiture était secouée par le vent comme une coque au milieu de la tempête. Avec sa manche, Sebastian essuya la buée qui s'était formée contre la vitre. On n'y voyait pas à trois mètres.

— On ne peut plus cacher ce que l'on sait à la police, constata-t-il en se tournant vers son ex-femme.

Nikki secoua la tête.

— On vient de tuer quelqu'un ! On a franchi le point de non-retour. Il n'est pas question de révéler quoi que ce soit !

— Nikki, le danger qui pèse sur Jeremy est plus grand que ce que l'on craignait.

Elle dégagea les mèches qui cachaient son visage.

— Les flics ne nous aideront pas, Sebastian. Ne te fais pas d'illusions. Ils vont se retrouver avec deux cadavres sur les bras et ils auront besoin d'un coupable.

— C'était de la légitime défense !

— Ça sera difficile à prouver, crois-moi. Et la presse sera ravie de se payer un notable.

Il considéra l'argument. Au fond de lui, il savait qu'elle n'avait pas tort. Ce qui s'était passé dans le bar avant leur arrivée n'était pas un simple règlement de comptes entre dealers. C'était une véritable boucherie. Et même s'ils ne savaient pas encore quel rôle avait tenu Jeremy dans ce bourbier, il était clair que les problèmes venaient de changer de nature. Ils ne craignaient plus seulement de voir leur fils se faire arrêter ou jeter en prison. Ils redoutaient surtout de le retrouver mort…

Leurs téléphones sonnèrent en même temps. *Partita* de Bach pour lui ; *riff* de Jimi Hendrix pour elle. Nikki regarda son écran : c'était Santos qui devait s'impatienter au siège du CARD, la cellule du FBI. Elle choisit d'ignorer l'appel. Elle lui donnerait des nouvelles, mais plus tard.

Elle jeta un coup d'œil sur le cellulaire de Sebastian. Le préfixe indiquait un appel international. Il fronça les sourcils pour lui signifier qu'il ne connaissait pas ce numéro, mais, après quelques secondes d'hésitation, il choisit de décrocher en mettant le haut-parleur.

— Monsieur Larabee ? demanda une voix masculine dotée d'un accent étranger.

— Lui-même.

— Mon petit doigt me dit que vous aimeriez avoir des nouvelles de votre fils.

Sebastian sentit une boule se former dans sa gorge.

— Qui êtes-vous ? Qu'avez-vous fait de…

— Bon film, monsieur Larabee ! le coupa la voix avant de raccrocher.

Abasourdis, ils se regardèrent en silence, aussi inquiets que médusés.

Un tintement cristallin les fit sursauter.

Un mail venait d'arriver sur le téléphone de Nikki. Adresse de l'expéditeur inconnue. Elle ouvrit le message : il était vide, à l'exception d'une pièce jointe qui mit un long moment à se charger.

— C'est une vidéo, constata-t-elle.

En tremblant, elle appuya sur le bouton de lecture.

D'instinct, sa main chercha l'avant-bras de Sebastian pour se raccrocher à quelque chose.

Le film se lança.

Elle s'attendait au pire.

Dehors, la pluie torrentielle continuait à crépiter sur le toit de la voiture.

18

La cellule du FBI spécialisée dans les disparitions de mineurs avait installé ses bureaux au 56ᵉ étage du Metlife Building, un gratte-ciel gigantesque qui écrasait Park Avenue de sa structure massive et anguleuse.

Trépignant d'impatience, Lorenzo Santos s'agitait dans le fauteuil de la salle d'attente, un long couloir de chrome et de verre qui surplombait l'est de Manhattan.

Le lieutenant du *New York Police Department* regarda nerveusement sa montre. Il attendait Nikki depuis plus d'une heure. Avait-elle renoncé à venir déclarer la disparition de son fils ? Pourquoi ? Son comportement n'était pas logique. À cause d'elle, il allait passer pour un idiot aux yeux de son collègue du FBI auprès de qui il avait sollicité ce rendez-vous d'urgence.

Santos sortit son téléphone et laissa un nouveau message à Nikki. C'était sa troisième tentative, mais elle filtrait manifestement ses appels. Cela le mit en rage. Il était certain que tout était la faute de Sebastian Larabee, cet ex-mari dont il ne voyait pas d'un bon œil la réapparition.

Bordel ! Il était hors de question qu'il perde Nikki ! Depuis six mois, il en était tombé désespérément amoureux. Il guettait ses moindres faits et gestes, traquait ses pensées, essayait d'interpréter chacune de ses paroles. En permanence sur le qui-vive, il vivait désormais dans le manque et la peur. Cette femme dégageait un magnétisme qui l'avait transformé en misérable junkie de l'amour.

Santos sentit une poussée d'angoisse au creux de son estomac. Il avait chaud, il transpirait.

Nikki ne suscitait pas un amour serein et apaisant, mais plutôt une passion fiévreuse qui le rendait fou, totalement accro à sa peau, à son odeur, à son regard. Comme la pire des drogues, elle provoquait la dépendance dure et la souffrance. Faible et sans caractère quand il s'agissait d'elle, il avait laissé le piège se refermer sur lui. À présent, il était trop tard pour revenir en arrière.

Assailli par l'inquiétude et la colère, il se leva pour s'approcher de la fenêtre. Si la pièce était froide et impersonnelle, la vue était envoûtante.

Dans un effet de perspective se succédaient la flèche d'acier et les aigles stylisés du Chrysler Building, les câbles du pont de Williamsburg, les embarcations glissant sur l'East River, puis, très loin, les toits anonymes du Queens qui s'étendaient à perte de vue.

Le flic poussa un soupir douloureux. Il aurait tant voulu se désintoxiquer de cette femme. Pourquoi Nikki lui faisait-elle cet effet-là ? Pourquoi *elle* ? Qu'avait-elle de plus que les autres ?

Comme souvent, il essaya de se raisonner, mais il savait que c'était peine perdue et que l'on ne pouvait pas rationaliser ce qui tenait de l'envoûtement. Indomptable et insoumise, Nikki avait une flamme au fond des yeux qui disait : « Je serai toujours libre. Jamais je ne t'appartiendrai. » Une flamme qui le rendait dingue.

Il plissa les yeux. La pluie avait cessé. Le ciel était traversé de nuages bleus. Dans ce début de nuit électrique, les lumières de la ville s'allumaient les unes après les autres. À deux cents mètres au-dessus du sol, New York paraissait vide et apaisée, paquebot immobile baignant dans un halo irréel.

Santos serra le poing et le posa contre la vitre.

Il n'était ni sentimental ni romantique. Il avait réussi à se faire très vite une place au sein du NYPD. Dévoré d'ambition, il connaissait le terrain, il tenait son quartier et avait déjà résolu des affaires de premier plan, n'hésitant pas à aller au contact des voyous pour se construire un solide réseau d'indics. Les Stups étaient un département difficile et risqué, mais il avait le cuir suffisamment épais pour naviguer au milieu de cette faune peu recommandable. Comment un type tel que lui avait-il pu se laisser happer par la passion ? Il n'était pas du genre à se complaire dans les lamentations, mais il était bien forcé de reconnaître qu'il vivait aujourd'hui avec la peur au ventre. La hantise de perdre Nikki ou pire : qu'un autre homme la lui prenne.

La sonnerie de son téléphone le fit sursauter. Fausse joie. Ce n'était que Mazzantini, son adjoint.

— Santos, dit-il en décrochant.

Couverte par le hurlement de la sirène et le bourdonnement de la circulation, la voix de son subordonné était presque inaudible.

— On a une urgence, lieutenant : un double homicide à Bushwick. Je suis en route.

Un double homicide...

L'instinct de flic de Santos reprit immédiatement le dessus.

— À quelle adresse ?

— *Le Boomerang*, un bar de Frederick Street.

— Le bar de Drake Decker ?

— D'après les ambulanciers, c'est une véritable boucherie.

— Je vous rejoins.

Il raccrocha, sortit dans le couloir et appela un ascenseur pour rejoindre le garage souterrain et récupérer son véhicule de service.

17 h 30.

Une heure cauchemardesque pour quitter Manhattan en voiture. Pour s'extraire de la circulation, Santos fit tourner son gyrophare et mit en route la sirène.

Union Square, Greenwich Village, Little Italy.

Deux cadavres chez Drake Decker...

Depuis qu'il travaillait à Bushwick, Santos avait déjà serré « Grizzly Drake » plusieurs fois, mais le tenancier du *Boomerang* n'était pas un gros dealer. Dans la structure pyramidale du trafic de drogue, il n'apparaissait pas comme un donneur d'ordres. C'était plutôt un fournisseur prudent et un peu lâche qui jouait fréquemment les indics pour les flics.

Ce début de mystère occupa un moment l'esprit de Santos, mais il ne se passa pas longtemps avant que le visage de Nikki ne revienne hanter ses pensées. Il consulta du regard l'écran de son cellulaire. Toujours aucune nouvelle.

Tiraillé par l'angoisse, il traversa le Brooklyn

Bridge, la tête assaillie de questions. Où était-elle à présent ? Avec qui ? Il brûlait de le savoir.

Bien sûr, il devait se concentrer sur son enquête, mais, en arrivant de l'autre côté du pont, il décida que les deux macchabées pouvaient bien attendre et mit le cap sur Red Hook, le quartier où vivait Nikki.

19

Brooklyn.

De retour dans l'appartement dévasté, Nikki et Sebastian s'installèrent dans la cuisine, derrière le comptoir en bois sur lequel était posé l'ordinateur. Nikki mit l'appareil sous tension et lança sa messagerie pour récupérer la vidéo. À la terreur des premiers visionnages avaient succédé les interrogations et la recherche d'indices pour tenter de décrypter le film. Mais cette opération était très incertaine sur l'écran miniature d'un téléphone.

Nikki transféra l'enregistrement vers un logiciel destiné au traitement de la vidéo numérique.

— Où as-tu appris à faire ça ? demanda Sebastian, surpris de la découvrir aussi à l'aise avec l'informatique.

— Je fais du théâtre amateur avec une troupe de Williamsburg, expliqua-t-elle. Je filme des séquences pour les intégrer dans nos spectacles.

Sebastian hocha la tête. Il connaissait cette nouvelle tendance et n'avait jamais été convaincu par l'utilisation du cinéma sur une scène théâtrale, mais ce n'était pas le moment d'ouvrir ce débat.

Nikki lança la vidéo en plein écran. En version dix-sept pouces, l'image était exagérément pixélisée. Elle ajusta la taille jusqu'à obtenir une qualité exploitable. Dépourvu de son, le film était piqué, un peu verdâtre, strié dans la largeur. Il émanait visiblement d'une caméra de surveillance.

Une nouvelle fois, ils regardèrent la vidéo à vitesse normale. Le film durait moins de quarante secondes, mais la brièveté de la scène ne la rendait pas moins douloureuse. La caméra était fixe, placée en hauteur pour surveiller le quai d'une station de métro ou de train de banlieue. L'enregistrement débutait par l'entrée en gare d'une rame. Les portes automatiques à peine ouvertes, un jeune garçon – Jeremy – quittait le wagon pour s'enfuir en courant sur le quai. On le voyait jouer des coudes pour s'extraire de la foule avant d'être pris en chasse par deux hommes. La course-poursuite ne couvrait qu'une trentaine de mètres et s'achevait au niveau des escaliers par un violent plaquage au sol. Au cours des dernières secondes, on apercevait l'un des agresseurs, le visage déformé par un sourire inquiétant, prendre le temps de se retourner pour regarder fixement l'objectif.

Puis un écran de neige interrompait brusquement l'enregistrement.

Une coulée d'angoisse glaça les reins de Nikki, mais elle essaya de tenir à distance ses émotions, condition *sine qua non* pour avoir une chance de faire parler le film.

— Tu penses que c'est où ? demanda-t-elle.

Sebastian se gratta la tête.

— Aucune idée. Ça peut être n'importe où.

— Bon, je vais relancer la séquence au ralenti et si nécessaire on fera du plan par plan pour collecter le maximum d'indices.

Il hocha la tête et se concentra.

À peine Nikki avait-elle remis l'enregistrement que Sebastian pointa l'index vers l'écran. Il y avait une indication de date portée en bas à droite de l'image.

— Le 13 octobre, lut-il en plissant les yeux.

— C'était hier...

Le premier plan montrait la rame de métro qui s'immobilisait à quai. Elle appuya sur « pause » pour figer la scène et observer plus attentivement le wagon.

— Tu peux zoomer ?

Elle s'exécuta. Apparemment, c'était un modèle de métro assez ancien aux rames blanc et vert jade munies de poignées chromées.

— Il y a un logo, là ! En bas du wagon.

À l'aide du *trackpad*, elle isola la zone puis fit une mise au point. L'emblème était flou, mais on distinguait clairement un visage stylisé tourné vers le ciel.

— Ça te dit quelque chose ? demanda-t-il.

Elle fit non de la tête puis se ravisa :

— Enfin, je ne crois pas...

Elle relança la vidéo. Les portes s'ouvraient sur un adolescent vêtu d'un blouson Teddy en laine et en cuir.

Nikki figea à nouveau l'image pour l'agrandir. Le jeune homme avait la tête baissée et le visage masqué par une casquette de baseball des Mets.

— On n'est même pas sûrs qu'il s'agisse *vraiment* de Jeremy, constata-t-il.

Elle balaya l'objection :

— J'en suis certaine. C'est son allure, c'est sa casquette, ce sont ses vêtements.

Dubitatif, Sebastian se pencha sur l'écran. L'ado portait un jean slim, un tee-shirt, une paire de Converse. Comme tous les adolescents du monde...

— Crois-en mon instinct maternel, appuya Nikki.

Pour apporter une preuve de ce qu'elle affirmait, Nikki découpa l'image pour faire apparaître en son centre le tee-shirt du gamin. Elle nettoya l'agrandissement du mieux qu'elle le put. En lettres rouges sur fond noir, l'inscription *THE SHOOTERS* floquée sur le maillot de coton apparut progressivement sur l'écran.

— Le groupe de rock fétiche de Jeremy ! s'exclama Sebastian.

Nikki approuva d'un mouvement silencieux de la tête avant de poursuivre le visionnage.

Dans le désordre et la confusion, Jeremy s'élançait hors du wagon, fendant la foule pour échapper à ses poursuivants. Enfin, les deux hommes surgirent dans le champ de la caméra. Ils provenaient sans doute d'un wagon attenant, mais on ne les voyait que de dos.

Les yeux collés à l'écran, ils repassèrent la séquence plusieurs fois, mais, à cause de l'affluence et de l'éloignement, la scène manquait de netteté.

Puis vint le passage le plus éprouvant : celui au cours duquel leur fils était violemment plaqué au sol, en bout de quai, juste avant d'atteindre l'escalier de sortie. Les cinq dernières secondes étaient les plus marquantes : après avoir fauché Jeremy, l'un des deux agresseurs se retournait, cherchant la caméra des yeux avant de lui adresser un sourire moqueur.

— Ce salopard sait qu'il est filmé ! explosa Sebastian. Il nous nargue !

Nikki isola le visage et fit toutes les manipulations

possibles pour le rendre plus net. Le type avait une dégaine hallucinante : moue sardonique, barbe broussailleuse, cheveux longs et gras, lunettes fumées, bonnet de ski enfoncé jusqu'aux oreilles. Une fois les réglages effectués, elle lança une impression haute définition sur du papier photo. En attendant que la machine crache le tirage, Sebastian s'interrogea :

— Quel est le but de nous faire parvenir ça ? Il n'y a pas d'instructions, pas de demande de rançon. Ce n'est pas logique.

— Peut-être que ça viendra plus tard.

Il récupéra le portrait dans le bac de l'imprimante et scruta le visage, cherchant un détail qui pourrait le mettre sur la piste de l'identité de l'agresseur. L'homme semblait grimé. Le connaissait-il ? Probablement pas, mais il était impossible de l'affirmer tant l'image était floue, déformant un visage lui-même masqué par des lunettes, un bonnet et une barbe à l'allure factice.

Nikki lança le film une nouvelle fois.

— Concentrons-nous sur le lieu et le décor. Il faut à tout prix que l'on sache quel est cet endroit.

Sebastian décida d'oublier les visages et les mouvements pour recentrer son attention sur la gare. Il s'agissait d'une station souterraine, à voûte elliptique, desservie par deux voies. Les parois étaient tapissées de petits carreaux de faïence blanche et de panneaux publicitaires.

— Tu peux zoomer sur cette affiche ?

Nikki s'exécuta. Il s'agissait d'un poster rose fuchsia annonçant la comédie musicale *My Fair Lady*. En effectuant la mise au point, elle parvint à déchiffrer :

— Châtelet. Théâtre musical de Paris.

Sebastian resta sans voix.

Paris...

— Qu'est-ce que Jeremy serait allé faire en France ? C'est surréaliste.

Et pourtant...

Il se souvenait à présent où il avait vu le symbole du visage tourné vers le ciel : lors de son seul et unique voyage à Paris, dix-sept ans plus tôt. Il ouvrit une nouvelle fenêtre sur l'ordinateur, lança le navigateur Internet, tapa « métro paris » sur Google et en deux clics se retrouva sur le site de la RATP.

— Le logo qui apparaît sur les wagons est bien celui des transports parisiens.

— Je vais identifier la station, assura Nikki en pointant dans le fond de l'écran un panneau bleu où se découpait en lettres blanches le nom de l'arrêt de métro.

L'opération prit plusieurs minutes. Le nom de la

station – long et « compliqué » – n'apparaissait à l'écran que quelques centièmes de seconde et de façon très partielle. Après de rapides recherches sur le Net, ils arrivèrent à la conclusion qu'il s'agissait probablement de « Barbès-Rochechouart ».

Une station du nord de la capitale.

Sebastian était de plus en plus troublé. Par quel circuit cette vidéo avait-elle pu leur parvenir ? Entre les couloirs et les quais de métro, le réseau parisien de vidéosurveillance devait déployer comme à New York des milliers de caméras. Mais ces images n'étaient pas en accès libre. Les caméras étaient reliées à des PC de sécurité qui ne transmettaient normalement les bandes qu'aux services de police, dans le cadre strict d'une réquisition judiciaire.

— Essaie encore de composer le numéro, suggéra Nikki.

Elle faisait allusion à la série de chiffres qui s'était affichée sur l'écran du téléphone juste avant que la voix ne les menace : *« Mon petit doigt me dit que vous aimeriez avoir des nouvelles de votre fils. »*

Ils avaient rappelé dans la voiture juste après la découverte de la vidéo, mais sans succès.

Cette fois pourtant, ce fut différent.

Après trois sonneries, quelqu'un décrocha et lança d'une voix enjouée :

— *La Langue au chat*, bonjour !

Sebastian ne possédait que quelques rudiments de français. Après maintes explications de son interlocuteur, il finit par comprendre que *La Langue au chat* était un café du 4ᵉ arrondissement parisien.

Son correspondant, un simple bistrotier, était totalement étranger à cette histoire. Quelqu'un avait certainement passé le coup de fil depuis son établissement une heure plus tôt, ce qui provoqua l'incompréhension du bonhomme et la colère de Sebastian.

— Ils se moquent de nous ! Ils jouent avec nous !

— En tout cas, toutes les pistes mènent à Paris, constata Nikki.

Elle regarda sa montre avant de demander :

— Tu as ton passeport sur toi ?

Sebastian acquiesça, mais voyant où elle voulait en venir, préféra la mettre en garde :

— Ne me dis pas que tu comptes aller à Paris aujourd'hui ?

— C'est la seule chose à faire. Toi, tu réfléchis beaucoup, mais tu ne fais rien !

— Attends, tu ne crois pas qu'on brûle les étapes, là ? On ne sait pas qui sont ces gens et on ne sait pas ce qu'ils veulent. En agissant exactement comme ils l'attendent de nous, on se jette dans la gueule du loup.

Mais elle était décidée :

— Tu fais comme tu veux, Sebastian, mais moi, je pars.

Il se prit la tête dans les mains. La situation lui échappait. Il savait très bien qu'il ne parviendrait pas à raisonner Nikki. Qu'il la suive ou non, elle ne renoncerait pas à ce voyage. Et quelle autre initiative avait-il à lui proposer ?

— J'achète nos billets, capitula-t-il en se connectant au site de Delta Airlines.

Elle le remercia d'un signe de tête et monta dans sa chambre pour préparer une valise en vitesse.

VEUILLEZ VALIDER VOS COORDONNÉES BANCAIRES.

En cette période creuse, Sebastian n'eut aucun mal à trouver deux places sur le vol de 21 h 50. Il paya en ligne, imprima les reçus et les cartes d'embarquement. Il s'apprêtait à rejoindre Nikki lorsque le tintement guilleret du carillon le fit tressaillir. Machinalement, il rabattit l'écran du portable, puis, à pas de loup, se rapprocha de la porte d'entrée et regarda à travers le judas.

Santos.

Il ne manquait plus que lui !

Sans bruit, il récupéra les billets et monta à l'étage pour retrouver Nikki. Elle fourrait des vêtements dans un grand sac de sport. Il articula silencieusement « Santos » et, le doigt sur la bouche, lui fit signe de son autre main de le suivre dans la chambre de Jeremy.

Alors qu'il l'entraînait vers la fenêtre, elle s'arrêta soudain et fit demi-tour vers le bureau pour attraper le baladeur de son fils : un iPod rouge qu'elle rangea dans son sac.

Sebastian leva les yeux au ciel.

— Quoi ? J'ai la phobie de l'avion ! Si je ne peux pas écouter de la musique, je vais avoir une crise de panique.

— Dépêche-toi ! la pressa-t-il.

Elle le rejoignit et l'aida à faire coulisser le châssis de la fenêtre à guillotine.

Il sortit le premier et lui tendit la main pour l'aider à attraper l'échelle en fonte.

Puis ils s'enfuirent dans la nuit.

20

— Nikki, ouvre-moi !

Santos tambourinait contre la porte métallique qui gardait l'entrée du loft.

— Je sais que tu es là !

Exaspéré, il abattit violemment son poing contre la surface en acier, mais ne réussit qu'à se faire mal.

Et merde !

En six mois de relation, Nikki n'avait jamais accepté de lui donner un jeu de clés.

Pour ouvrir cette muraille, il faudrait un bélier…

Il redescendit au rez-de-chaussée et fit le tour de l'immeuble. Comme il l'avait deviné, les deux derniers étages étaient encore éclairés. Il monta par l'escalier de secours pour accéder aux fenêtres lorsqu'il vit que l'une d'elles était restée ouverte. Il se glissa dans la chambre de Jeremy.

— Nikki ?

Il déboucha dans le couloir, parcourut les pièces l'une après l'autre. L'appartement était vide, mais dévasté. Cet abruti de Larabee l'avait bien mené en bateau en parlant de dispute !

Il essaya de comprendre ce qui avait pu se passer. Un cambriolage, sans doute, mais pourquoi Nikki aurait-elle cherché à le lui cacher ?

Son portable vibra dans sa poche. Mazzantini s'impatientait. Santos avait conscience que le temps pressait et qu'il devait se rendre d'urgence sur la scène de crime du *Boomerang*, mais décida d'ignorer l'appel de son adjoint.

Sans trop savoir ce qu'il cherchait, Santos commença par fureter dans la chambre de l'adolescent, se laissant guider par son instinct d'enquêteur. Visiblement, on avait passé la pièce au peigne fin. Cela avait-il quelque chose à voir avec sa supposée disparition ? Il examina la mallette de poker posée sur le lit, ne fut pas long à découvrir les faux jetons de céramique et, sans se douter de leur usage exact, comprit qu'il y avait une piste à creuser. En arrivant dans la salle de bains, il s'étonna moins du désordre que des traces de pas et de l'eau autour de la cuvette des toilettes. Il se pencha en avant et remarqua des résidus de poudre blanche sur la lunette.

Il était à peu près certain que ce n'était pas du détergent.

De la cocaïne...

Par acquit de conscience, il préleva le reliquat avec un coton-tige qu'il glissa dans l'une des pochettes en plastique qu'il avait toujours sur lui.

Bien que cela parût invraisemblable, il était convaincu que l'analyse confirmerait son intuition.

Pressé par le temps, il s'accorda encore cinq minutes pour poursuivre sa « perquisition ». Il descendit à l'étage inférieur, inspecta le salon, ouvrit quelques tiroirs et scruta les étagères. Alors qu'il s'apprêtait à quitter la maison, il remarqua l'ordinateur portable de Nikki posé sur le comptoir de la cuisine. Il s'approcha et souleva l'écran du notebook qui s'alluma sur le site Web de Delta Airlines. Il passa d'une application à l'autre, découvrant sur un document PDF deux billets d'avion.

Il poussa un juron et projeta l'ordinateur contre le mur.

Nikki et son ex-mari avaient prévu de s'envoler ce soir pour Paris...

21

La nuit était tombée.

La Jaguar quitta la voie express pour rejoindre le terminal 3 de l'aéroport JFK. Elle passa les portiques d'entrée du parking « longue durée » et suivit la rampe hélicoïdale qui s'enfonçait sous terre, desservant les six niveaux du parc de stationnement.

— Il faut absolument que tu changes de vêtements, affirma Sebastian en se garant en marche arrière.

Ils avaient quitté la maison dans la précipitation sans avoir pris le temps de se doucher ni de se changer. Nikki considéra ses habits : ils étaient déchirés et tachés de sang. Elle regarda son reflet dans le rétroviseur. Son visage était marqué par les coups, sa lèvre fendillée, ses cheveux toujours collés.

— Si tu te balades comme ça dans le terminal,

il ne se passera pas trois minutes avant que les flics ne nous tombent dessus.

Elle attrapa le sac de sport posé sur la banquette arrière, se changea rapidement, enfila en se contorsionnant un bas de survêtement, un sweat-shirt à capuche, une paire de baskets, et noua ses cheveux. Puis ils prirent l'ascenseur jusqu'à la zone des départs, passant sans encombre les contrôles d'identité et les portiques de sécurité qui menaient aux portes d'embarquement.

Alors qu'ils pénétraient dans l'avion, le téléphone de Sebastian vibra. C'était Camille. Elle était encore dans le train qui la conduisait à Long Island dans la maison de sa grand-mère. Comme souvent, le Long Island Railroad avait du retard, mais elle était d'humeur joyeuse et surtout ne semblait plus fâchée contre lui.

— Je suis impatiente que Mamie me fasse griller des châtaignes dans la cheminée ! s'enthousiasmat-elle.

Heureux d'entendre sa fille de bonne humeur, Sebastian esquissa un léger sourire. Pendant une fraction de seconde, il se rappela les jours heureux, lorsque les jumeaux étaient enfants et que Nikki et lui les emmenaient cueillir des châtaignes dans les forêts du Maine : les promenades au grand air, le craquement de l'écorce que l'on incise, la chaleur des braises de la cheminée, le tintement métallique de la poêle trouée, l'odeur savoureuse qui remplissait la pièce, les doigts noircis, la crainte délicieuse de se brûler au moment d'éplucher les fruits rôtis...

— Vous avez des nouvelles de Jeremy ?

La question de Camille le ramena à la réalité.

— On va le retrouver, chérie, ne t'inquiète pas.

— Tu es avec maman ?

— Oui, je te la passe.

Sebastian tendit le combiné à son ex-femme et avança dans l'allée centrale de l'Airbus. Arrivé à leurs places, il rangea leur sac dans le coffre à bagages avant de s'asseoir.

— Tu n'oublies pas de nous prévenir si tu as la moindre nouvelle de ton frère, rappela Nikki à sa fille.

— Mais vous êtes où, au juste ? demanda Camille.

— Euh... dans un avion, bafouilla-t-elle.

— Tous les deux ? Pour aller où ?

Mal à l'aise, Nikki s'empressa de mettre un terme à la conversation.

— Je dois te laisser, chérie. On va décoller. Je t'aime.

— Mais maman...

Nikki raccrocha et rendit son appareil à son

149

ex-mari avant de se glisser jusqu'à sa place à côté du hublot.

Sebastian la regarda s'enfoncer dans son siège et se cramponner à ses accoudoirs. À l'époque de leur mariage déjà, elle était anxieuse lorsqu'elle prenait l'avion. Avec le temps, les choses ne s'étaient visiblement pas arrangées.

Contractée, les muscles tétanisés, Nikki scrutait les hôtesses, les stewards, et détaillait les autres voyageurs. À travers le hublot, elle observa, méfiante, les avitailleurs, les bagagistes et les centaines de lumières qui balisaient les voies de circulation. Le moindre bruit, le moindre comportement suspect renforçaient son imagination qui élaborait mille et un scénarios catastrophes.

Sebastian essaya de la raisonner :

— L'avion est le moyen de transport le plus sûr au…

— Épargne-moi tes discours ! le rabroua-t-elle en se recroquevillant dans son fauteuil.

Elle soupira et ferma les yeux. Elle ployait sous le poids de la fatigue accumulée, du stress, de la peur de savoir son fils en danger, de tout ce qu'ils avaient vécu ces dernières heures. Elle aurait eu besoin de courir vingt kilomètres ou de se défouler en cognant dans un sac de sable. Pas d'être confrontée à l'une de ses pires phobies.

Son souffle était court, sa gorge sèche. Elle n'avait bien sûr pas eu le temps d'emporter son tube d'anxiolytiques. Pour se déconnecter du réel, elle coiffa les écouteurs du baladeur de son fils et se laissa porter par la musique, reprenant peu à peu le contrôle de sa respiration.

Elle commençait à se détendre lorsque l'hôtesse lui demanda d'éteindre son iPod.

Nikki obtempéra de mauvaise grâce.

Titanesque, démesuré, l'énorme A380 arriva en début de piste et marqua une pause avant de prendre son élan.

— Décollage imminent, prévint le commandant.

Le pilote mit les gaz et le long-courrier, avalant le béton, fit vibrer la piste de tout son poids.

Nikki se sentait ballottée, secouée, au bord de l'apoplexie.

Faire voler un appareil de cinq cents tonnes ne lui avait jamais paru naturel. Sans être claustrophobe, elle ne supportait pas d'être ligotée sur un siège, privée de tout mouvement pendant sept ou huit heures. Une anxiété qui pouvait rapidement se changer en angoisse, voire en panique.

Par-dessus tout, dès qu'elle pénétrait dans un avion, elle avait l'impression d'abdiquer toute liberté, de n'avoir plus aucun contrôle de la situation. Alors que la vie lui avait appris à ne compter que sur elle-même, elle ne supportait pas de s'en remettre à un pilote inconnu et invisible.

Arrivé en bout de piste, le monstre de fer arracha difficilement sa lourde carcasse de la terre ferme. Oppressée, fébrile, Nikki gigota sur son siège jusqu'à ce que l'avion atteigne les quinze mille pieds. Dès que cela fut autorisé, elle ralluma le baladeur et se pelotonna sous une couverture. Dix minutes plus tard, contre toute attente, elle dormait à poings fermés.

Lorsqu'il fut certain que Nikki était endormie, Sebastian se tourna vers elle, éteignit la lumière de son plafonnier, remonta la couverture et baissa la climatisation pour ne pas qu'elle prenne froid.

Malgré lui, il resta plusieurs minutes à l'observer dans son sommeil. Elle semblait si fragile, alors que, l'après-midi même, elle défendait avec vaillance leur vie. Un steward lui proposa quelque chose à boire. Il descendit d'un trait sa vodka *on the rocks* et en commanda une deuxième. Ses yeux étaient brûlants de fatigue, une douleur sourde et continue irradiait le haut de sa nuque, lui donnant l'impression d'avoir l'arrière de la tête compressé dans un étau.

Il se massa les tempes pour soulager la douleur. Dans la cacophonie et le chaos de son esprit, il essaya de trouver un sens à l'absurdité de cette situation.

Vers quels dangers étaient-ils en train de voler ? Quel ennemi combattaient-ils ? Pour quelle raison en voulait-on autant à Jeremy ? Pourquoi avaient-ils commis la folie de ne pas demander l'aide de la police ? Comment cette histoire pourrait-elle se terminer autrement qu'en prison ?

Les douze dernières heures avaient été les plus éprouvantes de sa vie. Les plus inattendues aussi. Lui qui avait toujours planifié son existence jusque dans les moindres détails, luttant sans cesse pour éradiquer l'imprévu et s'employant avec une obsession maniaque à se maintenir dans les rails d'une vie rassurante, se retrouvait plongé dans l'inconnu.

Cet après-midi, il avait découvert un cadavre éviscéré, s'était battu dans une mare de sang, avait tranché la gorge d'un colosse mesurant deux fois sa taille… Et ce soir, il était en route vers l'Europe avec une femme qu'il avait pourtant juré de rayer à jamais de sa vie.

Il retira ses chaussures, ferma les yeux, mais il était trop agité pour s'endormir. Dans sa tête, les images du carnage se bousculaient, s'entrechoquant avec celles de la vidéo de l'agression de Jeremy. Peu à peu pourtant, sous l'effet de la fatigue et du ronronnement de l'avion, une douce langueur commença à l'anesthésier, l'obligeant à baisser sa garde. À force d'essayer de comprendre le sens de cette journée, le fil de ses pensées l'amena au jour où il avait vu Nikki pour la première fois.

Une rencontre-collision qui avait tenu à peu de chose.

C'était il y a dix-sept ans.
Un 24 décembre.
À New York.
À quelques heures de Noël…

Sebastian
Dix-sept ans plus tôt...

Pourquoi ne m'y suis-je pas pris avant ?

De Broadway à la 7ᵉ Avenue, Macy's occupe tout un pâté de maisons. En ce 24 décembre, le « plus grand magasin du monde » est bondé. La neige qui tombe dru depuis le début de l'après-midi n'a dissuadé ni les New-Yorkais ni les touristes de venir faire leurs derniers achats avant le réveillon. Dans le hall, devant un immense sapin, une chorale reprend des chants de Noël, tandis que clients et badauds s'agglutinent dans les Escalator avant de s'éparpiller entre les dix étages de la vénérable institution. Vêtements, produits de beauté, montres, bijoux, livres, jouets : dans ce temple de la consommation, chacun poursuit sa quête.

Qu'est-ce que je fous là ?

Un gamin surexcité me bouscule, une grand-mère

m'écrase le pied, la foule me donne le tournis. Je n'aurais pas dû m'aventurer sur ces terres hostiles. Je suis tenté de rebrousser chemin, mais il me paraît difficile d'arriver au réveillon familial sans avoir trouvé un cadeau pour ma mère. J'hésite. Un carré de soie, peut-être ? Mais n'est-ce pas ce que je lui avais déjà offert l'an dernier ? Un sac à main ? Ils sont hors de prix. Un parfum, alors ? Mais lequel choisir ?

Pour mon père, c'est moins compliqué. Nous avons une sorte d'accord tacite mutuellement avantageux : les années paires, je lui offre une boîte de cigares, les années impaires, il a droit à une bouteille de cognac.

Je soupire, regarde autour de moi, un peu perdu au milieu de tous ces gens décidés. J'étouffe un juron : une vendeuse maladroite vient de m'asperger avec un parfum féminin ! Cette fois, mon seuil de tolérance est atteint. J'attrape le premier flacon qui me tombe sous la main et me dirige vers la caisse la plus proche.

Dans la file d'attente, je m'essuie le visage en maudissant l'employée qui me fait empester la cocotte.

— 53 dollars, monsieur.

Alors que je sors mon portefeuille pour régler, j'aperçois une silhouette longiligne à quelques

156

mètres de moi. Une belle fille à la démarche assurée s'apprête à quitter l'espace réservé aux cosmétiques. Nonchalamment drapée dans une cape en laine, elle arbore une allure féminine et sexy : béret gris, jupe courte très moulante, cuissardes à talons hauts, sac à main *fashion*.

— Monsieur ?

Tandis que je cherche mes lunettes de vue dans la poche de ma veste, la caissière me ramène à la réalité. Je tends ma carte de crédit tout en ne quittant pas des yeux la belle inconnue pour la voir… se faire alpaguer par un vigile ! Talkie-walkie à la main, l'homme en noir lui demande fermement d'ouvrir sa cape. Elle s'insurge, gesticule, mais une trousse de maquillage camouflée sous son manteau tombe par mégarde sur le sol, trahissant son vol.

Le vigile l'empoigne fermement par le bras et appelle du renfort par radio.

Je récupère mon achat et me rapproche d'elle. Je remarque ses taches de rousseur, ses yeux verts, sa paire de longs gants en cuir. D'ordinaire, je ne me retourne pas sur les femmes : Manhattan grouille de filles sublimes, et puis je ne crois pas au coup de foudre. Mais là, c'est différent. C'est un de ces moments étranges qu'on a tous connus une fois. L'impression confuse d'avoir rendez-vous. Un instant rare.

J'ai trois secondes pour me décider et ne pas laisser passer ma chance. C'est maintenant ou jamais. J'ouvre la bouche sans savoir ce que je vais dire. Les mots sortent tout seuls, comme télécommandés :

— Alors, Madison, tu te crois encore chez les bouseux ! dis-je en lui balançant un coup de coude dans les côtes.

Elle me regarde comme si je débarquais de Jupiter.

Je me tourne vers le vigile.

— C'est ma cousine, Madison. Elle vient du Kentucky.

Je regarde la trousse à maquillage.

— C'est tout ce que tu as trouvé pour le cadeau de tante Beth ? Tu ne t'es pas foulée, ma vieille !

D'un ton complice au gardien :

— À part Walmart, elle ne connaît pas grand-chose. Elle pense que les caisses se trouvent toujours au rez-de-chaussée.

Pas un moment il ne me croit, mais un esprit de fête règne dans le magasin et il n'a visiblement pas envie de s'embêter. Je propose de payer moi-même le maquillage et d'oublier l'incident. Puis je lance à la jeune femme :

— Tu me rembourseras plus tard, Madison !

— C'est bon, c'est bon, marmonne le vigile d'un ton las.

D'un sourire, je le remercie de sa compréhension et le suis jusqu'à la caisse. Je règle l'achat en vitesse, mais, lorsque je me retourne, la belle inconnue a disparu.

*

Je prends l'Escalator à contresens, dévale les marches quatre à quatre, traverse le rayon des jouets et bouscule quelques marmots avant de me retrouver sur la 34e Rue. Il neige à gros flocons.

Par où est-elle partie ? À droite ? À gauche ?

Une chance sur deux. Je décide de prendre à gauche. Je n'ai pas eu le temps de mettre mes lunettes, je suis myope comme une taupe, je ne la retrouverai jamais, c'est sûr.

Glissant comme une patinoire, le bitume commence à givrer. Avec mon manteau et mes paquets, j'ai du mal à courir. Malgré la circulation, je me déporte sur la chaussée pour éviter la foule, mais le flux des voitures me fait rapidement regretter cette idée. D'un saut, je tente de rejoindre le trottoir, mais je suis emporté par mon élan et pars en glissade incontrôlée sur le sol. Ma chute n'est freinée que par une passante que je percute violemment.

— Je suis désolé, dis-je en me relevant.

En me remettant debout, je cherche mes lunettes dans la poche de mon manteau. Je les chausse et…

C'est elle !

— Encore vous ? râle-t-elle en se redressant. Vous êtes malade de foncer comme ça dans les gens !

— Hé ! Ho ! Vous pourriez me remercier quand même ! Je vous ai sortie du pétrin !

— Je ne vous ai rien demandé. Et puis, est-ce que j'ai une tête à venir du Kentucky ?

Quel toupet ! Les bras m'en tombent. Elle frissonne. Je la regarde se frotter les épaules avec les mains.

— Bon, on gèle. À un de ces jours, dit-elle en s'éloignant.

— Attendez ! On pourrait peut-être aller boire un verre ?

— J'ai mon métro à prendre, grimace-t-elle en désignant de la tête l'entrée de la station d'Herald Square de l'autre côté de la rue.

— Allez ! Un verre de bon vin au *Bryant Park Cafe*. C'est juste à côté et ça vous réchauffera.

Une moue évasive se dessine sur son visage.

— Mouais, d'accord. Mais ne vous emballez pas, vous n'êtes pas du tout mon genre…

*

160

Le *Bryant Park Cafe* est situé derrière l'immeuble Beaux-Arts de la bibliothèque de New York. En été, le parc est une petite oasis de verdure au milieu des gratte-ciel de Midtown. Une foule d'étudiants et de travailleurs du quartier viennent y faire une pause pour écouter un concert ou une lecture publique, jouer aux échecs ou déguster un hot-dog. Mais en cette fin d'après-midi d'hiver, le paysage ressemble à une station de ski. À travers la vitre de la verrière, on distingue les passants, emmitouflés dans d'épaisses parkas, qui avancent difficilement dans la neige comme des Esquimaux sur la banquise.

— Avant que vous ne me posiez la question, je m'appelle Nikki.

— Sebastian Larabee. Enchanté.

Le café est plein à craquer. Par chance, nous avons hérité d'une petite table qui donne sur la patinoire.

— Il est un peu piquant, ce vin, non ? demande-t-elle en reposant son verre.

— Piquant ? C'est un gruaud-larose 1982 !

— Très bien ! Ne vous vexez pas...

— Vous savez combien il coûte ? Et quelle note il a obtenue dans le *Guide Parker* ?

— Non et je m'en fiche pas mal. Je devrais le trouver bon seulement parce qu'il est cher ?

Je secoue la tête et change de sujet :

— Vous faites quoi pour le réveillon ?

Elle me répond d'un ton détaché :

— Avec des copains, on squatte un vieil immeuble près des docks. On va boire des coups, fumer quelques joints, se défoncer. Si ça vous dit d'y faire un tour…

— Me saouler avec des squatteurs ? Non merci.

— Tant pis pour vous. On ne peut pas fumer ici, n'est-ce pas ?

— Je ne crois pas, non…

— Dommage.

— Qu'est-ce que vous faites dans la vie ? Vous êtes étudiante ?

— Je prends des cours de théâtre et je fais des photos pour une agence de mannequins. Et vous ?

— Je suis luthier.

— Vraiment ?

— Je fabrique et je répare des violons.

— Oui, merci ! Je sais ce qu'est un luthier, figurez-vous ! Vous me prenez pour qui ? Une attardée du Kentucky ?

Elle reprend une gorgée de saint-julien.

— Finalement, il n'est pas si mauvais, ce vin. C'est pour qui, ce parfum ? Votre copine ?

— Pour ma mère.

— La pauvre ! Demandez-moi conseil, la prochaine fois. Vous éviterez les fautes de goût.

— C'est ça, je vais demander des conseils à une voleuse.

— Tout de suite les grands mots !

— Sérieusement, ça vous arrive souvent ce genre de chapardage ?

— Vous connaissez le prix d'un rouge à lèvres ? Faites-moi confiance : les voleurs ne sont pas ceux que l'on croit, affirme-t-elle sans se dégonfler.

— Vous pourriez avoir de gros ennuis.

— Mais c'est pour ça que c'est excitant ! dit-elle en montrant son sac.

J'ouvre de grands yeux : le fourre-tout déborde de produits de beauté dont elle a consciencieusement découpé les codes-barres.

Je secoue la tête.

— Je ne comprends pas. Vous ne gagnez pas votre vie ?

— En fait, ça n'a rien à voir avec l'argent. Ça vient comme ça : une envie irrépressible de voler, une pulsion incontrôlable.

— Vous êtes malade.

— Kleptomane, tout au plus.

Elle hausse les épaules puis reprend :

— Vous devriez essayer. La prise de risque, l'adrénaline. C'est très jouissif.

— J'ai lu quelque part que les psychologues

considéraient la kleptomanie comme un moyen de pallier une vie sexuelle peu satisfaisante.

Amusée, elle balaie l'argument :

— Psychologie de bazar. De ce point de vue, vous faites fausse route, mon vieux.

Dans son sac, au milieu des boîtes de cosmétiques, je distingue un vieux poche corné et annoté : *L'Amour aux temps du choléra*, de Gabriel García Márquez.

— C'est mon roman préféré, dis-je sincèrement.

— Moi aussi, j'adore ce livre !

Pendant quelques minutes, nous trouvons enfin un terrain d'entente, cette fille étrange et moi-même. Mais elle ne laisse pas cet état de grâce s'installer.

— Et vous, ce soir, quel programme ?

— Noël est une fête familiale. Je prends le train dans une heure pour rejoindre mes parents et réveillonner avec eux dans leur maison des Hamptons.

— Waouh, le fun ! pouffe-t-elle. Vous allez mettre vos chaussons devant le sapin et préparer une tasse de lait chaud au père Noël ?

Elle me regarde avec un petit air mutin et un sourire espiègle avant de lancer une nouvelle saillie :

— Vous ne voulez pas déboutonner le col de votre chemise ? Ça m'angoisse, les gens qui ferment le dernier bouton.

Je soupire et lève les yeux au ciel.

— Et votre coiffure, là, ça ne va pas du tout !
reprend-elle. C'est trop sage, trop figé. Quel ennui !

Elle passe la main dans mes cheveux et les
ébouriffe.

Je me recule, mais elle n'en a pas fini :

— Et votre gilet ! Personne ne vous a prévenu
qu'on n'était plus en 1930 ? Pourquoi pas une
montre à gousset, tant qu'on y est !

Cette fois, c'en est trop :

— Écoutez, si je vous déplais tant que ça, rien
ne vous oblige à rester !

Elle termine son verre de vin et se lève.

— Vous avez raison. Je vous avais prévenu que
ce n'était pas une bonne idée.

— C'est ça, remettez votre cape de Batman et
tirez-vous ! Je déteste les gens de votre espèce.

— Oh, vous n'avez encore rien vu, lance-t-elle
mystérieusement.

Elle boutonne son manteau et quitte le café.
À travers la verrière, je la regarde allumer une
cigarette, en tirer une bouffée et me faire un ultime
clin d'œil avant de disparaître.

*

Je reste encore un moment à ma table, termine
lentement mon verre de bordeaux en repensant à

ce qui vient de se passer. Je déboutonne le dernier bouton de ma chemise, ébouriffe mes cheveux, ouvre ce gilet qui me corsète. C'est vrai que je respire mieux.

Je demande l'addition, fouille dans ma veste pour trouver de quoi régler. Puis dans mon manteau.

Étrange…

Saisi par l'inquiétude, je retourne mes poches dans tous les sens avant de me rendre à l'évidence.

Cette peste m'a volé mon portefeuille !

*

Upper East Side
3 heures du matin
Un bruit strident me tire de mon sommeil. J'ouvre les yeux, regarde l'heure. Quelqu'un est en train de passer ses nerfs sur la sonnette de la porte d'entrée. J'attrape mes lunettes sur la table de chevet et sors de ma chambre. La maison est vide et froide. À cause du vol de mon portefeuille que j'ai voulu déclarer, j'ai loupé mon train pour Long Island et j'ai dû passer la soirée seul à Manhattan.

Qui peut bien se pointer au beau milieu de la nuit ? J'ouvre la porte. Ma voleuse se tient sous l'auvent, une bouteille d'alcool à la main.

— Mais c'est qu'il est sexy avec son petit pyjama ! me nargue-t-elle.

Son haleine empeste la vodka.

— Qu'est-ce que vous foutez là ? Vous avez un sacré culot de vous pointer ici après m'avoir piqué mon portefeuille !

D'un geste assuré de la main, elle se crée un passage et investit l'appartement, titubant légèrement. Des flocons neigeux sont accrochés à ses cheveux. Où a-t-elle traîné par ce froid ?

Elle traverse le salon et me rend mon portefeuille avant de s'écrouler sur le canapé.

— Je voulais acheter votre vin, le château « machin truc », mais je n'ai trouvé que ça, dit-elle en agitant sa bouteille de vodka déjà bien entamée.

Je m'éclipse un moment à l'étage et reviens avec une serviette et une couverture. Tandis que j'essaie d'allumer un feu, elle se sèche les cheveux et s'enroule dans le plaid avant de venir me rejoindre devant la cheminée.

Debout à côté de moi, elle tend une main vers mon visage et effleure ma joue avec ses doigts. Je me relève doucement. Ses yeux brillent d'une flamme étrange et fascinante. Elle m'entoure de ses bras.

— Arrêtez, vous êtes saoule !

— Justement, profitez-en, me provoque-t-elle.

Elle se met sur la pointe des pieds et approche sa bouche de la mienne. La pièce est plongée dans la pénombre.

Le feu commence à prendre dans le foyer, diffusant une lumière fragile et tremblotante. Je sens l'odeur de sa peau. Elle s'est débarrassée de sa cape et je vois sa poitrine qui se soulève sous son chemisier. Malgré l'excitation, je ne suis pas à l'aise et j'oppose une ultime résistance :

— Vous ne savez pas ce que vous faites.

— Tu m'emmerdes avec tes scrupules ! lâche-t-elle en m'embrassant avec fougue avant de me faire basculer sur le sofa.

Projetées au plafond comme des ombres chinoises, nos deux silhouettes se fondent pour n'en faire plus qu'une.

*

Lorsque j'ouvre un œil le lendemain, j'ai la tête lourde, les paupières collées et un sale goût métallique dans la bouche. Nikki a disparu sans laisser d'adresse. Je me lève et me traîne jusqu'à la baie vitrée. La neige continue de tomber, transformant peu à peu New York en ville fantôme. J'ouvre la fenêtre. Il fait un froid glacial. Le vent fait s'envoler les cendres dans la cheminée. Un manque insupportable me noue l'estomac. Hébété, je ramasse la bouteille de vodka.

Vide.

En reprenant mes esprits, je découvre une inscription tracée au rouge à lèvres sur le miroir Louis-Philippe du salon. Une antiquité dorée à la feuille que ma mère a payée une fortune lors d'une vente aux enchères. Je cherche mes lunettes, mais ne les trouve pas. Je me rapproche de la glace et découvre le message :

« Les seuls moments importants d'une vie sont ceux dont on se souvient [1]. »

1. D'après Jean Renoir.

Deuxième partie

Seuls contre tous

« Les femmes tombent amoureuses quand elles commencent à vous connaître.
Pour les hommes, c'est exactement l'inverse : quand ils finissent par vous connaître, ils sont prêts à vous quitter. »

James SALTER, *American Express*

22

CRIME SCENE – DO NOT CROSS

Délimitant le périmètre de sécurité, le long ruban jaune claquait au vent dans la lumière des gyrophares. Badge à la main, Santos se fraya un chemin au milieu des badauds et des uniformes pour rejoindre son adjoint.

— Vous allez voir, lieutenant, c'est un carnage ! prévint Mazzantini en soulevant la bande plastifiée qui protégeait la scène de crime.

Dès qu'il pénétra dans le bar, le flic fut saisi par le spectacle qui s'imposa à lui.

Les yeux révulsés, la bouche figée d'effroi, Drake Decker reposait les tripes à l'air sur la table de billard. À moins d'un mètre, sur le parquet, gisait un autre cadavre : un homme massif à la gueule cuivrée et tatouée dont on avait tranché la gorge avec un long morceau de verre.

— C'est qui, celui-là ? demanda-t-il en s'age-nouillant au-dessus du corps.

— Aucune idée, répondit Mazzantini. Je l'ai fouillé, mais on n'a trouvé ni portefeuille ni papiers. Par contre, il portait cette lame glissée dans un fourreau de cheville.

Santos examina le sac transparent que lui tendait son adjoint. Il contenait un petit couteau au manche en ébène et à la lame acérée.

— Il ne s'en est pas servi, affirma Mazzantini, mais on a fait une autre découverte.

Santos considéra la nouvelle pièce à conviction : un KA-BAR, le couteau de combat de l'armée améri-caine, au manche large habillé de rondelles de cuir. Une lame en acier de plus de quinze centimètres qui avait dû servir à trucider Drake Decker.

Santos fronça les sourcils. Vu la position des corps, il y avait eu au moins un troisième homme avec eux dans la pièce.

— Tu m'as dit que quelqu'un avait appelé le 911 ?

— Oui. J'attends de récupérer l'enregistrement. L'appel a été passé depuis un portable. On est en train de le tracer. Ça ne sera pas long.

— OK, dit-il en se relevant. Demande à Cruz de me faire des clichés aussi nets que possible du tatouage que le type porte au visage. Dis-lui également de photographier le petit couteau. Dès que tu reçois les images, tu me les balances par mail. Je les montrerai à Reynolds du 3ᵉ *precinct*. Il y a une anthropologue dans leur service qui pourra peut-être nous aider.

— Très bien, lieutenant, je m'en occupe.

Avant de sortir du bar, Santos jeta un dernier coup d'œil circulaire à la pièce. Combinaisons blanches, gants en latex, visages masqués, les techniciens de la Scientifique s'affairaient en silence. Armés de lampes fluorescentes, de pinceaux et de poudre, ils collectaient tous les indices possibles avant de les placer sous scellés.

— Il y a des empreintes partout, lieutenant, lui lança Cruz, le responsable de l'unité.

— Y compris sur le morceau de verre ?

— Oui, et également sur l'extincteur. Elles sont fraîches et nettes. Du boulot d'amateur. Si le type est fiché, on aura son identité dans quelques heures.

23

Le vol Delta Airlines se posa à Charles-de-Gaulle à 11 heures du matin sous un soleil éclatant. À bout de forces, Sebastian et Nikki avaient dormi pendant presque tout le trajet. Quelques heures de sommeil bienvenues qui leur permettaient d'aborder cette nouvelle journée avec les idées plus claires que la veille.

Ils quittèrent l'avion par la passerelle télescopique et patientèrent dans la queue pour accomplir les formalités douanières.

— Par quoi commence-t-on ? demanda Nikki en rallumant son portable.

— Peut-être par aller à la station Barbès. Interroger des gens, essayer de comprendre d'où vient le film de cette caméra de surveillance... C'est notre seule piste, non ?

Elle acquiesça en silence et présenta son passeport au policier.

Puis ils dépassèrent les tapis à bagages et débarquèrent dans le terminal. Une foule se massait derrière les barrières : familles pressées de revoir l'un des leurs, amoureux impatients de retrouver leur moitié, chauffeurs agitant leur pancarte. Alors que Sebastian se dirigeait vers la file des taxis, Nikki le retint par la manche.

— Regarde ça !

Au milieu de la foule, vêtu d'un impeccable costume trois-pièces, un chauffeur à l'allure sévère arborait un écriteau :

Mr & Mrs LARABEE

Ils se dévisagèrent, hébétés. Personne ne savait qu'ils étaient à Paris... Sauf les ravisseurs de Jeremy.

Se mettant d'accord d'un signe de tête, ils décidèrent de se présenter. Une piste pour retrouver leur fils peut-être ?

Le chauffeur les accueillit d'une voix chaude à l'accent oxfordien.

— Madame, monsieur, bienvenue à Paris, je m'appelle Spencer. Si vous voulez bien me suivre.

— Attendez, c'est quoi, ce cirque ? On va où comme ça ? s'inquiéta Sebastian.

Stoïque, mais d'un air un peu hautain, Spencer sortit une feuille de papier de sa poche intérieure. Il la déplia et chaussa des lunettes en écaille.

— J'ai ordre de prendre en charge M. et Mme Sebastian Larabee. Vol Delta de 11 heures en provenance de New York. C'est bien vous ?

Ils acquiescèrent, médusés.

— Qui a réservé cette voiture ? demanda Nikki.

— Ça, madame, je ne le sais pas. Il faudrait demander au secrétariat de *LuxuryCab*. Tout ce que je peux vous dire, c'est que la réservation a été confirmée ce matin même auprès de notre entreprise.

— Et où êtes-vous censé nous conduire ?

— À Montmartre, monsieur. Au *Grand Hôtel de la Butte*, ce qui est, si vous me le permettez, un excellent choix pour un séjour romantique.

Sebastian le dévisagea, la rage au ventre.

Je ne suis pas là pour un séjour romantique. Je suis ici pour retrouver mon fils !

D'un geste de la main, Nikki le calma. Le chauffeur n'était probablement qu'un pion dans un plan qui le dépassait et dont il ignorait jusqu'à l'existence. Mieux valait prendre le risque de le suivre sans faire d'histoire et voir où cela les mènerait.

C'est donc avec résignation et méfiance qu'ils lui emboîtèrent le pas.

La Mercedes filait sur l'autoroute du Nord. Spencer avait réglé sa radio sur une fréquence de musique classique et hochait la tête au rythme des *Quatre Saisons* de Vivaldi.

À l'arrière de la voiture, Sebastian et Nikki regardaient les panneaux qui égrenaient leur itinéraire vers la capitale : Tremblay-en-France, Garges-lès-Gonesse, Le Blanc-Mesnil, le Stade de France…

Ils n'étaient pas revenus à Paris depuis dix-sept ans. Les souvenirs de ce voyage se bousculaient dans leur tête, mais l'inquiétude les empêchait de s'y abandonner.

La voiture dépassa le boulevard périphérique et prit à droite sur les boulevards des Maréchaux avant d'arriver dans le vieux Montmartre. Rue Caulaincourt et avenue Junot, les arbres avaient revêtu leur parure d'automne, tapissant les trottoirs de feuilles aux couleurs de feu.

Spencer s'engagea dans une impasse bordée de maisons ombragées. Après avoir dépassé un haut portail en fer forgé, la voiture s'enfonça dans un jardin sauvage et luxuriant, véritable îlot champêtre au cœur de la capitale. La berline arriva devant l'hôtel : une grande bâtisse blanche aux lignes sobres et élégantes.

— Madame, monsieur, je vous souhaite un excellent séjour, leur dit le chauffeur en déposant leurs bagages sur le perron.

Toujours sur leurs gardes, Nikki et Sebastian

pénétrèrent dans le hall du vaste bâtiment. Le swing rétro d'un trio de jazz les accueillit. L'endroit était chaleureux et intime, à l'image d'une luxueuse pension de famille décorée avec soin. Les formes épurées et géométriques du mobilier Art déco rappelaient les années 1920 et 1930 : fauteuil club, buffet en sycomore, lampe Le Corbusier, console en bois laqué, panneaux marquetés d'ivoire et de nacre.

Il n'y avait personne à la réception. À gauche de l'entrée, on devinait un salon privé qui se prolongeait en bibliothèque invitant à la lecture. À droite, un long comptoir en acajou semblait faire office de bar à cocktail.

Des talons claquèrent sur le carrelage. Ils firent volte-face d'un même mouvement pour découvrir la silhouette élégante de la maîtresse des lieux qui se dessinait dans l'embrasure de la salle à manger.

— Monsieur et madame Larabee, je présume ? Nous vous attendions. Bienvenue au *Grand Hôtel de la Butte*, dit-elle dans un anglais à l'accent parfait.

Cheveux coupés à la garçonne, poitrine plate, silhouette androgyne, robe tubulaire lamée s'arrêtant aux genoux : elle semblait sortir d'un roman de Francis Scott Fitzgerald.

Elle passa derrière le comptoir et commença les formalités d'enregistrement.

— Attendez, fit Sebastian. Excusez-moi, mais comment nous connaissez-vous ?

— Nous n'avons que cinq chambres, monsieur, et l'hôtel est complet. Vous êtes les derniers arrivés.

— Savez-vous qui a réservé notre chambre ?

La femme porta à sa bouche le fume-cigarette d'ambre qu'elle tenait entre le majeur et l'index. Elle aspira une bouffée avant de répondre sur le ton de l'évidence :

— Mais c'est vous-même, monsieur Larabee !

— Moi-même ?

Elle consulta son registre sur l'ordinateur.

— La réservation a été faite il y a une semaine sur notre site Internet.

— La chambre a déjà été payée ?

— Absolument. Réglée le jour même de la réservation avec une Mastercard au nom de M. Sebastian Larabee.

Incrédule, Sebastian se pencha sur l'écran. Les références de la transaction laissaient apparaître une partie des numéros de la carte de paiement. Aucun doute possible : son compte avait été piraté.

Dépité, il regarda son ex-femme. À quel jeu pervers jouaient ceux qui les avaient attirés ici ?

— Un problème ?

— Pas du tout, répondit Sebastian.

— Alors, je vous invite à rejoindre votre chambre, la numéro 5, au dernier étage.

Dans l'étroit ascenseur qui desservait les chambres, Nikki appuya sur le bouton du dernier étage.

— Si la réservation date d'une semaine, ça signifie que l'enlèvement de Jeremy était planifié depuis longtemps.

Sebastian acquiesça :

— À l'évidence. Mais pourquoi ont-ils pris le risque de pirater mon compte pour réserver cette chambre ?

— Peut-être pour nous réclamer une rançon, hasarda-t-elle. En infiltrant tes comptes, ils savent exactement quel est le montant de ta fortune et combien ils peuvent te demander.

Arrivés à l'étage, ils poussèrent la porte de leur chambre et découvrirent une suite immense au haut plafond mansardé.

— Ils auraient pu choisir plus moche ! observa Nikki pour désamorcer son angoisse.

Lit king size, baignoire sur pieds dans la salle de bains, murs aux tonalités pastel. Décorée avec goût, la pièce dégageait un charme bucolique, reproduisant le décor d'un atelier d'artiste bohème : parquet brut, mezzanine, grand miroir ovale, petite terrasse donnant sur le jardin.

La lumière surtout était extraordinaire. À peine filtrée par le lierre et les branches, elle réchauffait la pièce. On avait du mal à croire qu'on était à l'hôtel. On avait plutôt l'impression que des amis raffinés vous avaient prêté leur refuge secret pour des vacances.

Ils sortirent tous les deux sur la terrasse qui surplombait le jardin et offrait une vue grandiose sur les monuments parisiens. On entendait le chant des oiseaux et le bruissement du vent dans les branches.

Mais ni Sebastian ni Nikki ne se laissèrent subjuguer par la ville qui s'étendait à leurs pieds. Étonnante, cette douceur automnale ne calmait pas leur inquiétude.

— Et maintenant ? demanda Sebastian.

— Je ne sais pas. S'ils nous ont fait venir ici, c'est qu'ils ont l'intention de nous contacter, non ?

En quête d'un éventuel message, ils vérifièrent leurs portables, appelèrent la réception puis fouillèrent la chambre. Sans succès.

Au bout d'une demi-heure, l'attente devint insupportable.

— Je vais à Barbès, décida Sebastian en attrapant sa veste.

— Je t'accompagne. Hors de question que je poireaute dans cette chambre !

— Non. Tu l'as dit toi-même : il y a toutes les chances pour qu'ils cherchent à nous joindre ici.

— Nous étions convenus de ne pas nous séparer ! plaida-t-elle.

Mais Sebastian avait déjà passé la porte.

24

New York
Commissariat du 87ᵉ *precinct*

Santos récupéra son gobelet dans le distributeur automatique. Le soleil n'était pas encore levé sur Brooklyn, mais le lieutenant en était déjà à son troisième café. Une fois de plus, la nuit avait été agitée : cambriolages, violences conjugales, magasins mis à sac, prostituées interpellées… Depuis dix ans, les médias donnaient toujours de New York l'image d'une ville pacifiée et sécurisée. C'était sans doute vrai au cœur de Manhattan, mais ça l'était moins dans sa banlieue.

Par manque de place dans les cellules, le couloir où se trouvait le distributeur de boissons ressemblait à un centre de réfugiés : prévenus menottés aux bancs métalliques, témoins serrés comme des sardines sur des banquettes éventrées, plaignants enroulés dans des couvertures. Le corridor était éclairé par des néons blafards et grésillants. Ça sentait mauvais, ça hurlait. Tout le monde était tendu, à cran.

Santos quitta ce cloaque pour se réfugier dans son bureau. Il détestait ce commissariat sale, bruyant, et n'avait pas l'intention d'y terminer sa carrière. Son espace de travail était à l'avenant : un petit bureau exigu, peu fonctionnel et mal isolé avec vue sur une courette sordide. Il but une gorgée de café lavasse et croqua dans un donut rassis qu'il eut du mal à avaler.

Après avoir jeté la pâtisserie dans la corbeille, il décrocha son téléphone pour appeler le laboratoire qui s'occupait des analyses toxicologiques. Le laborantin valida son intuition : la poudre trouvée chez Nikki était bien de la cocaïne. Il mit ce dossier de côté et profita qu'il était en ligne pour demander à parler à Hans Tinker.

Au fil des années, Santos avait su se constituer un réseau impressionnant. Dans les différents services de la nébuleuse et tentaculaire NYPD, nombreux étaient ceux qui lui étaient redevables d'un coup de main. Chez lui, c'était une seconde nature : chaque fois qu'il pouvait aider un collègue, il le faisait. À court terme, cela paraissait désintéressé, mais venait toujours un moment où il avait l'occasion de récolter les fruits de son investissement.

— Tinker, j'écoute.

Hans Tinker, le directeur adjoint des services de police scientifique, était peut-être son contact le plus intéressant. Deux ans plus tôt, au hasard d'un contrôle, les gars de Santos avaient serré le fils aîné de Tinker, alors en pleine crise d'adolescence, avec une quantité déraisonnable de shit. Visiblement, le fiston ne se contentait pas de crapoter dans sa chambre, mais devait aussi dealer pour ses copains. Santos avait fermé les yeux et classé l'affaire. Depuis, Tinker lui vouait une reconnaissance infinie.

— Salut, Hans. Tu as du nouveau sur mon double homicide ?

— On avance, mais ça va être long. Il y a un million d'empreintes sur cette scène de crime et il faut faire les analyses génétiques.

— Je comprends, mais j'ai besoin de façon urgente de connaître les empreintes présentes sur le KA-BAR, le morceau de verre affilé et la queue de billard.

— Celles-ci, je les ai. Je te fais parvenir un rapport dans deux heures.

— Non, pas la peine ! Balance-moi les données brutes par mail. Je veux les confronter à l'IAFIS le plus vite possible.

Son ordinateur portable sous le bras, Mazzantini toqua contre la vitre et passa une tête dans l'embrasure de la porte. Santos lui fit signe d'approcher. L'adjoint attendit que son patron ait raccroché pour lui annoncer :

— On a du nouveau, lieutenant. J'ai pu récupérer l'appel passé au 911. Écoutez ça.

Il ouvrit son notebook et lança le fichier audio. L'enregistrement était bref. On y entendait un homme, visiblement paniqué, refusant de donner son identité, mais réclamant d'urgence une ambulance à l'adresse du *Boomerang*.

« Il y a un homme à l'agonie ! Il est lardé de coups de couteau ! Venez vite ! Venez vite ! »

— Bizarre qu'il n'évoque qu'un seul corps, non ? demanda Mazzantini.

Santos ne répondit pas. Où avait-il déjà entendu cette voix ?

— On a tracé l'appel, continua son adjoint. Le téléphone appartient à Sebastian Larabee. Un riche luthier habitant l'Upper East Side. J'ai vérifié son casier. Il est blanc comme neige. Enfin presque : une seule condamnation pour rébellion à agent après un contrôle de police lors d'un excès de vitesse quand le type était encore à l'université. À mon avis, il ne sait même pas qu'il est fiché.

Le visage de Santos se décomposa.

— J'envoie une équipe pour l'appréhender, patron ?

Santos acquiesça en silence. Il savait que Sebastian était à Paris, mais il avait besoin de temps pour réfléchir.

— OK, allez-y, ordonna-t-il en fermant la porte derrière Mazzantini.

Les yeux dans le vague, il se posta devant la fenêtre. Cette révélation le laissait abasourdi. Que venait faire Sebastian Larabee au milieu de l'affaire Drake Decker ?

Le sifflement bref notifiant l'arrivée d'un courrier électronique le sortit de sa réflexion. Il s'installa devant son écran et consulta sa messagerie. C'était le mail de Tinker concernant les relevés d'empreintes digitales.

Les techniciens de la Scientifique avaient bien fait leur boulot. Pour chaque pièce à conviction, les dactylogrammes étaient nets, prêts à être utilisés. Santos les enregistra sur son disque dur et se connecta au fichier intégré et automatisé des empreintes digitales. Les enquêteurs de la police de New York avaient un accès direct aux bases de données du FBI, en particulier le fameux IAFIS : une mine d'or répertoriant plus de soixante-dix millions de personnes fichées, arrêtées ou condamnées sur le territoire américain. Il commença par les empreintes trouvées sur le couteau de combat. L'algorithme se mit en route, balayant la base de données à une vitesse supersonique.

MATCH NOT FOUND[1]

Premier coup dans l'eau.

Il poursuivit avec le dactylogramme trouvé sur le long morceau de verre ensanglanté, l'arme qui, selon toute logique, avait servi à tuer le « tatoué ». Cette fois, Santos eut plus de chance. Moins d'une seconde plus tard, le programme délivra une réponse. Les empreintes étaient celles de... Sebastian Larabee. Dans la foulée, il lança la comparaison avec celles relevées sur la canne de billard. Presque instantanément, l'écran se figea sur la photo d'une jeune femme. Les mains tremblantes, Santos lança l'impression de la fiche :

NOM : NIKOVSKI
PRÉNOM : NIKKI
NÉE LE 24 AOÛT 1970 À DETROIT (MICHIGAN)
DIVORCÉE DE M. SEBASTIAN LARABEE

Dans les années 1990, Nikki avait été arrêtée à plusieurs reprises pour différents vols, ivresse sur la voie publique et possession de stupéfiants. Si elle n'avait jamais été incarcérée, elle avait payé de multiples amendes et effectué plusieurs dizaines

1. Pas de correspondance.

d'heures de travaux d'intérêt général. Sa dernière infraction remontait à 1999. Depuis, elle s'était tenue tranquille.

Santos sentit son rythme cardiaque s'emballer.

Dans quelle histoire Nikki est-elle allée se fourrer ?

Vu son dossier, toute la faute allait être reportée sur elle. Heureusement, il avait les cartes en main. En manœuvrant astucieusement, il pourrait peut-être même récupérer la femme qu'il aimait et se débarrasser une fois pour toutes de Larabee.

Laissant de côté ce qui pouvait incriminer Nikki, il rassembla avec soin toutes les preuves à charge contre Sebastian : l'appel téléphonique au 911, les empreintes sur l'arme du crime, le billet d'avion pour Paris qui caractérisait le délit de fuite.

Le dossier était solide. Assez, peut-être, pour convaincre un juge de lancer dans l'urgence une commission rogatoire internationale. Pour mettre de l'huile sur le feu, il allait distiller quelques informations dans des organes de presse bien choisis. Un notable en fuite à Paris après un assassinat dans un tripot : les médias allaient adorer. Les Larabee étaient une vieille famille new-yorkaise respectable, mais, en cette période de crise, les tenants du pouvoir économique n'étaient plus intouchables. Au contraire. Depuis plus d'un an, le mouvement des Indignés criait sa colère contre Wall Street. À plusieurs reprises, des centaines de manifestants avaient bloqué le pont de Brooklyn. L'exaspération de la classe moyenne grandissait et se propageait à travers le pays.

Les temps changeaient.

Les puissants d'hier ne seraient pas ceux de demain.

De plus, Sebastian Larabee n'était pas un fugitif aguerri.

Dès que son arrestation serait ordonnée, il se ferait cueillir comme un bleu...

25

Paris
18ᵉ arrondissement

Sebastian quitta l'hôtel à pied et descendit l'avenue Junot en direction de la place Pecqueur. En cette fin octobre, l'été jouait les prolongations. Aux terrasses des cafés, touristes et Montmartrois offraient leur visage et leurs bras nus aux rayons du soleil.

Insensible à cette quiétude, Sebastian ne pensait qu'à son fils. La mise en scène champêtre et romantique de l'hôtel avait achevé de le déstabiliser. Plus il s'enfonçait dans l'inconnu, plus il était persuadé qu'un danger redoutable les guettait, Nikki et lui. Une menace oppressante dont il n'arrivait pas à prendre la mesure. Plusieurs fois, il se retourna pour vérifier qu'il n'était pas suivi. En apparence, ce n'était pas le cas, mais comment en être certain ?

Sur la place, il s'arrêta à un distributeur de billets pour y retirer des espèces. Sa Black Card lui permit d'obtenir 2 000 euros, le maximum que le DAB accepta de lui délivrer. Il rangea son argent et poussa jusqu'à la station Lamarck-Caulaincourt, qu'il avait repérée en venant de l'aéroport.

Encadrée par deux escaliers typiques de Montmartre, l'entrée du métro lui rappela le film *Le Fabuleux Destin d'Amélie Poulain* qu'il avait vu en DVD avec Camille. Il acheta un carnet de tickets et chercha sur le plan la station Barbès-Rochechouart. Située au croisement des 9e, 10e et 18e arrondissements, elle n'était qu'à quelques arrêts. Pressé, il délaissa l'ascenseur et s'engouffra dans l'escalier en colimaçon qui s'enfonçait vers les quais à plus de vingt-cinq mètres de profondeur. Il prit la première rame en direction de Mairie-d'Issy, laissa passer deux stations puis, à Pigalle, attrapa la ligne 2 avant de descendre à Barbès-Rochechouart.

La station dans laquelle avait été enlevé son fils…

Sur le quai, Sebastian suivit le flux des voyageurs jusqu'au guichet. Après avoir patienté dans la queue plusieurs minutes, il interrogea l'employée à travers l'hygiaphone, lui montrant d'abord une photo de Jeremy puis le film de son agression qu'il avait dupliqué sur son téléphone portable.

— Je ne peux rien faire pour vous, monsieur, adressez-vous à la police.

Il insista, mais il y avait trop de bruit et beaucoup de monde dans la file d'attente. La guichetière n'y mettait pas de la mauvaise volonté, mais elle parlait très mal l'anglais, ne comprenait pas vraiment ce que Sebastian attendait d'elle et la nervosité des gens qui s'impatientaient la contaminait. En baragouinant, elle parvint à lui faire comprendre que, ces derniers jours, il n'y avait pas eu de signalement d'agression en dehors des traditionnels vols à l'arraché :

— *No agression, sir ! No agression !* répétait-elle.

Conscient qu'il n'en tirerait rien de plus, Sebastian la remercia avant de quitter la station par les Escalator.

Barbès...

Dès qu'il fut dans la rue, Sebastian découvrit un Paris qui n'était pas celui des clichés. Ici, pas de passants en béret trimbalant leur baguette sous le bras, pas de fromagerie ou de boulangerie traditionnelle à chaque coin de rue. Ce n'était pas non plus le Paris de la tour Eiffel ou de l'Arc de triomphe, mais un Paris multi-ethnique, rugueux et coloré qui lui rappela le melting-pot new-yorkais.

Sur le trottoir, un type le dépassa d'un peu trop près, un autre le bouscula et il sentit une main le frôler.

Un pickpocket !

Alors qu'il reculait pour éviter qu'on ne lui fasse les poches, un vendeur à la sauvette l'aborda en lui proposant des paquets de clopes.

« Marlboro ! Marlboro ! Trois euros ! Trois euros ! »

Il fit quelques pas pour se dégager et traversa la rue, mais c'était le même cirque de l'autre côté. L'endroit grouillait de revendeurs de cigarettes de contrebande.

« Legend ! Marlboro ! Trois euros ! Trois euros ! »

Et pas le moindre policier à l'horizon...

Il avisa un kiosque à journaux sous les colonnes de fer du métro aérien. À nouveau, il sortit de sa poche la photo de son fils pour la présenter au commerçant.

— *My name is Sebastian Larabee. I am American. This is a picture of my son, Jeremy. He was kidnapped here two days ago. Have you heard anything about him ?*

Originaire d'Afrique du Nord, le kiosquier tenait boutique au carrefour Barbès-Rochechouart depuis plus de trente ans. Véritable mémoire du quartier, il avait appris l'anglais au contact des touristes et avait la parole facile.

— Non, je n'ai pas entendu parler de cette histoire.

— *Are you sure ? Look at the video*, le pria-t-il en lui présentant son téléphone où était stocké le film de l'agression de Jeremy.

Le vendeur de journaux essuya les verres de ses lunettes avec l'un des pans de sa chemise avant de les ajuster sur son nez.

— Je ne vois pas grand-chose, se lamenta-t-il. L'écran est vraiment petit.

— Regardez encore une fois, *please*.

La foule était dense. L'atmosphère électrique et bruyante. Sebastian se fit plusieurs fois bousculer. Entassée sur la portion de trottoir à la sortie du métro, la nuée de vendeurs à la sauvette squattait le macadam devant le kiosque. « Marlboro ! Marlboro ! Trois euros ! Trois euros ! » Leur refrain donnait mal à la tête.

— Désolé, ça ne me dit rien, dit le kiosquier en restituant le téléphone. Mais laissez-moi votre numéro. Je demanderai à Karim, mon employé, s'il a entendu parler de quelque chose. C'est lui qui a fait la fermeture de la boutique lundi.

Pour le remercier, Sebastian sortit sa liasse de billets et lui tendit 50 euros, mais l'homme avait sa fierté.

— Rangez vos biffetons, monsieur. Et ne traînez pas ici, conseilla-t-il en désignant du menton la faune interlope qui rôdait autour du kiosque.

Sebastian lui tendit sa carte de visite sur laquelle il avait souligné son numéro de portable et inscrit le prénom et l'âge de son fils.

— Si l'agression a été filmée, reprit le vendeur, la brigade des réseaux ferrés doit être sur le coup.

— Il y a un commissariat à proximité ?

Le kiosquier fit une moue.

— Il y a celui de la Goutte-d'Or à deux cents mètres, mais ce n'est pas l'endroit le plus accueillant de la capitale…

Sebastian le remercia une nouvelle fois d'un hochement de tête.

Pas question d'aller voir la police pour l'instant. Il s'apprêtait à rentrer à l'hôtel lorsqu'il eut une autre idée.

« Legend ! Legend ! Trois euros ! »

Au bas des Escalator du métro, les vendeurs à la sauvette devaient faire le pied de grue tous les jours pendant de longues heures. Quel meilleur poste d'observation pour tout connaître des arcanes de la station ? C'était probablement chez eux plutôt que chez les flics qu'il y avait des informations à glaner !

D'un pas décidé, Sebastian se fondit dans la

cohue au milieu des usagers réguliers et de quelques touristes égarés en pèlerinage vers Montmartre.

« Marlboro ! Trois euros ! »

Toujours en mouvement, les flasheurs de nicotine ouvraient leur blouson à la volée pour exhiber leurs cartouches de mauvais tabac. Sans être agressifs, ils savaient se faire pressants. Leur nombre surtout, ainsi que leur ritournelle sans fin donnaient envie de s'extraire au plus vite de ce cloaque, mais Sebastian s'accrocha à son intuition.

« Marlboro ! Trois euros ! »

Il sortit de sa poche la photo de Jeremy qu'il brandit. Ça devenait une habitude !

— *Have you seen this boy ? Have you seen this boy ?*

— Casse-toi, mec. Laisse-nous bosser !

Sans se décourager, Sebastian parcourut méthodiquement le trottoir du carrefour Barbès-Rochechouart, présentant la photo de son fils à chaque revendeur. Il était sur le point de renoncer lorsqu'il entendit une voix murmurer derrière lui :

— *This is Jeremy, isn't it ?*

26

Sebastian se retourna vers la voix qui l'inter-pellait.

— *This is Jeremy, isn't it ?*

— *Yes ! That's my son ! Have you seen him ?* demanda-t-il plein d'espoir.

L'homme qui lui faisait face détonnait parmi les vendeurs à la sauvette. Chemise propre, veste de costume, coupe de cheveux dégagée, chaussures usées, mais cirées. Malgré la galère de son job, il s'appliquait à conserver une apparence irrépro-chable.

— *My name is Youssef,* se présenta-t-il. *I'm from Tunisia.*

— *Have you seen my son ?*

— *Yes. I think so. Two days ago…*

— *Where ?*

Le Tunisien lança des regards méfiants autour de lui.

— Je ne peux pas vous parler maintenant, pour-suivit-il toujours en anglais.

— S'il vous plaît ! C'est important.

En arabe, Youssef lança une bordée d'insultes à deux de ses « collègues » qui le regardaient d'un peu trop près.

— Écoutez… hésita-t-il. Allez m'attendre au *Fer à cheval*. C'est un petit café de la rue Belhomme, à cent mètres, juste derrière l'immeuble de Tati. Je vous y retrouve dans un quart d'heure.

— D'accord, merci ! Merci !

Sebastian reprenait enfin espoir. Il avait eu raison de s'entêter ! Cette fois, il tenait quelque chose. Une vraie piste.

Il traversa la rue pour rejoindre le boulevard Barbès et longea la façade d'un immense maga-sin au logo vichy rose : Tati. L'enseigne pionnière en hard discount animait le quartier depuis plus de cinquante ans. En quête de bonnes affaires, les clients fouillaient dans des bacs en plastique alignés sur le trottoir. Robes, pantalons, chemises, sacs, lingerie, pyjamas, ballons, jouets… Les panières débordaient de tout et de rien : fins de série, dés-tockage, invendus ou « affaires du siècle ».

De l'autre côté du trottoir, d'autres vendeurs à la sauvette avaient installé leurs étals, proposant cette fois de faux sacs Vuitton et du parfum contrefait.

Sebastian poursuivit sa route rue Bervic pour rejoindre la rue Belhomme. Barbès était intense et vivant. La foule dense, les échanges bruyants, mais dépaysants. Les images, le dynamisme, l'état d'ébullition permanente du quartier déroutaient l'Américain. Même les styles architecturaux cohabitaient : dans un seul pâté de maisons, les façades haussmanniennes voisinaient avec les immeubles en pierre calcaire et les habitations de logements sociaux.

Enfin, il arriva devant le café dont lui avait parlé Youssef. Un bistrot à la devanture étroite, coincé entre une boutique de robes de mariée bas de gamme et un salon de coiffure africain. Le bar était vide. Une forte odeur de gingembre, de cannelle et de légumes bouillis imprégnait la salle.

Sebastian s'assit à l'une des tables près de la fenêtre et commanda un café. Il hésita à appeler Nikki. Il avait très envie de lui faire part de sa découverte, mais décida d'attendre d'en savoir plus avant de lui causer une fausse joie. Il but d'un trait son espresso, regarda sa montre puis se rongea nerveusement les ongles, trouvant le temps long. Placardée contre la fenêtre, une affichette proposait les services d'un marabout.

Docteur Jean-Claude
Cérémonie de désenvoûtement
Soumission des époux volages
Retour définitif de l'être aimé
au sein de sa famille

Voilà qui me serait bien utile, pensa-t-il ironiquement alors que Youssef entrait dans le bistrot.

— Je n'ai pas beaucoup de temps, prévint le Tunisien en s'asseyant en face de lui.

— Merci d'être venu, dit Sebastian en posant sur la table la photo de Jeremy. Vous êtes certain que vous avez vu mon fils ?

Youssef examina le cliché avec attention.

— Je suis catégorique. C'est le jeune Américain de quinze ou seize ans qui disait s'appeler Jeremy. Je l'ai vu avant-hier soir chez Mounir, l'un de nos « banquiers ».

— Un banquier ?

Youssef but une gorgée du café qu'il avait commandé.

— Plusieurs centaines de paquets de tabac de contrebande sont revendus chaque jour au carrefour de Barbès-Rochechouart, expliqua-t-il. Le trafic de tabac est structuré comme celui de la drogue. Des grossistes achètent leur marchandise à des fournisseurs chinois. Le matin, ils apportent leur stock sur place et le planquent n'importe où : dans des poubelles, des recoins, des caches sur les étals, des coffres de voitures garées dans des endroits stratégiques. À nous ensuite de vendre les cartouches de cigarettes dans la rue.

— Et les « banquiers » ?

— Ce sont ceux qui récoltent le cash.

— Mais que faisait Jeremy chez ce Mounir ?

— Je ne sais pas, mais il n'avait pas l'air d'être retenu contre son gré.

— Où habite-t-il ?

— Rue Caplat.

— C'est loin d'ici ?

— Pas vraiment.

— On peut s'y rendre à pied ?

— Oui, mais je vous arrête tout de suite. Mounir n'est pas commode et…

— S'il vous plaît, conduisez-moi à son adresse ! J'irai lui parler seul.

— Ce n'est pas une bonne idée, je vous dis !

Visiblement, le Tunisien était terrifié. Peur de perdre son « emploi » ? De se mettre à dos une faune peu recommandable ?

Sebastian essaya de le mettre en confiance.

— Vous êtes un type bien, Youssef. Conduisez-moi chez Mounir. Je dois retrouver mon fils.

— OK, capitula-t-il.

Ils sortirent du café pour regagner Barbès par la rue de Sophia. Il était 2 heures de l'après-midi et le soleil était à son zénith. Toujours en effervescence, le boulevard grouillait de monde. Jeunes, vieux, bobos... Certaines femmes étaient voilées, d'autres en jupette.

— Où avez-vous appris à parler anglais, Youssef ?

— À l'université de Tunis. Je venais d'y terminer un master littérature et civilisation anglaises lorsque j'ai dû fuir mon pays il y a six mois.

— Je croyais que les choses allaient mieux en Tunisie...

Youssef secoua la tête.

— La chute de Ben Ali et la révolution de Jasmin n'ont pas créé des emplois d'un coup de baguette magique, expliqua-t-il amèrement. La situation reste difficile. Même avec un diplôme, les jeunes ont peu de perspectives. J'ai préféré tenter ma chance ici, en France.

— Vous avez des papiers ?

Il secoua la tête.

— Aucun de nous n'en a. Nous sommes tous arrivés par Lampedusa au printemps dernier. Je cherche un emploi qualifié, mais ce n'est pas facile sans documents administratifs. Je n'en suis pas très fier, mais les petits trafics, c'est tout ce que j'ai trouvé. Ici, c'est le règne de la débrouille, c'est chacun pour soi. Tu dois trouver ta place entre le vol à la tire, le deal de cannabis, le recel de portables, les faux papiers, la vente de clopes...

— Et la police ?

Le Tunisien ricana :

— Pour se donner bonne conscience, les flics font une descente tous les dix jours. Tu restes une nuit en garde à vue, tu paies une amende et, le lendemain, tu es de retour sur le pavé.

Youssef marchait vite, pressé de s'acquitter de sa tâche.

Sebastian peinait à suivre le rythme imposé par le Tunisien. Plus il avançait, plus il s'inquiétait. Tout cela n'était-il pas trop beau pour être vrai ? Pour quelle raison son fils serait-il venu se perdre dans le QG d'un obscur trafiquant de cigarettes à six mille kilomètres de New York ?

Alors qu'ils arrivaient sur une placette ensoleillée, son accompagnateur l'entraîna à l'écart dans une ruelle étroite et ombragée qui partait vers le boulevard de la Chapelle.

— Je suis désolé, s'excusa Youssef en tirant un couteau de sa poche.

— Mais...

Le Tunisien siffla entre ses dents. Instantanément, deux hommes surgirent derrière Sebastian.

— Je vous avais pourtant mis en garde tout à l'heure : ici, c'est chacun pour soi.

L'Américain ouvrit la bouche, mais un coup de poing vigoureux lui écrasa le foie. Il tenta de riposter ; Youssef le prit de vitesse : un crochet l'atteignit en plein visage et l'envoya au sol.

Les deux complices du Maghrébin le relevèrent pour mieux le ceinturer. Commença alors un véritable passage à tabac : coups de coude au creux de l'estomac, volées de coups de pied et de gifles, injures. Incapable de se protéger, Sebastian ferma les yeux et encaissa les coups qui pleuvaient sans répit. Une dérouillée qu'il vécut comme une expiation, un pénible chemin de croix. Cette raclée, c'était sa Via Dolorosa...

Il s'était fait avoir comme un bleu. En exhibant ses billets avec tant d'arrogance, il n'avait eu que ce qu'il méritait. Bien entendu, le Tunisien n'avait jamais croisé Jeremy. Il avait dû entendre son prénom lorsque Sebastian l'avait évoqué en discutant avec le vendeur de journaux devant le kiosque. Là où il avait eu l'imprudence de sortir son portefeuille... Youssef avait profité de sa crédulité et lui, Sebastian, n'avait pas d'excuses. Il n'avait fait preuve d'aucun sang-froid, d'aucune réflexion.

Il s'était benoîtement jeté dans la gueule du loup !
Avec sa liasse de billets, son costume et son air con
d'Américain, il était le parfait pigeon de l'histoire.

Après l'avoir tabassé et dépouillé, Youssef fit un
signe à ses complices. D'un même mouvement, les
deux hommes de main lâchèrent leur proie avant
de s'enfuir en courant.

L'arcade éclatée, les lèvres tuméfiées, les paupières boursouflées, Sebastian peinait à reprendre
ses esprits. Il essaya d'ouvrir un œil. Il distinguait
obscurément le brouhaha de la foule et, plus loin,
le flot ininterrompu des voitures sur le boulevard.
Il se mit debout avec difficulté.

Avec la manche de sa veste, il essuya les filets
de sang qui coulaient de sa bouche et de son nez.

On lui avait tout pris. Son portefeuille, son
argent, son téléphone, son passeport, sa ceinture,
ses chaussures. Même la montre de collection qu'il
tenait de son grand-père.

Des larmes d'humiliation et de dépit lui montèrent aux yeux. Qu'allait-il raconter à Nikki ? Comment avait-il pu être aussi crédule ? Et malgré toute
sa volonté, avait-il réellement en lui les ressources
nécessaires pour retrouver son fils ?

27

La terrasse surplombait le jardin de l'hôtel.

Appuyée à la balustrade, Nikki essayait de calmer son inquiétude en s'abandonnant au murmure apaisant de la fontaine en vieux marbre. Un écrin végétal, touffu et verdoyant, entourait la demeure. Traversant le terrain, deux rangées de cyprès évoquaient un paysage toscan. Des pieds de vigne vierge aux couleurs automnales grimpaient le long du mur, disputant l'espace à des lianes de jasmin dont les fleurs blanches répandaient une odeur entêtante qui montait jusqu'à la chambre.

Minée par un sentiment d'impuissance, Nikki tournait en rond depuis le départ de Sebastian. En d'autres circonstances, elle aurait goûté la poésie et la quiétude du lieu, mais l'angoisse la dévorait, crispant et contractant ses muscles, étouffant son cœur dans sa poitrine.

Incapable de se détendre, elle regagna l'intérieur de la chambre et entreprit de se faire couler un bain.

Pendant que l'eau montait dans la baignoire, emplissant la chambre de vapeur légère, Nikki s'approcha du vieil électrophone posé au centre d'une étagère en bois blanchi. C'était un tourne-disque valise, typique des années 1960, avec un couvercle détachable qui faisait office de haut-parleur. Rangée sur les tablettes, une collection de vieux vinyles regroupait une cinquantaine de 33 tours. Nikki fit défiler rapidement les pochettes qui ne contenaient que des albums cultes : *Highway 61* de Dylan, *Ziggy Stardust* de Bowie, *The Dark Side of the Moon* des Pink Floyd, *The Velvet Underground & Nico*…

Elle arrêta son choix sur *Aftermath*, l'un des bons albums du temps où les Stones étaient encore les Stones. Elle mit la galette sur le plateau et posa la tête de lecture sur le microsillon. Dès les premières secondes, les *riffs* de marimba et la ligne de basse d'*Under my Thumb* firent vibrer la pièce. On disait que Mick Jagger avait écrit cette chanson pour régler ses comptes avec le mannequin Chrissie Shrimpton avec qui il sortait alors. À l'époque, les féministes n'avaient pas aimé les paroles qui comparaient successivement la femme à un « chien frétillant » puis à un « chat siamois ».

Nikki, elle, trouvait le morceau plus complexe. Il parlait de la recherche de domination au sein du couple, du désir de revanche lorsque l'amour se change en haine.

Elle se planta devant le grand miroir ovale en fer forgé et se déshabilla entièrement. Elle scruta son reflet sans complaisance.

Venu du dehors, un rayon de soleil caressa sa nuque. Elle ferma les yeux quelques secondes et offrit son visage à la lumière, sentant sa peau qui s'animait sous l'effet de la chaleur. Avec les années, le galbe de sa silhouette s'était arrondi, mais grâce au sport qu'elle pratiquait intensivement, son corps était resté tonique. Elle avait des seins encore hauts, une taille fine et musclée, des jambes de chasseresse, des mollets fermes.

Dans la volupté du moment, elle retrouva confiance en elle.

À l'élection de Miss Cougar, tu gardes toutes tes chances, Mrs Robinson...

Elle ferma le robinet et se glissa dans le bain chaud en frémissant. Comme elle le faisait jadis, elle bloqua sa respiration et plongea la tête dans l'eau. Autrefois, elle pouvait tenir près de deux minutes en apnée. Un temps suspendu qu'elle utilisait pour mettre ses idées au clair.

Dix secondes...

Ce désir de rester jeune lui pourrissait la vie. Des années qu'elle s'épuisait à vouloir se rassurer sur sa capacité à séduire. La vérité, c'était qu'elle ne s'en croyait capable que par son physique. Elle plaisait aux hommes parce qu'elle était « bandante ». C'est son corps qu'ils remarquaient toujours en premier, jamais son charme, jamais son intelligence, son humour ou sa culture…

Vingt secondes…

Mais sa jeunesse s'en allait. Les magazines féminins avaient beau titrer : « Quarante ans, c'est le nouveau trente ans ! », tout ça, c'était de la blague. L'époque voulait du sang neuf, de la jeunesse, de la chair toujours plus fraîche. Déjà, dans la rue, elle sentait que les hommes ne se retournaient plus aussi fréquemment sur son passage. Un mois plus tôt, dans une boutique de Greenwich, elle avait été flattée de l'attention que lui portait le vendeur, un jeune mec charmant et bien foutu, avant de comprendre que ce n'était pas elle qu'il draguait, mais… Camille.

Trente secondes…

Elle avait du mal à se l'avouer, mais elle avait été émue de revoir Sebastian. Il était toujours aussi invivable, obtus, injuste, coincé dans ses certitudes, mais elle était rassurée de l'avoir à ses côtés pour traverser cette épreuve.

Quarante secondes...

Lorsqu'ils étaient mariés, elle ne s'était jamais sentie à la hauteur. Persuadée que leur amour ne reposait que sur un malentendu – tôt ou tard, Sebastian finirait par se rendre compte de son erreur et la verrait telle qu'elle était vraiment –, elle avait vécu dans la peur d'être quittée.

Cinquante secondes...

Leur rupture lui semblait même tellement inéluctable qu'elle avait pris les devants, multipliant les amants, s'engageant dans une spirale destructrice et absurde qui avait fini par faire exploser leur couple, validant ainsi sa plus grande crainte, mais lui apportant aussi un soulagement paradoxal : à présent qu'elle l'avait perdu, elle ne craignait plus de le perdre.

Une minute...

Le compte à rebours défilait. La vie lui glissait entre les doigts. Dans deux ou trois ans, Jeremy partirait étudier en Californie. Elle resterait seule. Seule. Seule. Seule. Toujours cette peur panique d'être abandonnée. D'où venait cette blessure ? De l'enfance ? De plus loin ? Elle préférait ne pas y penser.

Une minute dix...

Un frisson la saisit et elle sentit un tremblement au bas de son ventre. À présent, elle manquait d'oxygène. Le refrain de la chanson des Stones lui parvenait déformé, agrémenté d'un… *riff* de Jimi Hendrix !

Mon téléphone !

Elle sortit brusquement la tête de l'eau et attrapa son portable. C'était Santos. Depuis la veille, il lui avait laissé nombre de messages tour à tour rageurs et amoureux. Dans l'affolement causé par les derniers événements, elle avait préféré ne pas lui répondre.

Elle hésita. Ces derniers temps, Santos se révélait être un petit ami de plus en plus étouffant, mais c'était aussi un bon flic. Et s'il avait découvert une piste concernant la disparition de Jeremy ?

— Oui ? fit-elle, essoufflée.

— Nikki ? Enfin ! Ça fait des heures que j'essaie de te joindre. À quoi tu joues, bon sang ?

— J'étais occupée, Lorenzo.

— Qu'est-ce que tu fous à Paris ?

— Comment sais-tu où je me trouve ?

— Je suis passé chez toi. Je suis tombé sur les billets d'avion.

— Mais de quel droit t'es-tu permis ?

— Heureusement que c'était moi et pas un autre flic, s'agaça-t-il. Parce que j'ai aussi trouvé la cocaïne dans la salle de bains !

218

Mortifiée, elle garda un silence prudent. Il la poussa dans ses retranchements.

— Réveille-toi, ma vieille ! Il y a tes empreintes et celles de ton ex-mari sur une scène de crime sordide. Tu es dans la merde jusqu'au cou !

— Nous n'y sommes pour rien ! se défendit-elle. Drake Decker était déjà mort à notre arrivée. Quant à l'autre, c'était de la légitime défense.

— Mais qu'est-ce que tu faisais dans ce trou à rats ?

— J'essayais de retrouver mon fils ! Écoute, je t'expliquerai tout dès que je le pourrai. Tu n'as pas de nouvelles de Jeremy ?

— Non, mais je suis le seul à pouvoir t'aider.

— Comment ?

— Je peux tenter de ralentir l'enquête sur les meurtres de Decker, à condition que tu rentres à New York le plus vite possible.

— ...

— D'accord, Nikki ?

— D'accord, Lorenzo.

— Et ne te laisse pas influencer par Sebastian, menaça-t-il.

Elle marqua une pause. Il fit des efforts pour se radoucir.

— Tu... tu me manques, chérie. Je ferai tout pour te protéger. Je t'aime.

Pendant plusieurs secondes, Santos attendit un « moi aussi » que Nikki fut incapable d'articuler.

Un signal sonore l'avertit d'un appel simultané. Elle en profita pour mettre fin à la conversation.

— Je dois te laisser. J'ai un autre appel sur la ligne. Je te donne des nouvelles bientôt.

Elle prit son nouvel interlocuteur sans laisser à Santos le temps d'émettre la moindre protestation.

— Allô ?

— Madame Larabee ?

— *Speaking*.

— Ici la Compagnie des croisières parisiennes, annonça une voix en anglais. Je vous appelle pour confirmer votre soirée.

— Quelle soirée ?

— Votre réservation pour un dîner « excellence » ce soir à 20 h 30 sur notre bateau *L'Amiral*.

— Euh… vous êtes certaine de ne pas faire erreur ?

— Nous avons une réservation au nom de M. et Mme Larabee contractée il y a une semaine, précisa l'hôtesse. Dois-je comprendre que vous y renoncez ?

— Non, nous y serons, assura Nikki. 20 h 30, dites-vous ? À quel endroit a lieu l'embarquement ?

— Au pont de l'Alma, dans le 8ᵉ arrondissement. Une tenue de cocktail est souhaitable.

— Très bien, acquiesça Nikki en notant mentalement les indications.

Elle raccrocha. La confusion la plus totale régnait dans son esprit. Le désordre. Le chaos. Que signifiait ce nouveau rendez-vous ? Était-ce là, au pont de l'Alma, qu'on allait enfin prendre contact avec eux ? Et peut-être leur rendre Jeremy…

Elle ferma les yeux et plongea de nouveau la tête sous l'eau.

Pour y voir plus clair, elle aurait aimé pouvoir réinitialiser son esprit à la manière d'un ordinateur. Touche *Reset*.

Ctrl-Alt-Suppr.

Son cerveau était bombardé de pensées négatives, d'images d'horreurs tout droit sorties d'un cauchemar. Lentement, elle apprivoisa sa peur en se concentrant comme elle l'avait appris en séance de méditation. Peu à peu, ses muscles se détendirent. L'apnée lui faisait du bien. Le contact de l'eau chaude sur sa peau était un cocon protecteur. Le manque d'oxygène jouait comme un filtre, effaçant de sa conscience tout ce qui la polluait.

Enfin, il ne resta plus qu'une image. Un vieux souvenir longtemps refoulé. Une capsule prisonnière du temps, un film amateur délavé qui la projeta dix-sept ans en arrière.

Au moment de sa deuxième rencontre avec Sebastian.

Au printemps 1996.

À Paris…

Nikki
Dix-sept ans plus tôt...

Jardin des Tuileries
Paris
Printemps 1996

— On fait une dernière prise, les filles ! En place. Attention... Ça tourne !

Devant le palais du Louvre, un bataillon de mannequins effectue pour la dixième fois une scénographie sophistiquée. Pour cette publicité, la maison de haute couture a mis les moyens : réalisateur de renom, costumes somptueux, décors grandioses, pléthore de figurantes encadrant la star choisie par la marque pour devenir son icône.

Je m'appelle Nikki Nikovski, j'ai vingt-cinq ans et je suis l'une de ces filles. Pas le supermodel du premier plan, non. Seulement l'une de ces anonymes sans grade qui défilent au quatrième rang. Nous sommes au milieu des années 1990. Une poignée de top-modèles – Claudia, Cindy ou Naomi – ont réussi à devenir des stars et amassent consciencieusement des fortunes. Mais je ne vis pas sur la même planète. Joyce Cooper, mon agent, n'a d'ailleurs pas pris de gants pour me le faire remarquer : « Tu peux déjà t'estimer heureuse d'être du voyage à Paris. »

Ma vie n'a rien du conte de fées pipeau que serinent les mannequins vedettes dans les magazines. Je n'ai pas été repérée à quatorze ans sur une plage ou dans un centre commercial par un photographe de l'agence Elite qui passait « par hasard » dans mon bled du Michigan. Non, j'ai commencé le mannequinat sur le tard, à vingt ans, en arrivant à New York. Vous ne m'avez jamais vue en couverture de *Elle* ou de *Vogue*, et, si je défile parfois sur les podiums, ce n'est que pour des couturiers de second rang.

Jusqu'à quand mon corps va-t-il tenir ?

J'ai mal aux pieds et au dos. J'ai l'impression que mes os menacent de se briser, mais je me concentre pour faire bonne figure. J'ai appris à figer mon sourire, à mettre en valeur mes jambes galbées et ma poitrine, à adopter une démarche légèrement chaloupée, à placer dans chacun de mes gestes une grâce de sylphide.

Mais ce soir, la sylphide est épuisée. Je suis arrivée par avion ce matin et je repars demain. Pas vraiment des vacances ! Les derniers mois ont été difficiles. Mon book sous la main, j'ai passé l'hiver à courir les castings. Train de banlieue pour Manhattan à 6 heures du matin, shootings dans des studios mal chauffés, tournage *low cost* pour des pubs bas de gamme. Chaque jour me confronte un peu plus à ce constat implacable : je ne suis plus assez jeune. Je ne possède pas cette petite étincelle qui me permettrait de devenir Christy Turlington ou Kate Moss. Et surtout, je vieillis. Déjà.

— Coupez ! crie le réalisateur. OK, c'est bon, les filles ! Vous pouvez aller faire la fête ! Paris vous appartient !

Tu parles !

La production a dressé des loges sous des tentes. La lumière de cette fin d'après-midi est belle, mais il fait un froid de canard. Alors que je me démaquille dans un courant d'air, une stagiaire de Joyce Cooper m'interpelle :

— Désolée, Nikki, il n'y avait plus de place au *Royal Opéra*. On a dû te changer d'hôtel.

Elle me tend une feuille de papier sur laquelle est imprimée l'adresse d'un établissement du 13e arrondissement.

— Tu te fous de moi ? Vous n'avez pas trouvé

encore plus loin ? Pourquoi pas en banlieue tant que vous y êtes !

Elle écarte les bras en signe d'impuissance.

— Désolée. C'est les vacances scolaires. Tout est complet.

Je soupire, change de chaussures et de vêtements. L'ambiance est électrique. Les filles sont surexcitées : il y a une fête organisée dans les jardins du *Ritz*. Lagerfeld et Galliano y seront.

Quand j'arrive sur place, mon nom ne figure pas sur la liste magique des invitées.

— Tu viens prendre un verre avec nous, Nikki ? me demande un des photographes de plateau.

Il est accompagné d'un copain, un cameraman qui me reluque depuis le matin.

Pas une seconde je n'ai envie de suivre ces tocards, mais je ne leur dis pas non. Trop peur de me retrouver seule. Trop besoin de me sentir désirée, fût-ce par des gens que je méprise.

Je les suis dans un bar de la rue d'Alger. Nous enchaînons des shots de « kamikaze », cocktail sournois à base de vodka, de Cointreau et de citron vert. L'alcool me réchauffe, me détend et me monte vite à la tête.

Je ris, je blague, je fais bonne figure. Je déteste pourtant ces photographes pervers, prédateurs de chair fraîche. Je connais leurs techniques : saouler les filles, leur donner un peu de coke, revenir inlassablement à la charge, profiter de leur fatigue, de leur solitude, de leur désarroi. *You're awesome ! So sexy ! So glamorous…* Ils me voient comme une proie facile et je ne fais rien pour les détromper. Je carbure à ça : à la flamme dans le regard que je suscite chez les hommes, même des bourrins comme ces deux-là. Tel un vampire, je me nourris de leur désir.

Du monde de la mode, je ne vois plus ni le glamour ni les paillettes. Désormais, tout n'est qu'épuisement, lassitude, compétition. J'ai compris que je n'étais qu'une image, une femme jetable, un produit proche de sa date de péremption.

Les types se rapprochent, me frôlent, leurs gestes se font plus osés. Pendant un moment, ils imaginent que je vais les suivre dans leur projet de plan à trois.

Le soir tombe. Je regarde les lumières qui s'allument jusqu'au moment où les mecs se font vraiment trop pressants. Je me lève d'un bond, tant qu'il me reste un peu de lucidité. Je quitte le café en traînant ma valise. J'entends des insultes dans mon dos : allumeuse, pétasse… *Business as usual.*

Dans la rue de Rivoli, impossible de héler un taxi. Je me rabats sur le métro. Station Palais-Royal.

Après un coup d'œil au plan affiché sur le quai, je prends une rame et me laisse porter le long des stations de la ligne 7 : Pont-Neuf, Châtelet… Jussieu… Les Gobelins…

Il fait nuit lorsque j'arrive place d'Italie. Je pense que mon hôtel est proche, mais en réalité il me reste encore de longues minutes de marche. Il commence à pleuvoir. Je demande mon chemin, mais on m'envoie promener parce que je ne parle pas français. Drôle de pays… Je remonte la rue Bobillot en tirant ma valise dont les roues se sont bloquées. Il pleut de plus en plus.

Ce soir, je me sens fanée et vulnérable. Seule comme jamais. La pluie ruisselle le long de mon corps et tout se fissure en moi. Je pense à l'avenir. En ai-je seulement un ? Je n'ai pas un sou vaillant. En cinq ans de métier, je n'ai pas mis un dollar de côté. La faute à un système organisé pour vous maintenir dans un état de dépendance. Les agences de mannequins sont très fortes à ce petit jeu et souvent je ne travaille que pour rembourser leur commission et les frais de voyage.

En grimpant sur le trottoir, je casse un de mes talons et c'est en clopinant, mes chaussures à la main et ma dignité en berne, que j'arrive enfin à la Butte-aux-Cailles.

Je n'ai jamais entendu parler de ce quartier qui

228

domine Paris. À cette époque, l'endroit ressemble encore à un petit village hors du temps. Ici, pas de grandes avenues ou d'immeubles haussmanniens, mais de petites rues pavées et des maisons provinciales. J'ai l'impression d'être Alice, tombée « de l'autre côté du miroir ».

Situé rue des Cinq-Diamants, mon hôtel est un vieil immeuble étroit à la façade un peu délabrée. Exténuée, trempée, je débarque dans le hall miteux et tends à la logeuse l'imprimé de ma réservation.

— Chambre 21, mademoiselle. Votre cousin est arrivé il y a une heure, m'annonce-t-elle sans me donner ma clé.

— *My cousin ? What are you talking about ?*

Je ne connais que quelques mots de français, elle ne parle pas l'anglais, même si une affichette affirme le contraire. Au bout de cinq minutes de baragouinage, je comprends confusément qu'un Américain a pris possession de ma chambre une heure auparavant en se présentant comme mon cousin. Je lui réclame une autre chambre, elle me répond que l'hôtel est complet. Je lui demande d'appeler la police, elle me dit que l'homme a déjà réglé la chambre.

Que signifie cette histoire de fous ?

En fureur, je prends l'escalier en laissant ma valise au milieu du passage et monte au deuxième

229

étage pour tambouriner contre la porte de la chambre 21.

Pas de réponse.

Sans me démonter, je sors dans la rue et contourne l'hôtel par la petite impasse pavée. Je repère la fenêtre de la chambre de l'usurpateur et y balance un escarpin. Je rate ma cible, mais j'ai une deuxième munition. Cette fois, ma chaussure s'écrase contre la vitre. Quelques secondes s'écoulent avant qu'un homme ouvre enfin les croisées et y passe une tête.

— C'est vous qui faites ce raffut ? se plaint-il.

Je n'arrive pas à y croire. C'est... Sebastian Larabee, le luthier coincé de Manhattan. J'ai du mal à contenir ma colère.

— Qu'est-ce que vous fichez dans ma chambre ?

— J'essayais d'y dormir, figurez-vous. Enfin... avant que vous ne fassiez tout ce boucan.

— Vous allez me faire le plaisir de déguerpir !

— Je ne crois pas, non, répondit-il avec flegme.

— Sérieusement, pourquoi êtes-vous à Paris ?

— Je suis venu pour vous voir.

— Pour me voir ? Mais en quel honneur ? Et comment m'avez-vous retrouvée ?

— J'ai mené ma petite enquête.

Je soupire. Bon, ce mec est dingue. Il doit faire une fixation sur moi. Ce n'est pas la première fois que je croise un détraqué. Pourtant, celui-là avait l'air normal, gentil, doux...

J'essaie de prendre un air détaché :

— Qu'attendez-vous de moi, au juste ?

— Des excuses.

— Ah bon ? Et pour quoi ?

— D'abord, pour m'avoir volé mon portefeuille, il y a trois mois.

— Mais je vous l'ai rendu ! C'était un jeu. Un moyen de connaître votre adresse.

— Il aurait suffi de me la demander, je vous aurais même peut-être invitée !

— Oui, mais ça aurait été moins drôle.

Un lampadaire éclaire les pavés mouillés de l'impasse. Sebastian Larabee me toise de son beau sourire.

— Ensuite, je vous reproche de vous être enfuie sans m'avoir laissé votre adresse.

Je secoue la tête.

— La belle affaire !

— On a quand même couché ensemble, il me semble.

— Et alors ? Je couche avec tout le monde, dis-je pour le provoquer.

— Eh bien, ce soir, vous coucherez dehors, tranche-t-il en refermant la fenêtre.

Il fait nuit et froid. Je suis fourbue, mais surprise.

En tout cas, je n'ai pas l'intention de me laisser traiter ainsi par ce malotru.

— Très bien, vous l'aurez voulu !

Il y a un conteneur en plastique à l'angle de la ruelle. Malgré la fatigue, je monte sur la poubelle et grimpe le long du conduit de la gouttière. En équilibre sur un bac à fleurs, je marque une pause au premier étage avant de reprendre mon ascension. Le visage tendu vers le ciel, je vois Sebastian se décomposer à travers la vitre. Les yeux grands ouverts, il me regarde avec affolement.

— Vous allez vous briser le cou ! hurle-t-il en ouvrant brusquement la fenêtre.

Surprise, j'esquisse un mouvement de recul qui me fait perdre l'équilibre. Alors que mes appuis se dérobent, je me rattrape *in extremis* à la main qu'il me tend.

— Vous êtes inconsciente ! m'engueule-t-il en me hissant sur le rebord de la fenêtre.

Une fois hors de danger, je l'agrippe par le col puis lui martèle le torse de coups de poing.

— C'est moi qui suis inconsciente, espèce de malade ? Vous avez failli me tuer !

Surpris par ma virulence, il se dégage tant bien que mal. Furieuse, j'empoigne sa valise ouverte au pied du lit et prends de l'élan pour la projeter par la fenêtre. Il me coupe dans mon mouvement, m'entoure de ses bras.

— Calmez-vous ! implore-t-il.

Son visage est à quelques centimètres du mien. Il a un regard franc et honnête. Il dégage une humanité qui le rend rassurant. Il sent bon. Une odeur d'eau de Cologne que devaient utiliser les hommes de la génération de Cary Grant.

Je me sens soudain très excitée. Je lui mords la lèvre, le pousse sur le matelas et lui arrache les boutons de sa chemise.

*

Le lendemain matin.

La sonnerie du téléphone me réveille en sursaut. La nuit a été courte. Les yeux pleins de sommeil, j'attrape le combiné et me redresse contre l'oreiller.

Au bout du fil, la logeuse jargonne quelques phrases en anglais.

Je cligne les paupières. Une lumière douce filtre à travers les rideaux de dentelle de cette chambre minuscule. Tandis que je reprends mes esprits, j'entrouvre du pied la porte de la salle de bains.

Personne…

Sebastian Larabee m'aurait-il abandonnée ?

Je demande à la propriétaire de répéter distinctement.

— *Your cousin is waiting for you at the coffee shop just around the corner.*

Mon « cousin » m'attend dans le café du coin de la rue.

Eh bien, il peut toujours attendre.

Je me lève d'un bond, prends une douche express et rassemble mes affaires. Je descends l'escalier, récupère ma valise qui est restée dans le hall. Je croise la logeuse derrière son comptoir puis passe une tête dans la rue. Le café est à une centaine de mètres à gauche. Je pars à droite en direction du métro. J'ai parcouru vingt mètres lorsque la propriétaire me rattrape.

— *I think your cousin kept your passport…* me dit-elle, l'air de ne pas y toucher.

*

Épargné par la modernité, le café *Le Feu verre* donne l'impression d'avoir été téléporté depuis les années 1950 : comptoir en zinc, nappe vichy, banquette de moleskine, tables en Formica. Accrochée au mur, l'ardoise rappelle les plats proposés la veille : saucisson pistaché, pieds de porc, andouillette de Troyes.

Lorsque je débarque en furie dans le troquet, j'aperçois Sebastian attablé au fond de l'établissement. Je me plante devant lui et le menace :

— Vous allez me rendre mon passeport !

— Bonjour, Nikki. Moi aussi, j'espère que tu as bien dormi, me dit-il en me tendant ma pièce d'identité. Assieds-toi, je t'en prie. J'ai pris la liberté de commander pour toi.

Affamée, je capitule devant le plantureux petit déjeuner : café au lait, croissants, tartines, confitures. Je prends une gorgée de café et déplie ma serviette pour découvrir un paquet entouré d'un ruban.

— Qu'est-ce que c'est que ça ?

— Un cadeau.

Je lève les yeux au ciel.

— Vous n'avez pas à me faire de cadeau parce qu'on a couché deux fois ensemble... C'est quoi votre nom, déjà ?

— Ouvre-le. J'espère que ça va te plaire. Inutile de t'inquiéter, ce n'est pas une bague de fiançailles.

Je déchire le papier en soupirant. C'est un livre. Une édition limitée de *L'Amour aux temps du choléra*. Illustrée, superbement reliée et signée de la main de Gabriel García Márquez.

Je secoue la tête, mais je suis touchée par l'intention. J'ai la chair de poule. C'est la première fois qu'un homme m'offre un livre. Je sens les larmes qui montent, mais je les refoule. Ce geste me touche plus que je ne le voudrais.

— À quoi joues-tu exactement ? dis-je en repoussant le roman. Ça doit coûter une fortune. Je ne peux pas l'accepter.

— Pourquoi ?

— On ne se connaît pas.

— On peut apprendre à se connaître.

Je tourne la tête. Un couple de petits vieux traverse la rue sans que l'on sache très bien lequel sert de béquille à l'autre.

— Qu'est-ce que tu as en tête ?

Juvénile et téméraire, Sebastian se lance avec candeur :

— Depuis quatre mois, je me réveille tous les matins avec ton image dans la tête. Je pense à toi tout le temps. Plus rien d'autre ne compte…

Je le regarde, consternée. Je comprends que ce n'est pas du baratin et qu'il y croit vraiment. Pourquoi ce mec est-il si naïf ? Si attachant ?

Je me lève pour partir, mais il me retient par le bras.

— Laisse-moi vingt-quatre heures pour te convaincre.

— Me convaincre de quoi ?

— Qu'on est faits l'un pour l'autre.

Je me rassois et lui prends la main.

— Écoute, Sebastian, tu es gentil et tu fais très bien l'amour. Je suis flattée que tu aies eu un coup de cœur pour moi et je trouve très romanesque que tu aies fait ce voyage pour me retrouver…

— Mais ?

— Mais soyons réalistes, nous n'avons aucune chance de parvenir à construire quelque chose ensemble. Je ne crois pas à la fable de la bergère qui épouse le prince charmant et…

— Tu serais sexy en bergère.

— Sois sérieux, s'il te plaît ! Nous n'avons rien en commun : tu es un WASP intello, tes parents sont millionnaires, tu vis dans une maison de trois cents mètres carrés et tu fréquentes le gratin de l'Upper East Side…

— Et alors ? me coupe-t-il.

— Et alors ? Je ne sais pas ce que tu projettes sur moi, mais je ne suis pas celle que tu imagines. Il n'y a rien que tu puisses *vraiment* aimer chez moi.

— Tu ne charges pas un peu la barque, là ?

— Non. Je suis instable, infidèle et égoïste. Tu ne parviendras pas à me transformer en gentille petite femme attentive et attentionnée. Et je ne tomberai jamais amoureuse de toi.

— Donne-moi vingt-quatre heures, demande-t-il. Vingt-quatre heures juste toi, moi et Paris.

Je secoue la tête.

— Je t'aurai prévenu.

Il sourit comme un enfant. Je suis persuadée qu'il va se lasser rapidement.

Je ne sais pas encore que je viens de rencontrer l'amour. Le seul, le vrai, l'incendiaire. Celui qui vous donne tout avant de tout vous reprendre. Celui qui illumine une vie avant de la dévaster pour toujours.

28

Hors d'haleine et dégoulinant de sueur, Sebastian débarqua dans le hall du *Grand Hôtel* sous le regard médusé de l'hôtesse. Avec son nez ensanglanté, pieds nus et sa veste déchirée, il détonnait au milieu du vestibule immaculé.

— Que vous est-il arrivé, monsieur Larabee ?

— J'ai eu… un accident.

Inquiète, elle décrocha son combiné.

— Je téléphone à un médecin.

— Ce n'est pas la peine.

— Vraiment ?

— Je vais bien, je vous assure, ajouta-t-il plus fermement.

— Comme vous voudrez. Je vais vous trouver des compresses et de l'alcool. Si vous désirez autre chose, faites-le-moi savoir.

— Je vous remercie.

Malgré son essoufflement et ses abdominaux meurtris, il préféra monter à pied plutôt que d'attendre l'ascenseur.

Lorsqu'il entra dans la chambre, elle était vide. Les Rolling Stones jouaient à plein volume, mais Nikki avait disparu. Il passa dans la salle de bains et trouva son ex-femme allongée dans la baignoire, la tête sous l'eau, les yeux clos.

Affolé, il la sortit de là en la tirant par les cheveux. Surprise, elle poussa un hurlement.

— Hé ! Mais ça ne va pas, espèce de sauvage ! Tu as failli me scalper ! dit-elle en cachant sa poitrine.

— J'ai cru que tu te noyais ! Tu joues à quoi, bon sang ? La petite sirène, ce n'est plus de ton âge !

Alors qu'elle lui lançait un regard noir, elle aperçut les blessures qui marquaient son visage.

— Tu t'es battu ? s'inquiéta-t-elle.

— On m'a battu semble plus approprié, répondit-il, dépité.

— Retourne-toi, je vais sortir de la baignoire. Et n'en profite pas pour te rincer l'œil !

— Je t'ai déjà vue nue, je te signale.

— Oui, dans une autre vie.

Tournant la tête, il lui tendit un peignoir. Elle se drapa dans la sortie de bain et noua une serviette autour de sa tête.

— Assieds-toi, je vais te soigner.

Alors qu'elle nettoyait les plaies avec de l'eau savonneuse, il lui raconta sa mésaventure à Barbès. À son tour, elle lui fit part des deux coups de fil qu'elle avait reçus : celui de Santos et celui plus énigmatique de la Compagnie des croisières parisiennes.

— Aïe ! cria-t-il tandis qu'elle appliquait un antiseptique sur ses coupures.

— Arrête de faire ta chochotte ! J'ai horreur de ça !

— Mais ça brûle !

— Mouais, ça picote lorsqu'on a trois ou quatre ans, mais tu es adulte, je crois.

Il cherchait une repartie mordante, lorsqu'ils entendirent frapper.

— Garçon d'étage, lança une voix à travers la porte.

Nikki fit un pas pour sortir de la salle de bains, mais il la retint par la manche de son peignoir.

— Tu ne vas tout de même pas ouvrir dans cette tenue ?

— Quoi, cette tenue ?

— Tu es à moitié nue !

Elle leva les yeux au ciel.

— Décidément, tu n'as pas changé, lui reprocha-t-il en allant ouvrir.

— Toi non plus ! cria-t-elle en claquant la porte de la salle de bains.

Un groom arborant un calot rouge et un costume à boutons dorés apparut. Fluet, il disparaissait presque sous un amoncellement de paquets portant la griffe de grandes enseignes de luxe : Yves Saint Laurent, Christian Dior, Zegna, Jimmy Choo…

— On vient de livrer ces paquets à votre intention, monsieur.

— Il doit y avoir erreur, nous n'avons rien commandé.

— Je me permets d'insister, monsieur : la livraison est bien à votre nom.

Dubitatif, Sebastian s'écarta pour lui permettre de déposer ses sacs dans la chambre. Alors que le groom s'éclipsait déjà, Sebastian fouilla dans sa poche à la recherche d'un pourboire avant de se rappeler qu'on l'avait dépouillé. Nikki arriva à la rescousse en tendant au garçon un billet de 5 dollars, avant de refermer la porte.

— Tu as fait les boutiques, chéri ? se moqua-t-elle en découvrant les paquets.

Poussé par la curiosité, il l'aida à déballer les affaires sur le lit. Il y avait en tout six grands sacs qui contenaient des habits de soirée : un costume, une robe, une paire d'escarpins…

— Là, je ne comprends pas le message.

— Une tenue féminine, une tenue masculine, remarqua Nikki en se souvenant de ce que lui avait dit l'hôtesse de la Compagnie des croisières parisiennes à propos de la nécessité d'être en tenue de soirée.

— Mais pourquoi voudraient-ils que l'on porte justement *ces* fringues ?

— Elles sont peut-être équipées d'un mouchard ? Un émetteur qui leur permettrait de nous tracer...

Il considéra l'argument. Il tenait la route. C'était même une évidence. Il prit au hasard la veste de costume et commença à la palper, mais c'était peine perdue : aujourd'hui, ce type d'appareil devait être microscopique. Et puis, pourquoi chercher à s'en débarrasser s'il devait les mettre en contact avec les ravisseurs de leur fils ?

— Je crois qu'il ne nous reste plus qu'à nous habiller, fit Nikki.

Sebastian acquiesça.

Il passa d'abord sous la douche, restant un bref moment sous le jet brûlant, se savonnant de haut en bas comme pour décaper son corps de l'expérience humiliante de Barbès.

Puis il entreprit d'enfiler les habits neufs. Il s'y sentit tout de suite à l'aise. La chemise blanche était à sa taille et bien coupée, le costume classique, mais chic, la cravate stricte, les chaussures de qualité, mais sans excentricité. Des vêtements qu'il aurait pu choisir lui-même.

Lorsqu'il revint dans la chambre, le soir tombait déjà. Dans la lumière déclinante, il aperçut la silhouette de Nikki dans une longue robe rouge profondément échancrée dans le dos et offrant un décolleté vertigineux bordé de perles.

— Tu peux m'aider, s'il te plaît ?

En silence, il passa derrière elle et, comme il l'avait fait pendant des années, s'appliqua à nouer autour d'un bijou discret les fines bretelles. L'effleurement des doigts de Sebastian sur ses épaules donna à Nikki la chair de poule. Comme hypnotisé, Sebastian peinait à détacher son regard du velouté pâle de la peau de son ex-femme. Subitement, il posa la main sur son omoplate, esquissant un début de caresse. Il leva les yeux vers le miroir ovale qui lui renvoya l'image d'une couverture de magazine. Dans le reflet, leur couple faisait illusion.

Nikki ouvrit la bouche pour dire quelque chose, mais un coup de vent referma violemment la fenêtre. Le charme s'était rompu.

Pour chasser son trouble, elle se dégagea et enfila la paire d'escarpins qui complétait sa tenue. Pour retrouver une contenance, Sebastian glissa les mains dans ses poches. Il y avait une étiquette cartonnée dans celle de droite. Il la retira pour la mettre à la poubelle, mais arrêta son geste au dernier moment.

— Regarde ça !

Ce n'était pas une étiquette.

Mais un bout de papier plié en quatre.

Un ticket de consigne.

De la gare du Nord.

29

19ᵉ arrondissement.

Peu connu des Parisiens, le quartier d'Amérique abritait autrefois les carrières exploitant du gypse et des roches siliceuses. Il tenait son nom d'une croyance selon laquelle la « pierre à plâtre » que l'on extrayait du chantier aurait servi à la construction de la statue de la Liberté et de la Maison-Blanche. C'était faux, mais la légende était belle.

Pendant les Trente Glorieuses, la majeure partie du faubourg avait été rasée pour faire place à la « modernité ». Des barres d'immeubles déprimantes et des tours hideuses défiguraient à présent le nord de l'ancienne commune de Belleville. Coincée entre le parc des Buttes-Chaumont et le périphérique, la rue de Mouzaïa était le dernier vestige d'une époque révolue. Sur plus de trois cents mètres, l'artère desservait des impasses pavées bordées de réverbères et flanquées de maisonnettes avec leurs jardinets.

Au 23 *bis* de cette rue, dans une petite maison de brique à la façade rouge, le téléphone sonna dans le vide pour la troisième fois en moins de dix minutes.

Constance Lagrange était pourtant là, allongée au creux d'un fauteuil Ballon, dans son salon. Mais la demi-bouteille de whisky qu'elle avait ingurgitée pendant la nuit la maintenait dans un état d'ébriété qui la coupait du monde.

Trois mois auparavant, le jour de ses trente-sept ans, Constance avait appris trois nouvelles : deux bonnes et une mauvaise.

En arrivant au travail, le matin de ce 25 juillet, son supérieur hiérarchique, le commandant Sorbier, lui avait annoncé sa promotion au grade de capitaine de police dans la prestigieuse Brigade nationale de recherche des fugitifs.

À midi, elle avait reçu un coup de fil de son banquier lui faisant savoir que sa demande de prêt venait d'être acceptée, lui permettant enfin d'accéder à son projet immobilier : l'achat de la maison de ses rêves, rue de Mouzaïa, dans le quartier qu'elle aimait tant.

Constance s'était dit alors que c'était son jour de chance. Mais en fin d'après-midi, son médecin lui avait appris que le scanner qu'elle venait de passer avait révélé une tumeur au cerveau. Un glioblastome de stade 4. Le pire des cancers. Agressif, invasif et inopérable. On lui avait donné quatre mois.

À nouveau, le téléphone vibra sur le parquet.

Cette fois, la sonnerie se fraya un chemin dans son mauvais sommeil, peuplé de sombres images de cellules cancéreuses. Constance ouvrit les yeux et essuya les gouttes de sueur qui perlaient sur son front. Elle resta prostrée plusieurs minutes, au bord de la nausée, attendant une nouvelle sonnerie pour tendre la main vers le sol. Elle regarda le numéro qui s'affichait sur l'écran. C'était celui de Sorbier, son ancien patron. Elle décrocha, mais le laissa parler :

— Qu'est-ce que vous foutez, Lagrange ? l'engueula-t-il. Ça fait une demi-heure que j'essaie de vous joindre !

— Je vous rappelle que je vous ai remis ma démission, patron, fit-elle en se frottant les yeux.

— Qu'est-ce qui se passe ? Vous avez picolé ? Vous puez l'alcool à plein nez !

— Ne dites pas n'importe quoi. On est au téléphone…

— Peu importe. Vous êtes saoule comme un Polonais et ça se sent d'ici !

— Bon, vous voulez quoi ? demanda-t-elle en se levant difficilement.

— On doit exécuter une CRI[1] émise par les autorités new-yorkaises. J'ai deux Ricains à coffrer sans tarder. Un homme et son ex-femme. C'est du lourd : affaire de drogue, double meurtre, délit de fuite...

— Pourquoi le juge n'a-t-il pas saisi la PJ de Paris ?

— Je n'en sais foutrement rien et je m'en balance. Tout ce que je sais, c'est que c'est à nous de faire le job.

Constance secoua la tête.

— C'est à *vous*. Moi, je ne fais plus partie du service.

— Bon, ça suffit, Lagrange, s'énerva le commandant. Vous m'emmerdez avec vos histoires de démission. Vous avez des problèmes perso ? Très bien : je vous ai laissée tranquille quinze jours, mais à présent arrêtez vos conneries !

Constance soupira. Pendant une seconde, elle hésita à tout lui déballer : le cancer qui lui bouffait le cerveau, les quelques semaines qui lui restaient à vivre, l'approche de la mort qui la terrifiait. Mais elle y renonça. Sorbier était son mentor, un des derniers grands flics « à l'ancienne », un de ceux qu'on

1. Commission rogatoire internationale.

admire. Elle n'acceptait pas l'idée d'attirer sa pitié ou de le mettre mal à l'aise. Elle-même d'ailleurs n'avait aucune envie de pleurer dans ses bras.

— Envoyez quelqu'un d'autre. Pourquoi pas le lieutenant Botsaris ?

— Pas question ! Vous savez très bien que c'est toujours délicat avec les États-Unis. Je ne veux pas de problèmes avec l'ambassade. Vous me retrouvez ce couple et vous me le coffrez avant demain, d'accord ?

— Je vous ai dit non !

Sorbier fit comme s'il n'avait rien entendu.

— J'ai transféré le dossier à Botsaris, mais je veux que ce soit vous qui supervisiez l'opération. Je vous envoie une copie sur votre téléphone.

— Allez vous faire foutre ! cria Constance en raccrochant.

Elle se traîna jusqu'à la salle de bains pour vomir dans la cuvette un filet de bile. Depuis quand n'avait-elle plus mangé ? Plus de vingt-quatre heures en tout cas. La veille au soir, elle avait noyé sa peur dans l'alcool, prenant soin de ne rien avaler pour ressentir l'ivresse dès les premiers verres. Une « biture express » qui l'avait envoyée au pays des rêves pendant quinze heures.

Le salon baignait dans la belle lumière automnale

de la fin d'après-midi. Constance avait emménagé dans la maison trois semaines plus tôt, mais n'avait déballé aucune de ses affaires. Scellés par des bandes adhésives, les cartons de déménagement s'entassaient çà et là dans les pièces vides.

À quoi bon désormais ?

Dans l'un des placards, elle trouva un paquet entamé de Granola. Elle attrapa les biscuits, s'assit sur le tabouret du petit bar de la cuisine et fit un effort pour en grignoter quelques-uns.

Comment tuer le temps en attendant que le temps nous tue ?

De qui était cette formule déjà ? Sartre ? Beauvoir ? Aragon ? La mémoire lui faisait défaut. C'était ça d'ailleurs qui l'avait poussée à consulter. Elle avait bien eu d'abord quelques signes annonciateurs : des nausées, des vomissements, des maux de tête, mais qui n'en souffre jamais ? Son hygiène de vie n'était pas irréprochable et elle ne s'était pas inquiétée. Progressivement, elle avait eu des absences, des pertes de mémoire qui revenaient régulièrement jusqu'à la handicaper dans son travail. Elle devenait impulsive, aussi, perdant peu à peu la maîtrise de ses émotions. Puis les vertiges étaient apparus, la décidant à aller consulter un spécialiste.

Le diagnostic avait été aussi rapide que brutal.

Sur le comptoir en bois trônait un épais dossier médical. Compilation crue de sa maladie. Constance l'ouvrit pour la énième fois et regarda avec effroi l'image de son cerveau passé aux rayons X. Sur le scanner, on voyait distinctement la tumeur énorme et les zones de prolifération cancéreuse qui avaient envahi la partie gauche du lobe frontal. Les causes de cette maladie étaient floues et personne ne pouvait dire pourquoi le mécanisme de division cellulaire devenait subitement chaotique et semait la pagaille dans son crâne.

Livide, elle reposa le scan dans le dossier, enfila son cuir et sortit dans le jardin.

Il faisait encore bon. Un léger vent frais bruissait dans les feuillages. Elle remonta la fermeture de son blouson, s'assit sur une chaise et croisa les pieds sur la vieille table en teck défraîchie. Elle se roula une cigarette en regardant la façade colorée. Avec sa marquise en fer forgé qui surmontait le perron, la bâtisse avait des allures de maison de poupée.

Constance sentit que les larmes montaient. Elle aimait tellement ce jardin avec son figuier, son abricotier, sa haie de lilas, ses plants de forsythias et ses branches de glycine. Dès les premières secondes de sa visite avec l'agent immobilier, avant même d'entrer dans la maison, elle avait su que c'était ici qu'elle voulait vivre… et peut-être un jour y élever un enfant. Elle en ferait son refuge, une enclave préservée de la pollution, du béton et de la folie des hommes.

Dévastée par l'injustice de la situation, elle éclata en sanglots. Elle avait beau se dire que la mort était inéluctable et qu'elle faisait partie de la vie, impossible de ne pas craquer sous la trouille.

Pas si tôt, putain !

Pas maintenant…

Elle s'étouffa avec la fumée de sa cigarette.

Elle allait mourir toute seule. Comme un chien errant. Sans personne pour lui tenir la main.

La situation lui semblait surréaliste. On ne l'avait même pas hospitalisée. On lui avait juste dit : « C'est fini. Il n'y a rien à faire. Ni chimio ni radiothérapie. » Simplement des médicaments antidouleur et la proposition de l'hospitaliser. Elle avait répondu qu'elle était prête à se battre, mais on lui avait fait comprendre que le combat était perdu d'avance. « C'est uniquement une question de semaines, mademoiselle. »

Pronostic sans appel.

Aucune perspective de rémission.

Un matin, quinze jours plus tôt, elle s'était réveillée à demi paralysée. Sa vue était basse et trouble, sa gorge nouée. Elle avait compris qu'elle ne pourrait plus donner le change à son travail et avait présenté sa démission.

Ce jour-là, elle avait vraiment su ce qu'était la peur. Depuis, son état alternait. Parfois, l'engourdissement était total et elle ne pouvait plus coordonner ses mouvements ; d'autres fois, la paralysie était moins prégnante, lui offrant un répit qu'elle savait illusoire.

Son portable vibra à l'arrivée d'une rafale de mails. Sorbier n'était pas décidé à la laisser tranquille. Il persistait à vouloir lui envoyer le dossier des deux Américains. Presque malgré elle, Constance ouvrit les pièces jointes et commença à lire les documents. Le fugitif s'appelait Sebastian Larabee. Son ex-femme, Nikki Nikovski. Elle passa un quart d'heure plongée dans le compte rendu de leur cavale avant de brusquement lever les yeux de son téléphone. Comme prise en faute. N'avait-elle pas des choses plus importantes à faire ? Ne pouvait-elle pas profiter du peu de temps qu'il lui restait pour mettre en ordre ses affaires, revoir une dernière fois ses proches ou méditer sur le sens de la vie ?

Bullshit !

Comme beaucoup de flics, elle était accro à son boulot. Fondamentalement, la maladie ne changeait rien à l'affaire. Elle avait besoin d'une dernière dose d'adrénaline. Surtout, elle cherchait un dérivatif à la peur qui la cernait de toutes parts.

Elle écrasa sa cigarette et rentra d'un pas décidé dans la maison. Dans un tiroir, elle récupéra l'arme de service qu'elle n'avait pas encore rendue, le Sig-Sauer réglementaire de la Police nationale. En caressant la crosse en polymère du pistolet semi-automatique, elle retrouva des sensations familières et rassurantes. Elle rangea l'arme dans son holster, embarqua un chargeur supplémentaire et sortit dans la rue.

Elle avait rendu sa voiture de fonction, mais il lui restait son coupé RCZ. Le petit bolide aux courbes limpides et au toit en double bosse avait englouti une bonne partie de l'héritage de sa grand-mère. En s'installant au volant, Constance eut une ultime hésitation. Était-elle capable de mener une dernière enquête ? Allait-elle tenir le coup ou s'effondrer cent mètres plus loin, rattrapée par la fatigue et la paralysie ? Elle ferma les yeux quelques secondes et respira profondément. Puis elle fit rugir les 200 chevaux et ses doutes se dissipèrent.

30

La circulation était fluide.

Au volant de son coupé, Constance Lagrange filait vers Montmartre.

Elle venait d'avoir Botsaris au téléphone. Le lieutenant ne l'avait pas attendue pour commencer l'enquête. D'après ses informations, on avait utilisé la carte bancaire de Sebastian Larabee en début d'après-midi dans un distributeur automatique de la place Pecqueur.

Constance connaissait l'endroit : un square ombragé entre l'avenue Junot et le *Lapin Agile*. À deux pas du Montmartre touristique.

Drôle d'endroit pour se cacher, pensa-t-elle en dépassant un scooter.

Où s'étaient réfugiés l'Américain et son ex-femme ? Une planque ? Un squat ? Un hôtel, plutôt...

Elle rappela Botsaris pour s'assurer qu'il avait lancé un avis de recherche auprès des compagnies de taxis et des loueurs de voitures. C'était bien le cas, mais les réponses n'arrivaient qu'au compte-gouttes.

— J'attends également les images des caméras de surveillance de Roissy.

Constance raccrocha et entra sur le GPS de son iPhone les coordonnées de la place Pecqueur pour obtenir la liste des hôtels à proximité. Il y en avait trop pour les faire un par un.

Elle décida néanmoins de tenter quelque chose. *Le Relais Montmartre*, situé rue Constance.

Comme son prénom...

Elle croyait aux signes, aux coïncidences, à la synchronicité et aux concours de circonstances.

Là, ce serait trop beau tout de même... songea-t-elle en se garant en double file devant l'établissement.

Effectivement, il ne fallait pas rêver : elle sortit de l'hôtel dix minutes plus tard en ayant fait chou blanc. Dans la foulée, elle poussa jusqu'au *Timhotel* de la place Goudeau. L'endroit lui paraissait susceptible de plaire à des Américains. Nouvel échec. Trop évident.

Alors qu'elle s'apprêtait à repartir, elle reçut un appel de Botsaris.

— Écoute ça ! Un chauffeur de *LuxuryCab* affirme avoir chargé les Larabee à l'aéroport ce matin pour les conduire au *Grand Hôtel de la Butte*. C'est à côté de la place Pecqueur. Ça colle parfaitement !

— Ne t'enflamme pas trop tôt, Botsaris.

— J'envoie une équipe sur place, capitaine ?

— Non, laisse-moi faire. Je vais en repérage. Je te tiens au courant.

Constance fit demi-tour rue Durantin et rejoignit la rue Lepic puis l'avenue Junot. Elle s'engagea dans la petite impasse qui menait à l'hôtel. Le portail en fer forgé était ouvert : des jardiniers sortaient. Constance en profita pour pénétrer dans la propriété sans avoir à signaler sa présence. Le coupé RCZ emprunta le chemin qui traversait le jardin avant de se garer devant l'imposante bâtisse blanche.

En grimpant les marches, Constance fouilla dans la poche de son blouson pour mettre la main sur sa carte de police. Son sésame.

— Capitaine Lagrange, Brigade nationale de recherche des fugitifs, se présenta-t-elle à la réception.

L'hôtelière n'était pas bavarde. Il fallut la menacer pour enfin obtenir quelques renseignements. Oui, Sebastian Larabee et sa femme avaient bien séjourné dans son établissement, mais ils avaient quitté l'hôtel une heure plus tôt.

— Vous prétendez qu'ils avaient réservé cette chambre il y a une semaine ?

— Parfaitement. Par l'intermédiaire de notre site Internet.

Constance demanda à voir leur chambre. Tandis qu'on la conduisait dans la suite, elle se dit que cet élément ne cadrait pas avec ce qu'elle avait pu lire du dossier. Une réservation impliquait une préméditation, or les détails de l'enquête américaine laissaient entendre que les Larabee avaient quitté New York dans la plus grande précipitation.

En pénétrant dans la vaste pièce mansardée, la jeune flic admira sa décoration splendide et recherchée. Aucun homme ne lui offrirait jamais de week-end dans un endroit pareil...

Mais l'enquêtrice reprit très vite le dessus sur la femme. Dans la salle de bains, elle découvrit une chemise puis une veste tachée de sang et, dans le salon, un bagage ainsi que des sacs de shopping à l'effigie des plus grandes marques.

De plus en plus étrange...

Comme si les Larabee étaient davantage en lune de miel qu'en cavale.

— Comment étaient-ils habillés lorsqu'ils sont partis ?

— Je ne m'en souviens plus, répondit l'hôtelière.

— Vous vous foutez de moi ?

— Ils portaient des habits de soirée.

— Et vous n'avez aucune idée de l'endroit où ils ont pu aller ?

— Je l'ignore complètement.

Constance se frotta les paupières. Cette femme mentait, elle en était certaine. Pour lui délier la langue, elle aurait eu besoin de plus de temps ; or, justement, c'était ce qui lui manquait.

Restait la méthode *Dirty Harry*… N'avait-elle pas toujours secrètement rêvé de pouvoir la mettre en pratique ? C'était maintenant ou jamais.

Elle tira brusquement le Sig-Sauer de son étui, attrapa la femme par le cou et lui pointa le canon de l'arme contre la tempe.

— Où sont-ils allés ? hurla-t-elle.

Terrorisée, la logeuse ferma les yeux. Sa mâchoire tremblait.

— Ils m'ont… ils m'ont demandé un plan, hoqueta-t-elle.

— Pour aller où ?

— À la gare du Nord… Et ensuite au pont de l'Alma, je crois.

— Pourquoi le pont de l'Alma ?

— Je ne suis pas sûre… Ils parlaient d'un dîner sur un bateau. Je crois qu'ils avaient une réservation pour ce soir.

Constance relâcha sa pression et quitta la

chambre. Dans l'escalier, elle appela Botsaris. Cette histoire de bateau et de dîner-croisière sur la Seine la laissait perplexe. En revanche, il fallait absolument empêcher les Larabee de prendre le train. La gare du Nord permettait facilement de gagner l'Angleterre, la Belgique et les Pays-Bas.

Elle tomba sur le répondeur de son adjoint et lui laissa un message :

— Appelle les gars de Paris-Nord. Diffuse-leur le signalement des Larabee et donne des ordres pour qu'on renforce la surveillance des trains au départ pour l'étranger. Trouve-moi également quelle compagnie de bateaux a son ponton au pont de l'Alma et vérifie s'ils ont une réservation qui pourrait correspondre aux deux Américains. Grouille-toi !

Lorsqu'elle regagna sa voiture, elle aperçut la patronne de l'hôtel qui la regardait depuis la fenêtre de la chambre. Elle avait repris ses esprits et lui lança, furieuse :

— Ne croyez pas que l'affaire en restera là ! Je vais prévenir votre hiérarchie et je porterai plainte contre vous. C'est votre dernière enquête, capitaine !

Ça, je le sais déjà... songea Constance en s'installant au volant.

31

Le mouvement, toujours.

Surtout ne pas stagner, ne pas hésiter, ne pas s'arrêter.

Perchée sur ses talons, en robe de soirée, Nikki détonnait dans l'ambiance électrique de la gare du Nord.

Dès le parvis, la densité de la foule les avait saisis. D'emblée, ils avaient eu l'impression d'être emportés par une vague humaine. De sentir battre le pouls de la station. De faire partie d'un flux. D'être ingérés et digérés par un ventre immense et gargouillant.

Son ticket de consigne à la main, Sebastian avait du mal à se repérer. SNCF, RATP, Eurostar, Thalys... La gare était une plate-forme tentaculaire qui brassait une faune bigarrée : travailleurs regagnant leur banlieue, touristes paumés, hommes d'affaires pressés, bandes de « jeunes » squattant devant les vitrines, SDF, policiers en patrouille…

Ils mirent un temps fou à localiser le bureau des consignes automatiques, qu'ils trouvèrent finalement au premier niveau du sous-sol, coincé entre le début d'un quai et l'enseigne d'un loueur de voitures. C'était un local un peu glauque, sans fenêtre, à l'éclairage pisseux. Une pièce labyrinthique, tout en longueur, qui dégageait une odeur de vestiaires mal aérés.

En déambulant entre les coffres grisâtres, ils gardaient un œil sur les trois numéros inscrits sur le ticket. Le premier indiquait l'emplacement de la colonne, le deuxième, celui du casier et le dernier, la combinaison pour ouvrir l'armoire d'acier.

— C'est celui-là ! s'écria Nikki.

Sebastian composa les cinq chiffres sur le clavier métallique. Il tira la porte du casier et regarda à l'intérieur, plein d'appréhension.

Le coffre contenait un sac à dos en toile bleu pâle, orné d'un logo « Chuck Taylor ».

— C'est celui de Jeremy ! Je le reconnais ! s'exclama Nikki.

Elle ouvrit le sac : il était vide. Elle le retourna dans tous les sens, sans succès.

— Il y a une poche intérieure, non ?

Elle acquiesça. Dans sa précipitation, elle n'avait pas remarqué la doublure en nylon cousue au dos du sac. Ultime chance. Les doigts tremblants, elle tira sur la fermeture éclair pour y découvrir...

— Une clé ?

Elle examina l'objet scintillant avant de le tendre à Sebastian. C'était bien une clé métallique à la tige forée. Mais qu'ouvrait-elle ?

Ils eurent un moment de découragement. L'impression pénible de se faire balader. Encore et encore. Chaque fois qu'ils pensaient tenir une piste, elle se dérobait. Chaque fois qu'ils espéraient toucher au but, ils s'en éloignaient.

Mais leur abattement fut de courte durée.

Nikki reprit le dessus la première.

— Il ne faut pas perdre de temps ici, jeta-t-elle en regardant l'horloge murale. Si nous sommes en retard au pont de l'Alma, la péniche ne nous attendra pas.

32

Depuis trois quarts d'heure, Constance Lagrange parcourait les quais de la gare du Nord en compagnie d'un groupe d'agents de la brigade des réseaux ferrés.

La surveillance de la station avait été renforcée, mais les Larabee restaient introuvables. Peut-être avaient-ils simplement renoncé à leur voyage en raison de la présence policière.

À moins qu'ils n'aient jamais eu l'intention de prendre le train.

Le portable de Constance vibra. C'était Botsaris.

— Je sais où ils vont, affirma son adjoint. Ils ont une réservation à 20 h 30 sur un bateau de la Compagnie des croisières parisiennes.

— Tu te fous de moi ?

— Je ne me permettrais pas, capitaine.

— Et ça ne t'étonne pas plus que ça ? Si tu étais en cavale à Paris, tu n'aurais pas d'autres préoccupations que de te mettre sur ton trente et un et d'aller dîner sur une péniche ?

— C'est sûr.

— Reste en ligne.

Constance s'excusa auprès des flics de la BRF en leur demandant de rester vigilants et se dirigea vers le parking.

— Botsaris ? demanda-t-elle en reprenant la conversation.

— Oui, capitaine.

— Tu me rejoins sur les quais du pont de l'Alma.

— Je viens avec une équipe ?

— Non, on va les cueillir en douceur. Juste toi et moi.

Constance boucla sa ceinture en jetant un coup d'œil à l'horloge de son tableau de bord.

— C'est un peu tard pour les intercepter avant le départ, non ?

— Je peux demander à la Compagnie qu'elle le retarde.

— Non, si les suspects constatent que le bateau a du retard, ils risquent de prendre peur et de nous filer entre les doigts.

— Je préviens la brigade fluviale à tout hasard ?

— Tu ne préviens personne et tu m'attends, compris ?

33

Le taxi descendit l'avenue Montaigne et déposa Nikki et Sebastian à hauteur du pont de l'Alma. La nuit était tombée, mais il faisait encore chaud. Après Barbès et la gare du Nord, Sebastian éprouva un vrai soulagement en retrouvant un Paris plus rassurant : celui, familier, des bords de Seine et de la tour Eiffel illuminée.

À pied, ils rejoignirent les berges de la rive droite qui filaient vers le pont des Invalides. Abrité par de hauts marronniers, le port de la Conférence était le repaire des navettes fluviales de la Compagnie des croisières parisiennes.

Les premières embarcations qu'ils croisèrent sur leur chemin régurgitaient des grappes de touristes vers les rangées de bus des tour-opérateurs. Ils les dépassèrent rapidement pour rejoindre le quai réservé aux bateaux-restaurants.

— Je crois que c'est là, lança Nikki en pointant du doigt un grand navire de verre à double pont.

Ils se présentèrent à l'embarcadère de *L'Amiral* où ils donnèrent leurs noms à une hôtesse qui leur souhaita la bienvenue et leur remit un dépliant cartonné.

— Le départ est imminent, précisa-t-elle en les escortant jusqu'à leur table.

Bardé de grandes baies vitrées latérales, le pont intérieur accueillait une petite centaine de tables dans une atmosphère romantique. Lumière tamisée, plafond scintillant, parquet sombre, photophores à flamme vacillante glissés entre les couverts : tout avait été pensé pour créer une ambiance intimiste, jusqu'à la disposition des chaises qui obligeait les couples à s'asseoir côte à côte. Une fois installés en bordure de la verrière, Nikki et Sebastian furent un moment troublés par cette proximité. Sebastian baissa les yeux, parcourant le menu qui promettait « une cuisine inventive aux saveurs subtiles brillamment composée par notre chef avec les produits les plus frais ».

Tu parles…

— Bienvenue, madame, monsieur, les salua une serveuse arborant une volumineuse coiffure afro entortillée dans un foulard.

Elle déboucha la bouteille de clairette de Die

posée dans le seau rempli de glace et leur servit deux coupes avant de proposer de prendre leur commande.

Sebastian survola la carte avec condescendance. Cette situation devenait totalement ridicule. Par politesse, Nikki fit l'effort de consulter le menu et choisit pour deux. La serveuse entra leur commande sur son terminal électronique et leur souhaita une bonne soirée.

Le bateau était plein. Beaucoup d'Américains, d'Asiatiques et de Français venus de province. Certains fêtaient visiblement leur lune de miel, d'autres, leur anniversaire de mariage, heureux d'être là. Devant eux, un couple de Boston et leurs deux enfants échangeaient des plaisanteries sur un ton complice. Derrière, un couple de Japonais se chuchotait des mots d'amour à l'oreille.

— Je meurs de soif ! souffla Nikki en descendant d'un trait sa coupe de vin pétillant.

Elle se resservit dans la foulée.

— Ce n'est pas du champagne, mais c'est agréable !

Soudain, le moteur tourna plus vite, faisant vrombir les propulseurs. Une légère odeur de fioul monta du fleuve et le bateau quitta le pont de l'Alma, une nuée d'oiseaux blancs dans son sillage.

Nikki colla son visage contre la paroi de verre.

En ce début de soirée, les embarcations étaient nombreuses sur la Seine : barges de fret voguant au ras de l'eau, vedettes rapides, Zodiac de la brigade fluviale ou des pompiers. Devant les jardins du Trocadéro, le bateau dépassa un petit port dont les berges étaient protégées par des platanes et des peupliers. Certains plaisanciers qui dînaient sur le pont de leur péniche levèrent leur verre en direction des passagers des bateaux-mouches qui, pour la plupart, rendirent un signe amical.

— Madame, monsieur, voici votre entrée : un foie gras landais et sa confiture de figues de Provence.

D'abord dédaigneux, Sebastian engloutit le foie gras en quelques bouchées. Il n'avait rien avalé depuis l'infâme poisson cru mariné acheté la veille devant le lycée de Jeremy. Nikki ne fut pas en reste. Le pain grillé avait beau être froid et la portion de salade minuscule, elle dévora les toasts à pleines dents pour apaiser les gargouillis de son estomac et vida son verre de bordeaux.

— Ne bois pas trop tout de même, s'inquiéta-t-il en constatant qu'elle entamait son quatrième verre de la soirée.

— Toujours aussi rabat-joie, à ce que je vois…

— Oserai-je te rappeler qu'on est à la recherche de notre fils et que l'on a une énigme à résoudre ?

Nikki leva les yeux au ciel, mais sortit malgré tout de son sac la clé qu'ils avaient récupérée dans la consigne. Ils la scrutèrent sous toutes les coutures. Elle n'avait rien de remarquable. L'inscription « ABUS Security » était gravée sur l'anneau. C'était le seul et maigre indice dont ils disposaient.

Sebastian poussa un long soupir. Ces jeux de piste le fatiguaient. En le maintenant sous pression, ces énigmes l'empêchaient de se poser et de prendre du recul. En quelques heures, il avait sombré dans la paranoïa : il dévisageait chaque serveur, chaque passager comme un kidnappeur potentiel et tout lui paraissait suspect.

— Je vais faire une recherche, décida Nikki en sortant son téléphone.

Si on avait volé le portable de Sebastian, son ex-femme avait toujours le sien. Elle lança le navigateur Internet et tapa « ABUS Security » dans Google. Les premières pages renvoyèrent toutes au même site Internet. ABUS était une marque allemande spécialisée dans la sécurité, produisant notamment des cadenas, des antivols, des serrures et des systèmes de vidéosurveillance.

Mais quel rapport entre cette clé et cette croisière sur la Seine ?

— Souriez pour la photo ! *Smile for the camera ! Lächeln für die Kamera !* 笑ってください !

Armé de son appareil, le photographe officiel de la compagnie passait de table en table, immortalisant les couples de toutes nationalités.

Sebastian refusa bien sûr de se laisser prendre, mais le « paparazzi » polyglotte insistait :

— *You make such a beautiful couple !*

Il soupira et, pour ne pas faire de scandale, accepta de poser à côté de son ex-femme, esquissant un sourire crispé.

— *Cheese !* demanda le photographe.

Va te faire foutre... pensa très fort Sebastian.

— *Thank you ! Be back soon*, promit-il alors que la serveuse débarrassait les assiettes.

Les colonnades métalliques du métro aérien de Bir-Hakeim se détachaient dans la nuit.

Sur le bateau, l'ambiance se réchauffait doucement. Un immense comptoir de bois courait au centre du pont inférieur, entourant une piste surélevée sur laquelle un violoniste, un pianiste et un clone de Michael Bublé reprenaient quelques standards : *Les Feuilles mortes, Fly Me to the Moon, Mon amant de Saint-Jean, The Good Life...*

Les touristes fredonnaient gentiment tandis que *L'Amiral* abordait à présent les rives de l'île aux Cygnes. Encastré dans chaque table, un écran faisait office de vidéoguide, délivrant des informations et des anecdotes sur chaque monument devant lequel passait le bateau. Nikki régla le sous-titrage pour disposer de la version anglaise.

> « À LA PROUE DE L'ÎLE AUX CYGNES SE DRESSE LA CÉLÈBRE RÉPLIQUE DE LA STATUE DE LA LIBERTÉ NEW-YORKAISE. QUATRE FOIS PLUS PETITE QUE SA COUSINE, LA STATUE REGARDE VERS LES ÉTATS-UNIS ET SYMBOLISE L'AMITIÉ FRANCO-AMÉRICAINE... »

Arrivé au bout de l'île artificielle, le bateau s'immobilisa quelques minutes, permettant aux passagers de mitrailler le point de vue avant de faire demi-tour et de repartir le long de la rive gauche.

Sebastian se servit un verre de vin.

— Ce n'est pas un gruaud-larose, mais il est bon quand même, concéda-t-il à Nikki.

Elle lui sourit, amusée. Malgré lui, il se laissait peu à peu gagner par l'ambiance bon enfant et la beauté du paysage.

Le bateau longea doucement le port de Suffren et celui de la Bourdonnais. Ensemble, ils dessinaient deux arcs, créant une large anse qui avançait sur l'eau. Les manèges et un espace de promenade s'étendaient jusqu'au pied de la tour Eiffel. Même les plus blasés comme lui ne pouvaient s'empêcher de trouver l'endroit féérique. La nourriture était médiocre, le crooner insupportable, mais la magie de Paris agissait, plus forte que tout.

Il reprit une gorgée de bordeaux en regardant la famille bostonienne dont la table précédait la leur. C'était un couple d'à peu près leur âge, entre quarante et quarante-cinq ans. Leurs deux enfants d'une quinzaine d'années lui rappelaient Camille et Jeremy. En laissant traîner l'oreille, Sebastian comprit que le père était médecin et que la mère enseignait la musique dans un conservatoire. Ils offraient tous les quatre l'image d'une famille unie : embrassades, tapes sur l'épaule, plaisanteries qui fusent, émerveillement partagé devant les monuments.

Ça aurait pu être nous, pensa Sebastian avec tristesse. Pourquoi certains parviennent-ils à trouver cette sérénité alors que d'autres s'engluent dans les conflits ? Le comportement et le caractère de Nikki étaient-ils seuls responsables de l'échec de leur famille ou lui-même n'avait-il pas sa part dans ce naufrage ?

Nikki croisa le regard brillant de son ex-mari et devina à quoi il songeait.

— Ça ne te fait quand même pas penser à nous ?

— À une version de nous qui n'aurait pas divorcé…

Nikki précisa, comme si elle réfléchissait à voix haute :

— Ce ne sont pas nos différences qui ont posé

problème, c'est la façon dont nous les avons gérées : notre incapacité à nous entendre sur l'éducation des enfants, ton refus que nous prenions ensemble les décisions concernant leur avenir, cette haine que tu as développée contre moi...

— Attends, ne renverse pas les rôles, s'il te plaît ! Tu veux que je te rappelle ce qui a précipité notre séparation ?

Elle le regarda, sidérée qu'il remette cette histoire sur le tapis, mais il poursuivit, de la hargne dans la voix :

— Tu as « oublié » d'aller chercher les enfants à l'école parce que tu étais en train de te faire sauter par ton amant à l'autre bout de Brooklyn !

— Arrête avec ça ! ordonna-t-elle.

— Non, je n'arrêterai pas ! cria-t-il. Parce que c'est la vérité ! Ne te voyant pas arriver, Camille et Jeremy ont décidé de rentrer à pied à la maison. Et tu te souviens de ce qui s'est passé ensuite ?

— Tu es vraiment déloyal...

— Deux jours de coma pour Camille qui s'est fait renverser par un taxi !

Emporté par son élan, Sebastian ne s'arrêtait plus :

— Et lorsque tu m'as rejoint à l'hôpital, tu puais l'alcool ! C'est un miracle que Camille s'en soit sortie sans séquelle. Par ta faute, elle est passée à deux doigts de la mort et ça, je ne te le pardonnerai jamais !

Nikki se leva brusquement.

Il fallait mettre un terme à cette conversation. C'était plus qu'elle n'en pouvait supporter.

Encore sous le coup de la colère, Sebastian n'esquissa pas le moindre geste pour la retenir. Il la regarda quitter la table et prendre l'escalier pour s'éclipser vers le pont supérieur.

34

Le coupé RCZ descendit la rampe qui menait au port de la Conférence.

Constance se gara à côté de la voiture sérigraphiée de Botsaris.

Appuyé contre le capot, le jeune lieutenant était en train de fumer une cigarette.

— Tu n'as rien trouvé de plus voyant ? lui reprocha Constance. Pourquoi pas les gyrophares et la sirène, tant que tu y es ?

— Ne vous énervez pas, patron, j'ai attendu que le bateau soit parti pour garer ma caisse.

Constance regarda sa montre.

20 h 55.

— On est certains qu'ils sont sur le bateau ?

— Oui. Les hôtesses m'ont confirmé que la réservation avait bien été honorée.

— Ils ont peut-être envoyé des complices. Est-on bien sûrs que ce sont *eux* ?

Botsaris avait l'habitude de l'exigence de Lagrange. Il sortit de son blouson deux photographies. Deux captures d'écran du film pris par la caméra de surveillance qu'il tendit à sa supérieure.

Constance plissa les yeux. C'étaient bien les Larabee. Robe de soirée pour elle et costume sombre pour lui : deux gravures de mode.

— Belle femme, n'est-ce pas ? remarqua Botsaris en désignant Nikki.

Perdue dans ses pensées, la flic ne répondit pas. Quelque chose ne cadrait pas dans cette enquête, et elle était impatiente de savoir quoi.

— Je me suis renseigné, ajouta le lieutenant. La croisière dure presque deux heures, mais le bateau fait une halte à mi-parcours. Si tout va bien, on les cueillera d'ici à une demi-heure.

Constance ferma les yeux et se massa les paupières. Jusqu'à présent, elle avait tenu le coup, mais une migraine soudaine lui vrillait le crâne.

— Ça va, capitaine ?

Elle ouvrit les yeux et acquiesça de la tête.

— À vrai dire, au bureau, on s'inquiète un peu pour vous, avoua le flic.

— Je te dis que ça va ! le rabroua-t-elle en lui piquant une cigarette.

Mais tous deux savaient qu'elle mentait.

35

Le vent s'était levé sur le pont à ciel ouvert qui offrait aux voyageurs une vue à 360 degrés sur la Seine.

Le visage fermé, Nikki fumait, accoudée au bastingage, le regard fixé au loin sur la majesté et l'exubérance du pont Alexandre-III. L'arche, surchargée de statues et de dorures, enjambait la Seine d'un seul tenant.

Sebastian la rejoignit. Elle sentit sa présence derrière son dos, mais devina qu'il n'était pas venu s'excuser.

— L'accident qu'a subi Camille est ma faute, reconnut-elle sans se retourner, mais n'oublie pas le contexte de l'époque. Notre couple était à la dérive, on se disputait tout le temps, tu ne me regardais plus…

— Rien n'excuse ton comportement, la coupa-t-il.

— Et toi, ton comportement, tu le trouves excusable ? explosa-t-elle.

Ses éclats de voix attirèrent les regards des personnes présentes sur le pont. Un couple qui se dispute offre souvent un spectacle divertissant...

Nikki développa avec la même agressivité :

— Après le divorce, tu m'as expulsée de ta vie alors que notre couple aurait très bien pu perdurer, assurément pas en tant qu'amants, non, mais au moins en tant que parents.

— Arrête ton jargon de psy : on est un couple ou on ne l'est pas.

— Je ne suis pas d'accord. On aurait pu rester en bons termes. Beaucoup de gens y arrivent.

— En bons termes ? Tu te fous de moi ?

Elle se tourna vers lui. Dans son regard, derrière la fatigue et la colère, brillait encore un zeste d'amour.

— Il y a eu de très beaux moments dans notre histoire, insista-t-elle.

— Et beaucoup de choses douloureuses aussi, rétorqua-t-il.

— Mais reconnais que tu ne t'es pas comporté en adulte responsable lors de notre séparation.

— C'est vraiment l'hôpital qui se fout de la charité... lui répliqua sèchement Sebastian.

Nikki monta au front :

— Je crois que tu ne mesures pas encore très bien la portée de tes actes. Tu as séparé nos jumeaux ! Tu m'as enlevé ma fille et tu t'es coupé de ton fils ! C'est ignoble !

— Mais tu as accepté cet accord, Nikki.

— Parce que j'y ai été contrainte et forcée ! Avec ton armada d'avocats et tes millions de dollars, tu aurais fini par obtenir la garde des deux enfants.

Elle laissa passer quelques secondes, puis décida de lui assener quelque chose qu'elle avait toujours tu.

— Au fond, tu n'as jamais vraiment voulu la garde de Jeremy, n'est-ce pas ? demanda-t-elle à voix basse.

Sebastian demeura silencieux.

— Pourquoi rejettes-tu ton fils ? insista-t-elle tandis que les larmes lui montaient aux yeux. C'est un garçon gentil, sensible et fragile. Il est toujours en attente d'un compliment ou d'une marque d'intérêt de ta part, mais rien ne vient jamais...

Sebastian encaissa les reproches qu'il savait justifiés. Mais Nikki voulait comprendre :

— Pourquoi n'as-tu jamais cherché à le connaître ?

Il hésita un moment, puis se résigna :

— Parce que c'est trop dur.

— Qu'est-ce qui est trop dur ?

— Il te ressemble trop. Il a tes expressions, ton rire, ton regard, ta façon de parler. Lorsque je le vois, c'est toi que je vois. Et c'est insupportable, avoua-t-il en détournant les yeux.

Nikki ne s'attendait pas à ça. Hébétée, elle réussit à articuler :

— Tu as privilégié ton amour-propre au détriment de l'amour de ton fils ?

— J'ai fait ma part du boulot avec Camille, insista-t-il. Elle est mature, intelligente et bien élevée.

— Tu veux la vérité, Sebastian ? dit-elle les larmes aux yeux. Camille est une bombe à retardement. Tu l'as maintenue sous ton contrôle jusqu'à présent, mais ça ne va pas durer. Et lorsqu'elle va se rebeller, tu risques de t'en mordre les doigts.

Sebastian se souvint de la boîte de pilules qu'il avait trouvée dans la chambre de sa fille. Radouci, il s'approcha pour l'entourer de ses bras.

— Tu as raison, Nikki. Je t'en prie, ne nous disputons pas. Restons soudés dans cette épreuve. Je changerai mon comportement avec Jeremy et tu pourras voir Camille autant que tu le voudras. Je te promets que les choses s'arrangeront.

— Non, c'est trop tard. Le mal est fait. C'est irréparable, désormais.

— Non, rien n'est irréparable, affirma-t-il avec force.

Alors que le bateau passait sous les arches du pont des Arts et du Pont-Neuf, ils restèrent un instant dans les bras l'un de l'autre.

Puis chacun reprit ses distances.

Le bateau longeait les berges au niveau des stands des bouquinistes du quai Saint-Michel. Sur l'île de la Cité, on apercevait la Conciergerie et, à l'extrémité, la silhouette gothique de Notre-Dame. Plus loin, les somptueux hôtels particuliers de l'île Saint-Louis se détachaient dans la nuit claire.

— Essayons déjà de résoudre le mystère de cette clé, proposa Nikki après avoir écrasé sa troisième cigarette. Il y a forcément un indice qu'on a dû louper. Cette mise en scène doit avoir un sens. Il faut trouver ce que cette clé peut ouvrir…

Ensemble, ils parcoururent le pont supérieur de long en large, cherchant sans succès une serrure ou un cadenas. Le vent soufflait fort, rendant la nuit plus froide. Comme Nikki frissonnait, Sebastian entoura ses épaules de sa veste. Elle refusa une première fois, mais il insista et elle finit par se laisser faire.

— Regarde ! cria-t-il soudain en désignant la rangée de boîtes métalliques qui abritaient les gilets de sauvetage.

Il y avait une demi-douzaine de coffres, chacun protégé par un cadenas. Nerveusement, ils essayèrent de glisser leur clé dans toutes les serrures, mais aucune ne se débloqua.

Et merde...

Découragée, Nikki alluma une nouvelle cigarette qu'ils se partagèrent en silence, penchés sur le garde-corps de la plate-forme. Les berges étaient noires de monde, offrant, comme une succession de vignettes, de petites « Seine de vie » : dans une ambiance festive, des familles pique-niquaient, des amoureux se bécotaient, un couple plus âgé dansait au bord de l'eau comme dans un film de Woody Allen. Plus loin, des zonards zonaient, des groupes de copines pouffaient en adressant des doigts d'honneur aux passagers, un punk à chien fumait un joint long comme le bras. Beaucoup d'alcool partout : litrons, packs de bière, vodka.

— Viens, rentrons, murmura-t-elle. J'ai froid.

Ils regagnèrent le pont inférieur.

Dans le salon, l'ambiance battait son plein. Timide au début du repas, l'assistance reprenait maintenant les chansons à pleine voix. Un touriste américain venait même de faire sa demande en mariage en s'agenouillant devant sa fiancée.

Nikki et Sebastian retrouvèrent leur table. On leur avait servi le plat principal. Dans l'assiette de Sebastian, un filet de bœuf froid côtoyait une béarnaise figée. Dans celle de Nikki, deux misérables gambas se battaient en duel sur une galette de risotto. Alors qu'ils picoraient quelques bouchées de nourriture mal réchauffée, un violoniste s'approcha d'eux et joua les premières mesures de *L'Hymne à l'amour*. Cette fois, Sebastian le fit déguerpir sans ménagement.

— Ressers-moi du vin, demanda Nikki.

— Arrête de boire, tu vas être saoule. Et notre bouteille est vide.

— Et alors, si j'ai envie d'être ivre ! C'est mon affaire ! C'est ma manière à moi de faire face à ce qui nous arrive.

Nikki se leva et parcourut du regard les différentes tables à la recherche d'une bouteille. Elle en trouva une à peine entamée sur une desserte près du bar et la rapporta à sa place.

Elle se versa un nouveau verre sous le regard consterné de son ex-mari.

Dépité, Sebastian détourna la tête vers la paroi vitrée. Nouvelle ponctuation dans la croisière, le bateau arrivait devant le tablier d'acier du pont Charles-de-Gaulle. Plus moderne que les édifices précédents, il ressemblait à une aile d'avion prête à fendre le ciel. Bientôt, le navire éclaira les berges de ses puissants projecteurs, révélant ainsi une misère inattendue : en contrebas du pont, de nombreux SDF avaient installé leur barda, leur tente, leur brasero. Un « spectacle » qui mit mal à l'aise les passagers et ternit l'ambiance jusque-là enjouée. Cela faisait écho au fameux « syndrome de Paris ». Chaque année, les ambassades rapatriaient ainsi des dizaines de touristes déstabilisés, jusqu'à s'en rendre malades, par le décalage entre la vision idéale du Paris qu'on leur vendait dans les films et celle plus rugueuse de la réalité de la capitale. Sur le bateau, ce trouble ne dura guère. Le navire reprit sa course vers les tours de verre de la « grande bibliothèque », avant de faire demi-tour au niveau de Bercy pour revenir rive droite, vers le Paris historique des cartes postales et des dépliants touristiques. La musique se fit alors plus entraînante et le malaise se dissipa complètement.

Nouvelle gorgée de vin.

En apparence, l'alcool brouillait l'esprit de Nikki, mais il exacerbait aussi sa sensibilité. Elle était persuadée d'avoir laissé passer quelque chose, une évidence. Elle n'essayait même plus de se concentrer. Ce n'était pas une analyse rationnelle qui l'aiderait à retrouver Jeremy, mais plutôt son instinct maternel. Dans ce genre de situation, l'intelligence des émotions est plus efficace que la logique et la raison.

Loin de chercher à brider ses sentiments, elle leur ouvrit les vannes. Elle laissa les larmes affleurer et les images se bousculer dans sa tête. Le présent, le passé se mélangeaient. Il fallait cependant qu'elle trouve la limite, la bonne position du curseur. Ne pas se laisser submerger par l'émotivité, mais l'utiliser de façon constructive pour en capter le message.

Fiévreuse, elle regarda par la baie. Tout se mêlait dans son esprit jusqu'à la nausée. Les souvenirs tourbillonnaient, se déformaient, s'amalgamaient jusqu'à se confondre.

La musique était forte. Autour d'elle, les gens battaient la mesure. Sur la piste de danse, le personnel se chargeait désormais de l'animation. Serveurs et serveuses levaient la jambe sur un air russe.

Kalinka kalinka kalinka maya...

Elle but une nouvelle gorgée de vin. Malgré la chaleur de la pièce, Nikki grelottait. Combiné à un éclairage stroboscopique, le refrain lui donnait mal à la tête.

Kalinka kalinka kalinka maya...

Le bateau revenait vers son point de départ. À travers les vitres, elle distingua les balcons et les mascarons du Pont-Neuf, puis la silhouette du pont des Arts se profila à l'horizon. Elle regarda les grillages de la passerelle. Ils brillaient de mille feux. Elle plissa les yeux et aperçut des dizaines, des centaines, des milliers de cadenas accrochés tout le long du pont.

— Je sais ce qu'ouvre la clé ! s'écria-t-elle.

Elle désigna à Sebastian le vidéoguide encastré dans la table. En se penchant sur le petit écran, ils lurent l'anecdote se rapportant au monument :

« À L'IMAGE DU PONT PIETRA À VÉRONE OU DU PONT LUZHKOV À MOSCOU, LE PONT DES ARTS EST DEVENU DEPUIS QUELQUES ANNÉES UN LIEU DE PRÉDILECTION POUR LES AMOUREUX QUI VIENNENT Y ACCROCHER UN "CADENAS D'AMOUR", SYMBOLE D'UNE UNION INDÉFECTIBLE.
DÉSORMAIS BIEN RODÉ, LE RITUEL EST TOUJOURS LE MÊME : LE COUPLE ATTACHE SON CADENAS AU GRILLAGE AVANT DE JETER PAR-DESSUS L'ÉPAULE LA CLÉ DANS LA SEINE ET DE SCELLER LEUR AMOUR PAR UN BAISER. »

— Il faut qu'on descende !

Ils se renseignèrent auprès d'un maître d'hôtel. Le bateau marquerait une halte au pont de l'Alma dans moins de cinq minutes.

Gagnés par l'excitation, Nikki et Sebastian se rapprochèrent de la balustrade pour emprunter la passerelle dès que le bateau accosterait.

L'Amiral dépassa la façade du Louvre, le port des Champs-Élysées, avant de s'arrêter à son embarcadère, au pont de l'Alma.

Alors qu'ils se précipitaient pour débarquer, Nikki attrapa son ex-mari par la manche.

— Attends ! Il y a des flics !

Sebastian regarda sur le quai. Une femme en blouson de cuir et un jeune type à la démarche assurée s'apprêtaient à monter à bord.

— Tu crois ?

— C'est des flics, je te dis ! Regarde.

De loin, il aperçut une 307 sérigraphiée aux couleurs de la Police nationale.

Sebastian croisa le regard de la jeune femme. Les deux flics comprirent qu'on les avait repérés et se ruèrent sur la passerelle.

Nikki et Sebastian rebroussèrent chemin. Avant de rejoindre le pont supérieur, Sebastian attrapa sur une table un couteau qui avait certainement servi à trancher un filet de bœuf trop cuit.

36

En croisant le regard de Sebastian, Constance
Lagrange sut que l'Américain les avait repérés. Elle
sortit son pistolet et le pointa en l'air, bras replié
contre son corps.

— Pas de coup de feu intempestif ! ordonna-
t-elle à Botsaris en arrivant dans le salon de réception.

À la vue des armes à feu, certains voyageurs
poussèrent des cris de panique. Déboulant en
trombe dans la salle de restaurant, les deux flics
renversèrent plusieurs tables sur leur passage. Avec
l'aval de Constance, Botsaris se précipita le premier
dans l'escalier qui menait au pont supérieur, mais
il fut incapable d'ouvrir la porte en métal.

— Ils ont coincé l'ouverture ! s'exclama le lieutenant.

Constance battit en retraite. Elle avait repéré un

autre accès à l'arrière du bateau : une échelle qui grimpait sur le pont. Elle fut sur la plate-forme en moins de trois secondes. De loin, elle distingua Larabee qui s'était introduit dans la timonerie par une porte à double battant. Armé d'un couteau, il menaçait le pilote pour le convaincre de remettre les gaz. Elle fit quelques pas pour se rapprocher, mais attendit de sentir la présence de Botsaris dans son dos pour mettre en joue le fugitif.

— Plus un geste ! cria-t-elle au moment où le bateau prenait de la vitesse.

La flic perdit l'équilibre, mais se rattrapa à l'épaule de son adjoint. Elle plissa les yeux. L'Américain était maintenant monté sur le poste de pilotage et cherchait à persuader son ex-femme de l'y rejoindre.

— Accroche-toi à moi, Nikki !

— Non, je ne vais pas y arriver !

— On n'a pas le choix, chérie !

Constance le vit attraper sa femme par la main et la hisser de force sur la petite cabine surélevée.

La flic répéta sa sommation sans le moindre résultat. Elle l'avait dans sa ligne de mire, mais hésitait à tirer.

Que cherchaient-ils à faire ? Le pont d'Iéna était encore loin. Le bateau abordait la passerelle Debilly, un pont piéton en arc qui traversait la

Seine depuis l'avenue de New-York jusqu'au quai Branly.

Ils ne vont quand même pas s'y accrocher ?

La passerelle n'était pas très haute, mais suffisamment pour rendre la manœuvre sinon impossible, du moins périlleuse, surtout à cette vitesse. Constance pensa aux films de son enfance dans lesquels on voyait Belmondo effectuer des cascades spectaculaires dans Paris. Mais Sebastian Larabee n'était pas Belmondo. C'était un luthier de l'Upper East Side qui jouait au golf le dimanche matin.

— Je peux lui tirer dans les jambes, capitaine, proposa Botsaris.

— Pas la peine. Ils ne parviendront jamais à s'accrocher. Le pont est trop haut et le bateau va trop vite. Ils vont juste se foutre à l'eau. Appelle la Fluviale, quai Saint-Bernard. Demande-leur de nous envoyer du renfort pour les repêcher !

Le bateau avançait inexorablement vers les contours illuminés de la passerelle. À part les pylônes en maçonnerie ancrés près des berges, le pont n'était que structure d'acier et platelage en bois ambré. Comme la tour Eiffel, l'ouvrage faisait partie de ces prototypes métalliques construits à l'orée du XXᵉ siècle. Conçus initialement pour être provisoires, ils avaient fini par traverser le siècle.

À l'instinct, Sebastian s'élança et bondit pour

s'accrocher à la charpente. Nikki jeta ses chaussures à talons et sauta à sa suite, s'agrippant à la taille de son ex-mari. Double timing impeccable.

La chance insolente du débutant...

D'un bond, Constance grimpa sur le toit du poste de pilotage, mais la partie était déjà jouée. Le bateau avait dépassé le pont et voguait vers les jardins du Trocadéro.

De rage, elle lâcha un juron en regardant de loin les deux silhouettes qui se hissaient sur le tablier suspendu de la passerelle.

37

Main dans la main, Nikki et Sebastian couraient à perdre haleine sur la voie express de la rive gauche. À travers le flot des voitures, ils se faufilèrent dans le couloir privé qui longeait le musée des Arts premiers et débouchèrent sur la rue de l'Université.

— Jette ton portable et tout ce qui pourrait servir à nous repérer ! ordonna Sebastian.

Dans sa course, Nikki se délesta de son téléphone. Elle boitait. Lors de leur fuite périlleuse sur la péniche, le bas de sa robe s'était déchiré et son pied droit avait heurté la rambarde métallique.

Que faire ? Où aller ?

Ils reprirent leur souffle sous un porche de l'avenue Rapp. La police aux trousses, ils étaient désormais dans la peau de fugitifs. Par un miraculeux concours de circonstances, ils avaient échappé à une arrestation programmée, mais combien de temps encore réussiraient-ils à rester maîtres de leurs mouvements ?

À présent, il fallait qu'ils gagnent le pont des Arts pour mettre la main sur ce mystérieux cadenas. Ils ne devaient donc pas s'éloigner de la Seine, tout en prenant d'énormes précautions.

Délaissant le métro et les grandes artères du 7e arrondissement, ils se perdirent dans les rues secondaires, rebroussant chemin à l'apparition du moindre uniforme, changeant de trottoir à chaque attroupement suspect, si bien qu'ils mirent près d'une heure avant de rejoindre leur destination.

Malgré la saison, un parfum d'été flottait sur le pont des Arts.

Entièrement piétonne, la passerelle métallique offrait un point de vue exceptionnel : d'un seul regard, on pouvait embrasser les arches du Pont-Neuf, le square du Vert-Galant et les tours blanches de Notre-Dame.

Nikki et Sebastian s'avancèrent prudemment sur la passerelle. Il faisait encore chaud. Étonnamment chaud même pour la mi-octobre. En robe courte, polo ou veste légère, de nombreux jeunes gens s'étaient regroupés en petits cercles, assis à même le sol pour pique-niquer en refaisant le monde ou en chantant autour d'une guitare. L'ambiance était cosmopolite et les « repas » populaires : chips, sandwiches, poulets rôtis, barres chocolatées.

Scène inimaginable aux États-Unis[1], l'alcool était consommé ouvertement et en grande quantité. Blonde, rousse, brune, rouge, rosé, blanc… De très jeunes gens – dont certains n'étaient sans doute pas majeurs – descendaient à une vitesse hallucinante des canettes de bière et des verres de vin à répétition. L'atmosphère était malgré tout bon enfant.

Accrochés aux rambardes, les « cadenas d'amour » couraient des deux côtés, sur toute la longueur du pont. Combien y en avait-il ? Deux mille ? Trois mille ?

— On n'y arrivera jamais… se désola Nikki en tirant la clé de son sac.

Sebastian s'agenouilla au pied du parapet. La plupart des cadenas étaient marqués au feutre indélébile ou gravés directement dans le métal. Le plus souvent, deux initiales ou deux noms suivis d'une date :

T + L – 14 oct 2011
Elliott & Ilena – 21 octobre

---

1. Aux États-Unis, la vente d'alcool est interdite aux mineurs et sa consommation interdite dans les lieux publics.

Intérieurement, Sebastian sourit. En elles-mêmes, ces promesses d'amour éternel étaient respectables. Ainsi cadenassés, les cœurs des amants semblaient immuablement scellés. Mais sur ces milliers de serments solennels, combien traverseraient réellement l'épreuve du temps ?

À son tour, Nikki s'agenouilla pour examiner les *love locks*. Il y en avait de toutes les tailles. Certains peints, d'autres en forme de cœur, ornés d'inscriptions attendues :

Je t'aime / Ti amo / Te quiero...

D'autres prônaient des formes d'amour moins conventionnelles :

$$B + F + A$$

Voire carrément « libertines » :

John + Kim + Diane + Christine

Ou nostalgiques :

Le temps passe, mais les souvenirs restent...

Ou plus venimeuses :

Solange Scordelo est une grosse pute.

— Ne perdons pas de temps ! se reprit Sebastian.

Ils se partagèrent le travail. En amont, Sebastian repérait les cadenas portant l'inscription ABUS et les signalait ensuite à Nikki qui essayait de les ouvrir avec la clé. Elle nota que toutes les dates étaient récentes, signe que, pour préserver le grillage, la mairie ou la préfecture devait découper les cadenas à intervalles réguliers.

Mais leur petit manège était suspect et attirait les regards. Sans parler du côté fastidieux de la tâche. ABUS – ABUS – ABUS – ABUS… Cette entreprise allemande dont ils n'avaient jamais entendu parler auparavant cannibalisait apparemment le marché des cadenas : presque un sur deux portait le logo de l'enseigne !

— Même en y passant la nuit, on n'en viendra pas à bout, se lamenta Sebastian alors que deux policiers en tenue arrivaient sur le pont.

— Attention !

Ils eurent un même mouvement de recul, mais, à première vue, les deux agents en uniforme n'étaient là que pour rappeler aux fêtards qu'un décret préfectoral interdisait la consommation d'alcool sur la passerelle. Feignant la bonne foi, les jeunes rangèrent les bouteilles dans leurs sacs avant de les ressortir dès que les flics eurent tourné les talons.

Les policiers n'étaient pas dupes, mais ils n'avaient sans doute ni les moyens ni les instructions de faire respecter strictement la loi. Ils s'inquiétèrent davantage de l'état de santé d'un saoulard qui menaçait de se jeter à l'eau. Ils discutèrent avec lui, essayant de le raisonner, mais l'ivrogne les insulta et commença à se montrer violent. L'un des agents se résolut à appeler des renforts par radio.

— Dans deux minutes, la passerelle va grouiller de flics, s'inquiéta Sebastian. Il faut qu'on parte.

— Pas avant d'avoir trouvé !

— Tu es une vraie tête de mule ! Une fois en tôle, on sera bien avancés !

— Attends, j'ai une idée ! Contente-toi de repérer les cadenas « personnalisés » : ceux avec une touche de peinture, un ruban ou un signe distinctif.

— Pourquoi ?

— Je suis persuadée qu'on nous a laissé un indice.

Ils se mirent tous les deux à l'ouvrage. Certains cadenas étaient customisés aux couleurs d'une équipe de foot – « *Viva Barcelona ! Viva Messi !* » –, d'un mouvement politique – « *Yes We Can* » – ou d'une préférence sexuelle – le drapeau multicolore *gay friendly*.

— Viens voir ça !

À mi-hauteur, à l'une des extrémités du pont, un cadenas de grande taille portait deux autocollants : l'un représentant un violon, l'autre orné du fameux logo *I Love New York* qui habillait tant de tee-shirts.

Difficile de faire plus clair.

Nikki tourna la clé. Le cadenas s'ouvrit.

Elle voulut l'examiner à la lumière des réverbères, mais, déjà, les agents envahissaient le pont. Sebastian tira Nikki par le bras :

— Partons d'ici, vite !

38

LE MONDE FASCINANT DU TATOUAGE MAORI

Coincé dans son bureau sans fenêtre, Lorenzo Santos reposa le livre dans lequel il s'était plongé une bonne partie de l'après-midi.

Il avait appris une foule de choses intéressantes, mais aucune susceptible de faire avancer son enquête.

Frustré, il se frotta les paupières et rejoignit le couloir pour s'offrir un soda au distributeur.

OUT OF ORDER[1]

Manquait plus que ça...

En colère, il abattit son poing sur la machine dont la pancarte semblait le narguer.

1. En panne.

Y a-t-il encore une seule chose qui fonctionne correctement dans ce pays ?

Pour se calmer, Santos sortit dans l'arrière-cour avec l'intention d'enquiller quelques paniers. Le soir tombait doucement sur Brooklyn. À travers le grillage, il regarda le soleil qui se couchait dans un ciel rougeoyant. Il attrapa le ballon de basket et tenta de loin un premier tir. Le ballon toucha le cercle métallique, hésita un moment puis retomba du mauvais côté.

Décidément, pas de veine...

Son enquête aussi piétinait. Malgré l'aide de la police scientifique, il n'avançait guère. En fin de matinée, il avait pourtant reçu un rapport détaillé, rédigé par un expert en éclaboussures de sang. Le spécialiste y interprétait la scène de crime de façon très pertinente, reconstituant avec précision le déroulé de l'affrontement. Drake Decker avait été tué en premier, éviscéré par le « Maori » dont on avait retrouvé les empreintes sur le couteau de combat. Le Maori était mort ensuite, trucidé par Sebastian Larabee avec un morceau de verre. Quant aux empreintes de Nikki, elles avaient été relevées à plusieurs endroits, et notamment sur la queue de billard qui avait crevé l'œil du géant avant sa mort.

Mais cet enchaînement ne disait rien des motivations des protagonistes, ni de l'identité du

« troisième homme ». Le type ne figurait sur aucune base de données policière. Plus le temps passait, plus Santos était persuadé qu'en dépit de son tatouage l'homme n'était pas polynésien. Le policier avait sollicité l'aide de Keren White, l'anthropologue du NYPD qui travaillait au sein du 3e *precinct*, mais elle ne l'avait pas encore rappelé. Comme il attendait beaucoup de l'identification de ce tatouage, il avait essayé de mener ses propres recherches, sans résultat.

À présent, Santos enchaînait les paniers, retrouvant peu à peu confiance en lui, se libérant de la tension dans laquelle le plongeait cette enquête.

Plusieurs fois dans sa carrière, il avait eu des intuitions à propos d'une affaire en faisant un footing ou en jouant au basket. En plein effort, certains éléments trouvaient un éclairage nouveau, des faits en apparence isolés se connectaient de façon limpide. Pourquoi pas cette fois-ci ?

Le flic essaya donc de considérer les événements sous un angle neuf.

Et si la clé du mystère tenait moins dans l'identité du Maori que dans la personnalité de Drake Decker ?

Que savait-il vraiment du propriétaire du *Boomerang* ? Drake était une petite frappe dont la famille était ancrée dans la criminalité depuis au moins deux générations : son père, Cyrius, tirait perpète à Rickers Island, tandis que son frère cadet, Memphis, était en fuite depuis cinq ans pour échapper à une lourde peine de prison dans une affaire de stupéfiants. Decker touchait lui aussi à la came et son bar était un tripot plus ou moins clandestin, mais les flics du coin avaient toujours fermé les yeux sur ses activités, car Drake les arrosait de ses bons tuyaux.

Mais quel lien entre cet aigrefin et les Larabee ? *Jeremy peut-être…*

Santos connaissait le fils de Nikki. Le gamin ne l'appréciait guère et l'animosité était réciproque.

Il tira un dernier panier et revint dans son bureau, décidé à tenter une recherche croisée. Dans son ordinateur, il entra les deux noms et lança le programme. Au bout de quelques secondes, le logiciel délivra le résultat.

Il y avait une occurrence !

Elle remontait à moins d'un mois, le samedi de la première semaine d'octobre. Ce soir-là, Drake avait été conduit au poste après qu'un de ses clients s'était plaint d'avoir été tabassé et menacé d'une arme. On l'avait relâché rapidement sans retenir aucune charge contre lui.

Quant à Jeremy, il avait été conduit au

commissariat pour le vol d'un jeu vidéo dans une galerie marchande.

En croisant les deux rapports de police, on constatait que Drake et l'adolescent avaient partagé la même cellule pendant quatorze minutes.

Était-ce la première fois qu'ils se croisaient ? se demanda le flic.

Santos acquit soudain la conviction que le nœud du mystère résidait dans ce petit quart d'heure. Quelque chose s'était passé ce soir-là entre Decker et Jeremy. Une conversation ? Un pacte ? Un affrontement ?

Quelque chose de suffisamment important en tout cas pour mettre en branle un enchaînement de circonstances qui aboutirait trois semaines plus tard à la découverte de deux cadavres gisant dans un bain de sang.

39

— Je ne peux plus continuer. J'ai trop mal ! se plaignit Nikki en s'asseyant sur le trottoir de la rue Mornay.

Sebastian s'agenouilla près d'elle.

— Je crois que j'ai une entorse, se désola-t-elle en massant sa cheville.

Il examina l'articulation. Elle était gonflée et une légère ecchymose commençait à se dessiner. Si la douleur avait été supportable pendant deux heures, elle devenait si aiguë qu'elle empêchait à présent Nikki de mettre un pied devant l'autre.

— Courage, on y est presque. Il faut qu'on se trouve un abri pour la nuit.

— Sais-tu seulement où tu nous emmènes ?

Vexé, il lui demanda si elle avait un plan.

— Non, admit-elle.

— Alors, fais-moi confiance.

Il lui tendit la main pour l'aider à se relever, lui offrit son bras, et ils avancèrent clopin-clopant jusqu'au boulevard Bourdon.

— On est encore en bord de Seine ? s'étonna-t-elle.

— Presque, répondit-il.

Ils traversèrent la rue pour se retrouver le long d'un quai en pierre blanche. Nikki se pencha. Une longue promenade de plus de cinq cents mètres courait le long de l'eau.

— On est où, exactement ?

— Au port de plaisance de l'Arsenal. Entre le canal Saint-Martin et la Seine.

— Et tu sors cet endroit de ton chapeau, comme ça ?

— J'ai lu un article dans le magazine touristique qui se trouvait dans l'avion. J'ai retenu son nom parce que c'est aussi celui d'une équipe de football anglaise que supporte Camille.

— Tu as un bateau amarré ? l'asticota-t-elle.

— Non, mais on peut en trouver un. Enfin, sauf si tu as trop mal pour escalader cette barrière...

Elle le regarda et ne put s'empêcher d'esquisser un sourire malgré la gravité de la situation. Lorsqu'ils étaient tous les deux dans cet état d'esprit, elle se sentait invincible.

La grille devait mesurer un mètre cinquante. Une

large pancarte en bois rappelait que l'accès au port était interdit au public de 23 heures à 6 heures du matin et qu'un gardien et son chien effectuaient des rondes toute la nuit.

— Tu penses que c'est quelle race de chien ? Plutôt caniche ou pitbull ? s'amusa-t-elle en s'agrippant au portail.

Elle franchit le portillon avec difficulté et il la suivit sur les quais. Étonnamment calme, le site comptait plus d'une centaine de postes d'amarrage comprenant des embarcations de toutes tailles, depuis la *boat house* la plus luxueuse jusqu'au vieux rafiot à rafraîchir. La disposition des navires rappela à Nikki les canaux d'Amsterdam qu'elle avait découverts lorsqu'elle était mannequin.

Ils parcoururent le quai, scrutant attentivement les bateaux.

— Bon, je te rappelle qu'on n'est pas là pour faire une acquisition, s'impatienta Sebastian. On veut juste dormir quelques heures.

— Celui-ci n'a pas l'air mal, non ?

— Trop luxueux. Je te parie qu'il est équipé d'une alarme.

— Celui-là, alors.

Elle désigna un petit tjalk, une « péniche hollandaise » longue d'une douzaine de mètres, à la coque étroite et à la proue en parfait arc de cercle.

313

Sebastian plissa les yeux. Toutes les embarcations alentour semblaient désertes. On distinguait un panneau « À vendre » placardé sur la vitre du bateau. Effectivement, celui-ci semblait parfait. Sebastian sauta sur le pont et, avec une aisance qui sidéra Nikki, balança un violent coup de pied qui fit exploser la porte en bois de la timonerie.

— On dirait que tu as fait ça toute ta vie, constata-t-elle en le rejoignant. J'ai du mal à croire qu'il y a deux jours tu bichonnais encore des violons dans ton atelier…

— On n'est plus à ça près, non ? Je dois être recherché pour meurtre sur deux continents, sans compter un délit de fuite, une affaire de trafic de drogue, l'agression d'un capitaine de bateau-mouche…

— C'est ça, on est Bonnie and Clyde ! se moqua-t-elle en pénétrant dans la barque.

De la timonerie, on accédait au salon organisé autour de deux banquettes. Le tjalk était une ancienne péniche de fret reconvertie en bateau de plaisance. La décoration intérieure était sommaire, mais plutôt accueillante à condition d'aimer le style « vieux loup de mer » : drapeaux de corsaire, maquettes de navires en bouteille, lampes à pétrole, cordages…

Du salon, ils gagnèrent le couchage de la cabine

arrière. Après avoir inspecté la propreté des draps, Nikki se laissa tomber sur le lit. Visiblement, son entorse lui faisait souffrir le martyre. Sebastian empila deux oreillers au pied de la couchette et l'aida à maintenir sa cheville surélevée.

— Je reviens.

À l'avant du bateau, il découvrit une petite cuisine équipée, isolée par une porte à claire-voie. Par chance, le réfrigérateur fonctionnait. Il vida les deux bacs à glaçons dans un sac en plastique avant de revenir dans la chambrette.

— C'est froid ! cria Nikki alors qu'il appliquait la glace sur la zone endolorie.

— Arrête de faire ta chochotte ! Ça va réduire l'enflure.

Presque instantanément, la glace soulagea en effet la douleur. Nikki profita de ce répit pour attraper son sac et en sortir le *love lock*.

— Examinons ce cadenas plus attentivement.

Le boîtier métallique n'avait rien de particulier hormis les autocollants et deux séries de chiffres gravées l'une sous l'autre.

48 54 06
2 20 12

— Je n'en peux plus de ces énigmes à la *Da Vinci Code* ! s'énerva Sebastian.

— Après tout, c'est peut-être Dan Brown qui a enlevé Jeremy ! plaisanta Nikki pour détendre l'atmosphère.

Nikki était comme ça. Elle avait volontiers recours à l'humour pour surmonter les situations les plus graves. C'était chez elle une seconde nature. Mais Sebastian n'était pas d'humeur. Il la foudroya du regard avant de proposer :

— Pourquoi pas un numéro de téléphone ?

— Avec le préfixe 48 ? Ça m'étonnerait. En tout cas, ça ne correspond ni aux États-Unis ni à la France.

— Je ne sais pas si l'information est remontée jusqu'à toi, mais il y a d'autres pays dans le monde.

Emporté par son élan, il sortit dans le salon. Au milieu du fatras, il trouva un annuaire téléphonique poussiéreux qu'il rapporta dans la chambre.

— 48 correspond à l'indicatif international de la Pologne, lut-il.

Nikki fut immédiatement gagnée par l'excitation et l'inquiétude. La Pologne : son pays d'origine…

— Il faut qu'on essaie d'appeler le numéro !

Mais comment procéder ? Sebastian s'était fait voler son téléphone, Nikki venait de se débarrasser du sien pour ne pas être repérée.

— Il me reste ma carte de crédit, remarqua-t-elle en agitant le petit rectangle plastifié.

Ses yeux étaient brillants de fatigue. Sebastian posa la main sur le front de Nikki. Elle était brûlante de fièvre.

— On essaiera d'appeler demain matin depuis une cabine publique, décida-t-il. À présent, tu dois te reposer.

Il fit un détour par la salle de bains, attrapa une boîte d'Ibuprofen et en donna une gélule à Nikki tandis qu'elle s'endormait en marmonnant. Puis il mit en marche le petit chauffage d'appoint posé au pied du lit et éteignit la lumière, avant de s'éclipser par les portes battantes.

Le frigo était vide, à l'exception d'un pack de yaourts périmés et d'une dizaine de bouteilles de Mort Subite. Sebastian décapsula une bière et sortit la boire sur le pont.

Le port était silencieux. Intemporel. Une enclave retranchée à quelques centaines de mètres seulement de l'agitation de la place de la Bastille. Sebastian s'assit par terre, le dos appuyé contre le bois de la coque. Il allongea ses jambes, prit une gorgée et reposa le cadenas dans le sac de Nikki. Il y trouva un paquet de cigarettes. Il en alluma une et profita de l'occasion pour fouiller dans le portefeuille de son ex-femme. Comme il s'y attendait, il en sortit une photo récente de leurs enfants.

Camille et Jeremy étaient des jumeaux dizygotes. Bien que nés le même jour, difficile de repérer un air de famille tant Camille était une Larabee et Jeremy un Nikovski. C'était frappant. Camille ne ressemblait pas à sa mère. Elle était jolie, mais avec une bouille plus ronde, des fossettes, un nez retroussé et des traits doux. Jeremy, lui, avait hérité de l'ascendance polonaise de Nikki. Une beauté froide, comme inaccessible, un corps élancé, des cheveux raides, un nez bien dessiné, des yeux très clairs. Une ressemblance qui s'était affirmée avec l'âge et qui mettait Sebastian mal à l'aise.

Il tira une longue bouffée de sa cigarette en se remémorant ce que lui avait reproché Nikki deux heures plus tôt. Avait-il égoïstement privilégié son amour-propre au détriment de l'amour de ses enfants ? Sans doute les choses n'étaient-elles pas aussi tranchées, mais elles n'étaient pas fausses.

Toutes ces années, obnubilé par ses propres blessures, il avait cherché inconsciemment à se venger de Nikki. Animé par la rancune, il avait désiré la punir, lui faire payer l'échec de leur couple puis leur séparation. Mais c'est à ses enfants qu'il avait sans doute fait le plus de mal. Cette volonté de séparer de façon étanche l'éducation des jumeaux était absurde et irresponsable. Certes, il ne le découvrait pas aujourd'hui, mais, jusque-là, il s'était toujours trouvé de bonnes raisons pour justifier son comportement.

À la lumière de la lune, Sebastian fixait intensément la photo de son fils. Leur relation était floue, distante, minée par une foule de malentendus. Il l'aimait bien sûr, mais d'un amour un peu abstrait qui manquait de chaleur et de complicité.

C'était en grande partie sa faute. Il n'avait jamais porté sur son fils un regard bienveillant. Il le comparait sans cesse à Camille et la compétition n'était jamais à l'avantage de Jeremy. Trop vite, il l'avait considéré avec méfiance. Un peu comme une cause perdue d'avance. Même si cela n'avait aucun sens, il s'imaginait que Jeremy ne pouvait que le décevoir puisque sa mère, à qui il ressemblait tant, l'avait déçu avant lui.

Ces derniers temps, lorsqu'ils se voyaient, ils ne partageaient plus rien. Sebastian traînait parfois son fils à une exposition ou à un récital de violon, mais c'était pour mieux se désoler de son manque d'intérêt pour ces sorties. Ce qui était injuste puisqu'il n'avait pas vraiment pris le temps de l'intéresser à l'art ou à la musique classique.

En fouillant sa chambre avec Nikki, il avait été surpris de découvrir les rayonnages de livres consacrés au septième art. Sans doute par peur de ses sarcasmes, Jeremy ne lui avait jamais parlé de son désir d'intégrer une école de cinéma, ni de son projet de devenir réalisateur. C'est vrai qu'il n'avait pas su lui donner confiance dans ses choix...

Sebastian termina sa bouteille en observant de loin la colonne de la Bastille qui brillait dans la nuit.

Était-il encore temps de rattraper ses maladresses et ses erreurs ? De renouer un dialogue avec son fils ? Peut-être, mais, pour cela, il fallait d'abord qu'il le retrouve.

Il alluma une autre cigarette avec son mégot et prit la décision de ne pas attendre le lendemain pour explorer la piste du numéro de téléphone polonais. Après s'être assuré que Nikki s'était endormie, il s'empara du cadenas et le mit dans sa poche.

Puis il quitta le bateau en sautant sur le quai.

40

Reste-t-il encore une cabine téléphonique à Paris ? se demanda Sebastian en remontant le boulevard qui surplombait le port.

Il crut d'abord en sa bonne étoile en apercevant la silhouette d'aluminium et de verre typique des cabines de la capitale, mais sa joie fut de courte durée. L'habitacle était vandalisé et le combiné arraché.

Il arriva place de la Bastille, mais ne s'y attarda pas : deux cars de CRS stationnaient devant l'Opéra.

Il repéra une nouvelle cabine au début de la rue du Faubourg-Saint-Antoine, mais, là encore, elle était inutilisable. Un SDF avait pris ses quartiers à l'intérieur et dormait sous des couvertures et des cartons.

Sebastian continua sa quête en descendant la

rue en direction du métro. Juste avant la station Ledru-Rollin, il trouva enfin un appareil en état de marche.

Il inséra la carte bancaire de Nikki et composa le numéro gravé sur le cadenas :

48 54 06 2 20 12

« Bonjour. Orange vous informe que le numéro demandé n'est pas attribué. »

Il réfléchit quelques secondes et lut les indications affichées dans la cabine. S'il voulait appeler à l'étranger, il devait d'abord composer le 00 suivi de l'indicatif du pays. Il essaya donc à nouveau :

00 48 54 06 2 20 12

« Bonjour. Orange vous informe que le numéro demandé n'est pas attribué. »

Ils avaient fait fausse route. En croyant reconnaître l'indicatif polonais, ils s'étaient enflammés, mais l'inscription n'était pas un numéro de téléphone. C'était autre chose.

Mais quoi ?

En retirant la carte de la fente, Sebastian eut la tentation d'appeler Camille. Il était 1 heure du matin à Paris, soit 19 heures sur la côte Est.

Il hésita.

Après le meurtre de Drake et du Maori, on avait manifestement lancé un mandat de recherche contre lui. Il y avait donc des chances que le téléphone de sa fille soit sur écoute. Mais peut-être pas celui de sa mère à lui. Il soupira. De toute façon, les flics savaient déjà qu'ils étaient en France. Pourraient-ils localiser la cabine ? Peut-être, puisqu'il avait utilisé une carte de crédit. Sûrement, même. Mais cela prendrait du temps. D'ici là, Nikki et lui auraient déjà quitté le port de l'Arsenal.

Il décida donc de tenter le coup et composa le numéro de sa mère dans les Hamptons. Elle répondit à la deuxième sonnerie.

— Mais où es-tu, Sebastian ? La police est venue m'interroger cet après-midi et…

— Ne t'inquiète pas, maman.

— Bien sûr que je m'inquiète ! Pourquoi disent-ils que tu as tué ces deux personnes ?

— C'est compliqué…

— C'est encore à cause de Nikki, n'est-ce pas ? Je n'ai jamais aimé cette femme, tu le sais ! Dans quoi t'a-t-elle encore entraîné ?

— On parlera de ça un autre jour, si tu veux bien…

— Et Camille ? Où est-elle ? La police la recherche elle aussi.

323

Sebastian sentit une bouffée d'angoisse le submerger. Il eut du mal à desserrer la mâchoire pour demander :

— Camille, mais elle est chez toi, non ? Elle a pris le train hier après-midi pour te retrouver !

Des palpitations violentes oppressaient son cœur. Avant même qu'elle n'ouvre la bouche, il avait deviné la réponse de sa mère :

— Non, Sebastian. Camille n'est pas avec moi. Elle n'est jamais venue me voir.

Troisième partie

Les mystères de Paris

« Le temps, il le sait désormais, ne guérit rien. Le temps n'est qu'une fenêtre par laquelle on peut voir ses erreurs, car ce sont semble-t-il les seules choses dont on se souvient clairement. »

R. J. ELLORY, *Vendetta*

41

7 heures du matin.

La température s'était rafraîchie.

À l'angle de la rue des Lilas et de la rue de Mouzaïa, le petit bar venait de lever son rideau de fer. Les chaises étaient encore sur les tables, la machine à café se réveillait difficilement et le chauffage peinait à répandre sa chaleur dans la salle. Tony, le patron, étouffa un bâillement avant d'apporter le petit déjeuner à sa cliente la plus matinale.

— Voilà pour vous, cap'taine.

Installée sur une banquette devant son ordinateur portable, Constance le remercia d'un signe de tête.

Pour se réchauffer, la jeune flic posa ses doigts sur les bords de sa tasse.

Vexée par son échec, elle avait passé la nuit plongée dans le dossier des Larabee avec en fond sonore les grésillements des fréquences radio de la police. Pendant des heures, elle avait épluché tous les documents en sa possession, en quête d'un indice qui l'aiderait à remonter la piste du couple d'Américains. Elle n'avait rien trouvé, et ses collègues n'avaient pas été plus efficaces : malgré la diffusion de leur signalement, les deux New-Yorkais n'avaient été repérés nulle part.

Sorbier, son patron, l'avait appelée aux aurores pour lui passer un sacré savon. Elle avait accepté la réprimande sans broncher. Sa maladie n'excusait pas tout. Sur ce coup, elle était impardonnable. Elle dont les états de service étaient irréprochables avait péché par excès de confiance, sous-estimant son adversaire comme la plus naïve des débutantes. Drôle de façon d'inaugurer ses galons de capitaine. Larabee et son ex-femme avaient certes eu de la chance, mais ils avaient fait preuve d'initiative et de sang-froid. Des qualités dont elle avait cruellement manqué.

Constance était la seule femme de l'équipe réduite d'enquêteurs de la BNRF, la Brigade nationale de recherche des fugitifs. Souvent comparée aux marshals américains, cette unité d'élite, spécialiste de la traque des criminels en cavale, était unique en Europe.

Issue de la PJ, Constance était une flic chevronnée.

Elle s'était démenée des années durant pour intégrer ce service. Son métier était sa raison de vivre. Elle y avait brillamment réussi, apportant des contributions déterminantes à l'arrestation de plusieurs fugitifs « célèbres » recherchés pour des condamnations lourdes ou des évasions spectaculaires. Des Français pour la plupart, mais également des étrangers sous le coup de mandats d'arrêt internationaux. Elle prit une longue gorgée de café, mordit dans un croissant et se remit au travail. Elle avait perdu la première manche, mais elle était bien décidée à remporter la suivante.

Branchée sur la connexion Wi-Fi de Tony, Constance glana quelques informations complémentaires sur Internet. Le nom de Sebastian Larabee était assez présent sur la Toile. Dans son domaine, c'était une véritable star. Elle cliqua sur un lien qui la renvoya au portrait que le *New York Times* avait fait de lui deux ans plus tôt. Le papier était titré : « L'homme aux mains d'or ». Doté d'une oreille hors du commun et d'un savoir-faire remarquable, le luthier était, d'après l'article, capable de fabriquer des violons exceptionnels qui, lors des tests à l'aveugle, battaient les stradivarius sur leur propre terrain. Les propos de Larabee étaient passionnants, truffés de détails insolites sur l'histoire de la lutherie et la relation passionnelle qui unissait certains violonistes à leur instrument. Plusieurs clichés illustraient l'article. On y voyait Larabee posant dans son atelier, vêtu de façon très élégante. En regardant les photos, on avait du mal à l'imaginer dans un bar sordide de Brooklyn en train d'égorger un trafiquant de drogue...

Constance réprima un bâillement et fit quelques exercices d'étirement. Jusqu'à présent, elle était parvenue à maintenir la fatigue et la paralysie à distance. Tant qu'elle était « branchée » sur son enquête, elle se sentait protégée, mais il fallait qu'elle s'accroche, qu'elle reste sous pression, qu'elle avance.

Elle ferma les yeux pour mieux se concentrer. Où Larabee et son ex-femme avaient-ils passé la nuit ? Ils avaient la police aux trousses, fini le confort des hôtels de luxe et les dîners sur les péniches. Tôt ou tard, ils seraient rattrapés. Tôt ou tard, ils manqueraient d'argent, d'aide, de contacts. La cavale, c'était l'enfer, surtout pour des gens qui n'étaient pas des criminels endurcis. En temps normal, Constance ne se serait pas inquiétée. Comme une araignée, il lui aurait suffi de tisser ses fils et de guetter l'erreur. Le flair et la chance étaient importants, mais c'étaient surtout la patience et l'abnégation qui permettaient de résoudre ce type d'affaires. Donc le temps. Le meilleur allié de ceux qui traquaient les fugitifs. Mais le temps était justement ce qui lui manquait. Et il fallait qu'elle les coince *aujourd'hui*.

En théorie, la BNRF pouvait solliciter la coopération des autres services de police et de gendarmerie pour mettre en place très rapidement des écoutes, procéder à des filatures et avoir un accès immédiat à tous les éléments relatifs à l'enquête. Mais les dossiers internationaux étaient plus difficiles à traiter. Les informations transmises par le pays d'origine étaient souvent parcellaires et n'arrivaient qu'au compte-gouttes.

En consultant le dossier, elle remarqua que les investigations new-yorkaises avaient été principalement menées par le lieutenant Lorenzo Santos du 87ᵉ *precinct* de Brooklyn. Elle regarda sa montre. Il était 2 heures du matin à New York. Trop tard pour appeler Santos. À moins que...

Elle décida de tenter sa chance, contacta le standard du commissariat et demanda, dans un anglais quasi parfait, le poste du lieutenant :

— Santos, répondit une belle voix grave.

Coup de bol.

À peine Constance avait-elle décliné son grade que l'officier new-yorkais lui demandait des nouvelles de son enquête. Le mec était de la même race qu'elle : un chasseur qui ne vivait que par son métier. Il se désola lorsque Constance lui expliqua que les Larabee étaient encore en fuite et lui posa une multitude de questions sur l'avancée de ses recherches. Constance en profita pour lui exposer l'objet de sa démarche. Elle aurait aimé consulter les derniers relevés de téléphone et de comptes bancaires de Sebastian Larabee.

— Ces pièces sont en ma possession, confirma Santos. Faites-moi une demande officielle, je vous les transmettrai.

— C'est maintenant qu'il me les faut ! insista-t-elle.

Pour le décider, elle lui donna l'adresse de sa boîte mail, mais il raccrocha sans rien promettre.

La jeune capitaine eut juste le temps de terminer sa viennoiserie et de commander un autre café qu'un tintement mélodieux lui signalait l'arrivée d'un nouveau courrier électronique.

Santos n'avait pas perdu de temps.

— Tu as une imprimante, Tony ? demanda-t-elle en téléchargeant les données.

42

— Nikki, réveille-toi !

— Hum…

— Je t'ai laissée dormir le plus possible, mais il faut que nous partions.

Sebastian souleva l'un des sabords coulissants qui protégeaient la cabine de la lumière du jour.

— Il commence à y avoir beaucoup de monde sur le quai, la pressa-t-il. Tiens, je t'ai trouvé des vêtements de rechange.

Nikki émergea brutalement de son sommeil. Elle se mit debout et esquissa quelques pas.

— Ton entorse va mieux ? s'inquiéta-t-il.

Elle acquiesça de la tête. Sa cheville avait désenflé. Si la douleur était encore présente, elle était de nouveau supportable.

— Comment t'es-tu procuré ça ? demanda-t-elle en découvrant les habits pliés sur la chaise.

— Je les ai piqués sur le pont d'un bateau. Et s'il te plaît, ne me dis pas que ce n'est pas ta taille ou que la couleur ne te convient pas !

Elle enfila le jean brut, le pull à col roulé et la paire de baskets. Effectivement, rien ne lui allait vraiment. Elle se mordit la langue, mais ne put s'empêcher de s'exclamer :

— Tu me vois vraiment porter du 42 ?

— Il n'y avait pas trop le choix ! s'exaspéra-t-il. Excuse-moi de ne pas être passé par l'avenue Montaigne !

Il l'attrapa par la main et l'entraîna hors de la péniche.

L'air était sec et frais. Le ciel limpide qui brillait d'un bleu vif leur rappela celui de Manhattan.

— Arrête de me tirer par le bras !

— Il faut qu'on s'éloigne au plus vite. Cette nuit, j'ai utilisé ta carte bancaire pour téléphoner. Mon appel a peut-être été repéré.

Alors qu'ils parcouraient la rue Saint-Antoine, il lui raconta ses investigations nocturnes : la fausse piste du numéro de téléphone polonais, et surtout la disparition de Camille qui n'était jamais arrivée chez sa grand-mère.

Lorsqu'elle apprit la disparition de sa fille, Nikki eut une crise de panique. Incapable de respirer normalement, elle figea sa course en plein milieu du trottoir. L'un de ses bras se raidit, sa main se crispa. Des gouttes de sueur perlèrent sur son front avant de dégouliner le long de son cou. Une boule se formait dans sa gorge, menaçant de l'étouffer et provoquant une succession de palpitations qui la firent suffoquer.

— Je t'en supplie, ne craque pas maintenant, l'implora Sebastian. Respire, Nikki. Calme-toi.

Mais rien n'y faisait. Emportée par la crise de spasmophilie, secouée par des hoquets de plus en plus violents, Nikki menaçait de s'effondrer en pleine rue. Sebastian abattit alors sa dernière carte. Il la saisit fermement par les épaules.

— Regarde-moi, Nikki. Calme-toi. Je sais à quoi correspondent les chiffres sur le cadenas. Tu comprends ? J'ai trouvé à quoi correspondent les chiffres !

43

Nikki ayant besoin de reprendre des forces, ils s'étaient installés, un peu imprudemment, dans la salle d'un café de la rue Vieille-du-Temple. En plein cœur du Marais, l'endroit était déjà bien animé malgré l'heure matinale.

Sebastian compta une par une les quelques pièces de monnaie que contenait le portefeuille de Nikki. Hier soir, elle avait changé 50 dollars à la gare du Nord, mais ils lui avaient servi à payer le taxi jusqu'au pont de l'Alma. Pour toute fortune, il ne leur restait plus à présent que 6 malheureux euros. Tout juste suffisant pour se partager un café au lait et une tartine beurrée.

— Tu as de quoi écrire ?

Nikki fouilla dans son sac et trouva un stylo-plume au corps fuselé, incrusté de fines lames de nacre. Sebastian reconnut l'un de ses anciens cadeaux, mais s'abstint de toute remarque.

Sur la nappe en papier, il recopia les deux séries de chiffres telles qu'elles se présentaient sur le cadenas.

48 54 06
2 20 12

— J'aurais dû y penser plus tôt, regretta Sebastian. C'était pourtant évident.

— Qu'est-ce qui était évident ?

— Degrés, minutes, secondes… scanda-t-il.

— Bon, tu arrêtes de prendre tes airs mystérieux et tu m'expliques !

— Il s'agit simplement de coordonnées géographiques exprimées en système sexagésimal…

— Ça t'amuse de jouer au professeur ?

— … autrement dit, la latitude et la longitude, termina-t-il en complétant son schéma.

Latitude : N 48 54 06
Longitude : E 2 20 12

Elle digéra l'information et posa la question qui s'imposait :

— Et à quel lieu correspondent ces coordonnées ?

— Ça, je n'en sais rien, reconnut-il, soudain un peu refroidi. Il faudrait les rentrer dans un GPS.

338

Elle laissa passer quelques secondes puis proposa :

— Tu te sens capable de voler une voiture ?

Il haussa les épaules.

— Je crois qu'on n'a pas le choix.

Ils terminèrent leur café au lait jusqu'à la dernière goutte et quittèrent la banquette.

En traversant la salle pour sortir du bar, Sebastian remarqua une table vide sur laquelle un client avait abandonné son journal. Le cliché en première page attira son attention. Il déplia le quotidien, la peur au ventre. Sa photo faisait la Une du *Parisien* ! Un vidéaste amateur avait dû filmer la scène du « détournement » du bateau-mouche. Sebastian fixait l'image du « malfaiteur » comme s'il s'agissait d'un autre. C'était pourtant bien lui, armé d'un couteau, qui menaçait le capitaine du navire. La légende du journal ne laissait d'ailleurs aucun doute :

TERREUR SUR LA SEINE !

Une soirée idyllique a tourné hier soir au cauchemar lorsqu'un couple de fugitifs américains a pris en otage le capitaine d'une péniche sur laquelle dînaient deux cents personnes. (Photos et témoignages en page 3.)

— Qui sait, peut-être qu'un jour on en rigolera, glissa Nikki.

— Je crains que ce ne soit pas avant très longtemps. On est à la recherche de nos deux enfants, maintenant.

Ils marchaient sur le trottoir de la rue de Rivoli, en direction de la place de l'Hôtel-de-Ville.

— Bon, je prends le commandement des opérations ! lança Nikki.

— Pourquoi ? Tu es une spécialiste du vol de voiture ?

— Non, mais moi aussi je veux avoir ma photo dans *Le Parisien*.

Ils se postèrent devant le passage piétons qui menait au bâtiment de la mairie du 4e arrondissement. Ils laissèrent passer plusieurs feux. Nikki guettait la proie parfaite. Qui se présenta en la personne d'un quinquagénaire légèrement dégarni et enrobé, au volant d'une berline allemande dernier modèle.

— Tu me laisses faire, mais tu te tiens prêt à agir.

Le feu était rouge pour les automobilistes. Nikki prit un air dégagé, puis avança de quelques mètres sur les clous avant de tourner subitement la tête

340

vers le conducteur. Son beau visage s'éclaira alors d'une lumière aussi soudaine qu'inattendue.

— Hello ! lança-t-elle à l'homme en lui faisant un signe de la main.

Il fronça légèrement les sourcils, se retourna pour être certain que c'était bien lui qu'on interpellait et coupa le son de son autoradio. Elle avança vers lui et se posta au niveau de la portière.

— *I didn't expect to run into you here*[1] *!* fit-elle en le regardant dans les yeux.

L'homme baissa la vitre, persuadé d'être pris pour un autre.

— *I think you have mistaken me for someone else*[2]...

— *Oh, don't be silly ! You mean you don't remember me*[3] *?*

Le feu passa au vert.

L'homme hésita. Quelqu'un klaxonna derrière lui. Il avait du mal à détacher ses yeux de cette jeune femme qui le regardait comme un dieu de l'Olympe. Depuis quand ne lui avait-on plus jeté ce regard ?

Sebastian observait la scène de loin. Il savait

1. « C'est incroyable de te revoir ici ! »
2. « Je crois que vous me confondez avec... »
3. « Tu plaisantes ? Ne me dis pas que tu ne te souviens pas de moi ! »

que Nikki avait ce don. Il suffisait qu'elle arrive quelque part pour que tout le monde se retourne sur son passage. Elle rendait les femmes jalouses et déstabilisait les hommes. Comme ça, sans rien dire, sans rien faire. Un mouvement à peine perceptible de la tête, quelques paillettes dans les yeux, un début d'étincelle qui permettaient aux « chasseurs » de croire qu'ils avaient toutes leurs chances.

— Attendez, je me gare un peu plus loin, décida le conducteur.

Nikki lui adressa un sourire de connivence, mais, dès que la voiture s'avança, elle fit un signe à Sebastian qui voulait dire : « À présent, à toi de jouer ! »

Plus facile à dire qu'à faire... pensa-t-il en se rapprochant de la berline qui venait de se garer dans un petit renfoncement pavé de la place Baudoyer. L'homme sortit de sa voiture et la verrouilla d'un clic. Sebastian se rua sur lui et le bouscula violemment pour le faire trébucher.

— Pardon, monsieur, dit-il en se penchant pour s'emparer des clés.

Il déverrouilla les portières et laissa Nikki s'installer au volant.

— Monte vite ! cria-t-elle.

Sebastian restait figé, inquiet de la puissance du coup porté à cet inconnu dont le seul tort avait été de croiser leur route au mauvais endroit, au mauvais moment.

— Je suis vraiment confus, s'excusa-t-il encore en vérifiant qu'il ne l'avait pas assommé. Croyez bien que c'est un cas d'urgence et que nous prendrons bien soin de votre...

— Mais tu te grouilles ! hurla Nikki.

Il ouvrit la portière et s'assit à côté d'elle au moment où elle mettait les gaz avant de tourner rue des Archives.

Tandis qu'ils traversaient le 4e arrondissement, Sebastian alluma le navigateur GPS. Après une rapide prise en main de l'appareil, il entra les coordonnées figurant sur le cadenas :

Latitude : N 48 54 06
Longitude : E 2 20 12

Puis bascula du système sexagésimal vers le système GPS.

Pourvu que je ne me sois pas trompé, pria-t-il alors que le logiciel digérait les données.

Tout en regardant la route, Nikki jetait de fréquents coups d'œil à l'écran. Rapidement, un point de destination clignota, bientôt suivi d'une adresse : 34 *bis*, rue Lécuyer à Saint-Ouen !

Ils furent soudain gagnés par l'excitation. L'endroit était tout proche. À six ou sept kilomètres seulement d'après le navigateur !

Nikki accéléra en quittant la place de la République.

Vers quel nouveau péril les conduisait-on ?

44

— Tony, un autre double espresso, lança Constance.

— Vous en avez déjà bu trois, capitaine…

— Et alors ? Tu ne vas pas t'en plaindre ! À moi seule, je représente la moitié du chiffre d'affaires de cet établissement !

— Ce n'est pas faux, admit le bistrotier.

— Et apporte-moi une brioche au sucre aussi.

— Désolé, je n'ai que des croissants.

— Ils sont rassis, tes croissants, alors tu vas te sortir les doigts du…

— OK, OK, capitaine… Pas la peine d'être vulgaire. Je vais vous acheter une brioche à la boulangerie.

— Rapporte-moi aussi un pain aux raisins tant que tu y es. Et prends-moi le journal.

Tony enfila sa veste et sa casquette en soupirant.

— Rien d'autre, madame la marquise ?

— Tu ne veux pas remonter le chauffage ? On se les gèle ici.

Alors qu'il s'exécutait, Constance passa derrière le comptoir avec son ordinateur sous le bras.

— Je te garde la boutique.

— Vous allez vous en sortir toute seule en cas d'afflux de clients ? douta Tony.

Elle leva les yeux de son écran et balaya la salle du regard.

— À part moi, tu vois beaucoup de personnes dans ce café ?

Vexé, Tony esquissa une moue contrariée et partit sans demander son reste.

Restée seule, Constance changea de station de radio pour écouter le journal de France Info. À la fin du flash, la journaliste évoqua brièvement la tentative de prise d'otages, la veille au soir, sur une péniche de la Compagnie des croisières parisiennes.

« Considérés comme très dangereux, les deux fugitifs sont activement recherchés par les forces de police. »

Constance s'activait, en effet. Elle avait imprimé les listings que lui avait envoyés Lorenzo Santos, son homologue de la police new-yorkaise. Armée d'un surligneur et d'un stylo, elle pointait et annotait les appels téléphoniques de Larabee et les mouvements de fonds qui lui paraissaient suspects.

Elle eut confirmation de ce que lui avait dit la logeuse du *Grand Hôtel de la Butte*. Apparemment, Sebastian Larabee y avait bien réservé une suite une semaine plus tôt. Mais était-ce vraiment lui qui avait effectué le virement ? Rien n'était plus facile que de pirater les numéros inscrits sur une carte bancaire. N'importe qui dans son entourage aurait pu réaliser l'opération. Mais dans quel but ? Constance aurait aimé avoir accès aux relevés bancaires et aux appels de Nikki Nikovski, mais Santos ne lui avait transmis que des documents se rapportant à Larabee. En un sens, ce n'était pas anormal, puisque c'était lui qui était visé par le mandat d'arrêt.

Elle porta la tasse à sa bouche pour boire son café avant qu'il ne refroidisse, mais la reposa brusquement. Une ligne du relevé bancaire de Sebastian venait d'attirer son attention. Un virement *PayPal* daté de la semaine dernière. Une somme de 2 500 euros au profit du luthier. Elle tourna frénétiquement les pages du listing. Santos avait fait le travail jusqu'au bout : grâce au numéro de transaction, il était parvenu à remonter à l'origine du paiement. Une banque française, une agence de la BNP de Saint-Ouen qui avait versé les fonds pour le compte de son client : la librairie *Des Fantômes et des Anges*.

Constance tapa le nom de la bouquinerie sur Google map. Située au 34 *bis*, rue Lécuyer à Saint-Ouen, c'était une librairie spécialisée dans la revente de livres rares et d'occasion.

D'un mouvement sec, elle referma son ordinateur, rassembla ses papiers, fourra le tout dans sa sacoche et sortit en trombe du café.

Tant pis pour la brioche au sucre...

45

La berline montra ses premiers signes de faiblesse au niveau de la porte de Clignancourt. Alors que Nikki et Sebastian s'engageaient sur les boulevards des Maréchaux, les clignotants de la voiture s'allumèrent subitement. Nikki essaya sans succès de les éteindre.

— La qualité allemande, ce n'est plus ce que c'était, ironisa Sebastian pour détendre l'atmosphère.

Pressée d'arriver, Nikki accéléra, plongeant sous le pont du boulevard périphérique pour déboucher dans les rues de Saint-Ouen.

Ils roulaient à présent dans la partie sud du célèbre marché aux puces, mais le paradis des chineurs ne s'animait que le week-end et en cette heure matinale aucun des petits entrepôts de fripes et de meubles n'était encore ouvert. Gardant un œil sur le navigateur GPS, Nikki emprunta la rue Fabre qui longeait le périphérique extérieur. Alors que la voiture dépassait les rideaux de fer tagués des échoppes, l'avertisseur sonore se bloqua soudain et se mit à retentir à tue-tête.

— Qu'est-ce qui se passe ? s'inquiéta-t-elle.

— La bagnole doit être équipée d'un tracker, suggéra Sebastian. J'ai un système de protection identique sur la Jaguar. En cas de vol, un émetteur radio active à distance le klaxon et les warnings.

— On n'avait pas besoin de ça ! Tout le monde se retourne !

— Sans compter que l'alarme va communiquer la position du véhicule aux forces de l'ordre ! Ce n'est pas le moment de se faire ch…

Nikki freina brusquement et monta sur le trottoir. Ils abandonnèrent la voiture qui continuait à hurler et parcoururent près d'un kilomètre à pied avant de rejoindre la rue Lécuyer.

À leur grand étonnement, le numéro 34 *bis* correspondait à l'adresse d'une… librairie. *Des Fantômes et des Anges* était en effet l'annexe parisienne d'une bouquinerie américaine. Sebastian et Nikki poussèrent la porte de la boutique avec un mélange de méfiance et de curiosité.

Sitôt l'entrée franchie, l'odeur si particulière des

vieux livres les projeta dans une autre époque : celle de la Génération perdue et de la *Beat Generation*. De la rue, la librairie donnait l'impression d'être étroite, mais, une fois à l'intérieur, on voyait que ses rayonnages formaient une grande bibliothèque qui courait sur plusieurs dizaines de mètres.

Les livres envahissaient tout. Sur deux étages, des milliers de volumes de toutes tailles tapissaient les murs. Serrés sur des étagères en bois sombre, empilés en colonnes jusqu'au plafond ou exposés sur des présentoirs, les ouvrages grappillaient le moindre espace disponible.

Un parfum de pain d'épice, de cannelle et de thé flottait dans l'air. Le silence n'était troublé que par un air lointain de jazz. Sebastian s'approcha des rayonnages et les parcourut des yeux : Ernest Hemingway, Scott Fitzgerald, Jack Kerouac, Allen Ginsberg, William Burroughs, mais aussi Dickens, Dostoïevski, Vargas Llosa… Le classement obéissait-il à une logique ou n'était-il régi que par la loi du chaos ? L'endroit en tout cas avait une âme. Une atmosphère qui lui rappelait un peu son atelier de lutherie. Même recueillement, même sensation de temps suspendu, de bulle protectrice.

— Il y a quelqu'un ? demanda Nikki en s'avançant.

Au fond du rez-de-chaussée, un espace avait

été aménagé en cabinet de curiosités, qui rappelait l'ambiance des récits de Lovecraft, Poe ou Conan Doyle. Sur quelques mètres carrés, un herbier, un jeu d'échecs sculpté, divers animaux empaillés, une momie et son masque mortuaire, des estampes érotiques et une collection de fossiles essayaient de se ménager une place au milieu des ouvrages reliés. Nikki gratta la tête d'un chat siamois qui s'étirait dans un fauteuil défoncé. Gagnée par l'atmosphère du lieu, elle caressa les touches en ébène et en ivoire jauni d'un vieux piano. On était dans une autre époque, loin d'Internet, des tablettes numériques et des ebooks à prix discount. Un endroit proche d'un musée, mais qui n'avait malheureusement aucun lien avec la disparition de Jeremy. À l'évidence, ils avaient fait fausse route.

Soudain, le plancher craqua à l'étage. Nikki et Sebastian levèrent les yeux dans un même mouvement. Un coupe-papier à la main, un vieux libraire descendit l'escalier branlant qui menait au salon de lecture.

— Je peux vous aider ? demanda-t-il d'un ton bourru.

Stature impressionnante, cheveux roux, visage crayeux : le bonhomme dégageait une impression de puissance, et son allure d'ogre le faisait ressembler à un vieil acteur shakespearien.

— Nous avons dû faire erreur, s'excusa Sebastian dans un français maladroit.

— Vous êtes américains ? demanda l'homme de sa voix rauque.

Il chaussa ses lunettes pour dévisager ses visiteurs.

— Mais je vous connais ! s'exclama-t-il.

Sebastian songea tout de suite à son portrait à la Une du *Parisien*. Prudent, il recula d'un pas et incita Nikki à faire de même.

Avec une vivacité féline qui contrastait avec son poids, le vieil homme bondit derrière son comptoir et fouilla dans un tiroir pour en sortir une photographie.

— C'est vous, non ? demanda-t-il en tendant le cliché à Sebastian.

Ce n'était pas l'article du journal, mais une photo un peu fanée de lui et de Nikki, prise depuis les jardins des Tuileries avec le musée d'Orsay en arrière-plan. Il retourna l'image et reconnut au verso sa propre écriture : *Paris, Quai des Tuileries, printemps 1996*. Le cliché datait de leur premier voyage en France. À cette époque, ils étaient jeunes, amoureux, souriants, et la vie semblait leur tendre les bras.

— Où avez-vous trouvé cette photo ? l'interrogea Nikki.

— Eh bien, dans le roman !

— Quel roman ?

— Celui que j'ai acheté sur Internet il y a quelques jours, expliqua-t-il en se dirigeant vers un présentoir vitré.

Suspendus à ses lèvres, Nikki et Sebastian lui emboîtèrent le pas.

— Une très bonne affaire, continua-t-il. Un vendeur me l'a proposé à même pas la moitié de sa valeur.

Avec précaution, il souleva la protection de verre avant de se saisir d'un volume à l'élégante couverture rose et noir.

— Une édition limitée de *L'Amour aux temps du choléra* de Gabriel García Márquez. Signée par l'auteur. Il n'en existe que trois cent cinquante exemplaires dans le monde.

Incrédule, Sebastian examina l'ouvrage. C'était le cadeau qu'il avait fait à Nikki, après leur nuit dans le petit hôtel de la Butte-aux-Cailles. Après leur divorce, il ne s'était pas montré très beau joueur. Pris d'un besoin de renier son amour, il avait récupéré le livre qui se monnayait à plusieurs milliers de dollars sur les sites de vente en ligne. Mais comment l'ouvrage pouvait-il se retrouver dans cette librairie puisqu'il le gardait chez lui, à Manhattan, protégé dans son coffre-fort ?

— Qui vous a revendu ce livre ?

— Un certain Sebastian Larabee, précisa le libraire après avoir tiré un carnet de la poche de son cardigan. Du moins, c'est ce que mon vendeur m'a affirmé dans son mail.

— C'est impossible : Larabee, c'est moi, et je ne vous ai rien vendu !

— Si c'est le cas, quelqu'un a usurpé votre identité, mais je ne peux rien faire pour vous.

Consternés, Nikki et Sebastian échangèrent un regard abattu. Quel était le sens de cette nouvelle énigme ? Vers quelle piste devaient-ils s'orienter à présent ? Nikki attrapa une loupe sur le comptoir et examina la photo plus attentivement. Le soleil se couchait dans un ciel pourpre. Sur la façade du musée d'Orsay, on distinguait les deux grandes horloges qui indiquaient 6 heures et demie. Une heure, un lieu : le jardin des Tuileries à 18 h 30. C'était peut-être un nouveau rendez-vous...

Elle ouvrit la bouche pour faire part de ses remarques à Sebastian, mais quelqu'un poussa la porte de la librairie. Ils levèrent la tête vers le nouvel entrant. C'était une jeune femme blonde vêtue d'un jean et d'un blouson de cuir.

La flic qui avait cherché à les arrêter la veille sur la péniche...

46

Des Fantômes et des Anges.

Drôle de nom pour une librairie, pensa Constance en poussant la lourde porte en ferronnerie. À peine avait-elle mis un pied dans la boutique qu'elle fut frappée par les murs de livres qui, dès l'entrée, bâtissaient un fascinant labyrinthe de la connaissance. Elle leva la tête en direction des rayonnages et aperçut un groupe de trois personnes. Un vieil homme corpulent au visage mangé par d'épaisses lunettes en écaille discutait près du comptoir avec un couple de clients. Ils échangèrent un regard. Elle eut à peine le temps de les reconnaître que le couple prenait la fuite.

C'étaient les Larabee !

Elle sortit son arme de son étui et s'élança à leur poursuite. La librairie s'étendait en longueur sur plus d'une vingtaine de mètres. Pour couvrir leur échappée, les deux Américains renversaient tout sur leur passage : étagères, présentoirs, bibelots, lampes, échelles, armoires de rangement. La jeune flic sauta par-dessus un canapé, mais ne put éviter le tabouret en bois massif que Nikki lança dans sa direction. *In extremis*, elle couvrit son visage de son coude pour éviter le projectile. Le siège heurta violemment son avant-bras et lui fit lâcher son arme dans un cri de douleur.

La salope ! ragea-t-elle en ramassant son Sig-Sauer.

Au fond du magasin, une porte débouchait sur une courette prolongée d'un jardin en friche. À la suite des Larabee, Constance escalada le muret qui donnait sur la rue Jules-Vallès. Là, elle reprit confiance : elle tenait les fuyards dans sa ligne de mire.

— On ne bouge plus ! hurla-t-elle.

Comme les Américains ignoraient sa sommation, elle tira en l'air pour les effrayer, sans aucun effet. Le soleil était déjà haut dans le ciel. Éblouie, elle plaça sa main en visière au-dessus de son front et aperçut la forme mouvante du couple qui tournait à l'angle de la rue. Constance reprit sa course, bien décidée à arrêter les Larabee par tous les moyens.

Hors d'haleine, elle pénétra l'arme au poing dans le garage Pellissier qui faisait l'angle avec la rue Paul-Bert. Ouvert sur le trottoir, le hangar abritait une dizaine de tuk-tuk. Depuis quelques mois, ces tricycles à moteur, typiques de l'Inde et de la Thaïlande, se multipliaient dans les rues de la capitale, amusant touristes et certains Parisiens. Rangées les unes à côté des autres, les voiturettes exotiques attendaient une révision, un plein de carburant ou une réparation.

— Sortez de là ! cria Constance en s'avançant lentement, le doigt crispé sur la détente.

Plus elle progressait, plus la lumière faiblissait, plongeant l'entrepôt dans l'obscurité. Elle trébucha sur une caisse à outils et faillit perdre l'équilibre. Soudain, un bruit de moteur de mobylette lui fit tourner la tête. Elle braqua son arme vers l'engin, mais le tuk-tuk fonçait droit sur elle. Elle roula par terre et se releva d'un bond. La femme s'était installée au volant et mettait les gaz ! Cette fois, Constance se passa de sommation. Elle tira dans le pare-brise qui vola en éclats, sans pour autant stopper le triporteur. Elle essaya de le prendre en chasse sur une vingtaine de mètres, mais, à pied, la traque était perdue d'avance.

Et merde !

Elle avait garé sa voiture devant la vitrine de la librairie. Elle se rua vers son coupé, se glissa sur le siège en cuir et démarra en trombe. Sur une petite distance, elle remonta l'artère en contresens pour rejoindre la rue Paul-Bert.

Aucune trace des Larabee.

Calme-toi…

Une main cramponnée au volant, l'autre posée sur le boîtier de vitesses, elle s'engagea dans le passage souterrain perpendiculaire au périphérique. Le coupé sortit du tunnel à vive allure pour rejoindre le 18ᵉ arrondissement.

Dans la longue ligne droite de la rue Binet, Constance prit encore de la vitesse et aperçut avec soulagement le tuk-tuk. Lorsqu'elle s'engagea sur le boulevard Ornano, elle savait qu'elle avait fait le plus dur : elle conduisait un bolide tandis que la motocyclette des Larabee se traînait à la vitesse d'un mollusque anémié. Il n'y avait pas photo !

Elle crispa les mains sur le volant et se concentra sur la route. La circulation était fluide et le boulevard avait la largeur des grandes artères haussmanniennes. Constance accéléra pour se porter à hauteur du tuk-tuk. L'engin ressemblait à un scooter avec à l'arrière une banquette protégée par une capote. Nikki était juchée sur le siège avant tandis que Sebastian s'accrochait au toit de la carriole.

Garde ton sang-froid…

Elle dépassa le tricycle pour lui couper

brusquement la route, mais Nikki évita la queue de poisson en se déportant dans le couloir de bus.

Constance lâcha un juron en redressant sa voiture. Elle combla rapidement la distance qui la séparait du triporteur, mais les Larabee grillèrent le feu du carrefour de la place Albert-Kahn. Pour ne pas être semée, elle força le passage, provoquant freinages brusques et concert de klaxons.

Elle rattrapa le tuk-tuk au début de la rue Hemel. L'artère était plus étroite, à sens unique, mais surtout la circulation y était hachée par plusieurs zones de travaux. Barrières, clôtures grillagées, feux temporaires, séparateurs de voies, échafaudages, filets de ravalement : tout se liguait pour ralentir la progression du RCZ.

Engluée dans le trafic, Constance enragea de ne pas avoir de sirène ou de gyrophare. Elle bloqua son klaxon et roula sur le trottoir pour s'extraire d'un début d'embouteillage. Les ouvriers qui travaillaient sur l'un des chantiers l'invectivèrent, mais elle continua à slalomer, mobilisant la puissance de son coupé pour remonter la rue. Elle envisagea de décrocher son téléphone pour demander à Botsaris de lui envoyer des renforts, mais elle y renonça. Sa conduite sportive exigeait toute son attention.

Le tuk-tuk se faufilait entre les véhicules avec agilité, mais il manquait de reprise et la faiblesse de son accélération ne pouvait lui permettre d'échapper au coupé. À nouveau, Constance réussit à se porter à la hauteur du tricycle. Elle croyait tenir les fugitifs lorsqu'elle remarqua la silhouette de Sebastian en train de démonter la capote de toile et de métal.

Il ne va quand même pas...

Alors que Constance prenait conscience du danger, Larabee lâcha le toit décapotable sur son pare-brise.

Attention !

Une jeune femme poussant un landau s'était engagée sur le passage piéton pour traverser. Constance ne la vit qu'au dernier moment. Elle écrasa la pédale de frein et braqua de toutes ses forces, n'évitant la poussette que d'extrême justesse. La voiture fut déportée et mordit lourdement le trottoir. La lame du pare-chocs se détacha d'un côté, contraignant Constance à piler en catastrophe. Elle sortit sur le bitume, retira la capote du tuk-tuk coincée dans ses essuie-glaces et d'un coup de pied arracha la fixation du pare-chocs pour pouvoir repartir.

Décidément, les Larabee avaient de la ressource...

Mais cette résistance la stimulait. Une sorte de jeu du chat et de la souris dont elle sortirait forcément victorieuse : avec sa vitesse de pointe de trente kilomètres/heure, le triporteur ne pourrait pas fuir indéfiniment. Pied au plancher, Constance revint dans le sillage du scooter. Alors que les deux véhicules débouchaient sur la rue Custine, le RCZ percuta l'arrière de la voiturette à l'instant précis où le train touristique de Montmartre arrivait sur sa droite. Nikki perdit le contrôle du tuk-tuk qui à son tour emboutit l'un des wagonnets du convoi. Constance s'arrêta au milieu de la rue et bondit hors du coupé.

Elle sortit son pistolet de la poche de son blouson, joignit les mains autour de la crosse et pointa le canon en direction du triporteur.

— Sortez du véhicule en mettant les mains sur la tête ! cria-t-elle.

Cette fois, elle les tenait.

47

— Faites vite ! ordonna Constance.

Les bras tendus, elle agrippait à deux mains la crosse de son Sig-Sauer. Elle tenait Sebastian Larabee et son ex-femme dans sa ligne de tir.

Elle jeta un rapide coup d'œil circulaire pour évaluer la situation.

À première vue, il n'y avait pas d'enfants dans le train. La collision avait été spectaculaire, mais aucun des passagers n'était resté au sol. Un Japonais se plaignait de l'épaule, une femme se tenait le genou, un ado se massait les cervicales.

Si les blessures étaient légères, la stupéfaction figeait tous les visages.

Plus de peur que de mal.

Le regard de Constance oscillait, passant des Larabee à la scène de l'accident.

Après l'effet de sidération, le choc commençait

à se dissiper. Culture numérique oblige, dès que les gens reprenaient leurs esprits, ils dégainaient leur téléphone portable pour appeler les secours, leur famille ou pour filmer la scène.

Ces réflexes arrangeaient Constance : dans moins d'une minute, elle aurait les renforts qu'elle attendait.

S'approchant de ses prisonniers, la jeune flic sortit une paire de menottes de la poche de son jean. Cette fois, elle ne laisserait pas les Larabee s'échapper. Au moindre mouvement, elle se promit de leur loger une balle dans les jambes.

Elle ouvrit la bouche pour renouveler sa sommation, mais sa mâchoire se figea. Ses bras tendus se mirent soudain à trembler et ses jambes se dérobèrent sous elle.

Non…

La poussée de stress consécutive à la poursuite provoquait une nouvelle crise…

Elle essaya de déglutir et prit appui contre la portière du véhicule pour ne pas s'effondrer. Elle avait le souffle coupé, une barre invisible écrasait sa poitrine et de grosses gouttes de sueur trempaient son visage. Sans lâcher son arme, elle s'essuya le front avec la manche de son blouson et lutta pour ne pas perdre pied. À présent, une nausée brutale lui retournait l'estomac, ses oreilles bourdonnaient, sa vision se troublait.

Elle fit un ultime effort pour s'accrocher à son pistolet, mais le monde autour d'elle vacilla.

Puis tout devint noir et elle s'évanouit.

48

South Brooklyn
Quartier de Red Hook
6 heures du matin

Lorenzo Santos se gara le long du trottoir devant
la façade en brique rouge de l'immeuble de Nikki.
Il éteignit le moteur et attrapa une cigarette dans
la poche de sa veste. Il la coinça entre ses lèvres,
l'alluma, puis ferma les yeux en tirant une première
bouffée. Le goût âcre du tabac brûlé inonda sa
gorge, lui apportant un apaisement qui ne dura pas.
Nerveux, il inhala une nouvelle bouffée de nicotine,
le regard fixé sur le briquet-tempête en or blanc que
lui avait offert Nikki. Il soupesa l'élégant boîtier
rectangulaire orné de ses initiales et paré d'un bel
habillage en cuir d'alligator. Puis, les yeux dans le
vague, il battit le briquet plusieurs fois, s'enivrant
du son métallique libéré à chaque ouverture du
chapeau guilloché.

Que lui arrivait-il ?

Il avait encore passé une nuit blanche à son bureau, prostré, dévoré par l'image de la femme qu'il aimait et qu'il imaginait dans les bras d'un autre. Il n'avait plus eu de nouvelles d'elle depuis vingt-quatre heures et cela le dévastait. Sa passion le consumait, emportant tout sur son passage. Une maladie d'amour qui le rendait fou et le détruisait à petit feu. Il avait conscience que cette femme était toxique, que son influence sur sa carrière et sur son existence risquait de lui être fatale, mais il était pris au piège, terrassé, incapable de faire machine arrière.

Il tira sur sa cigarette jusqu'au filtre, jeta le mégot par la fenêtre, puis sortit de la Ford Crown et s'engouffra dans l'ancienne usine reconvertie en lofts.

Il monta les marches jusqu'à l'avant-dernier étage et ouvrit la porte coupe-feu avec le trousseau qu'il avait récupéré lors de sa dernière visite.

Cette nuit, il avait eu une révélation : s'il voulait garder une chance de récupérer Nikki, il fallait qu'il retrouve son fils. Il devait réussir là où Sebastian Larabee était visiblement en train d'échouer. S'il parvenait à sauver Jeremy, Nikki lui en serait éternellement reconnaissante.

Le jour n'était pas encore levé. Il entra dans le

salon et appuya sur l'interrupteur. L'appartement était glacial. Pour se réchauffer, il se prépara un café, alluma une nouvelle cigarette et monta à l'étage. Pendant un quart d'heure, il fouilla de fond en comble la chambre du gamin, à la recherche d'un indice, mais ne trouva rien de vraiment utile, sauf le téléphone portable que le gosse avait laissé sur son bureau. Il ne l'avait pas remarqué la première fois, mais, à présent, la chose lui semblait singulière. Il connaissait suffisamment l'attachement maladif des ados à leur Smartphone pour s'étonner de cet oubli. Il prit en main l'appareil et profita de l'absence de mot de passe pour naviguer de longues minutes entre les différentes applications de jeux avant d'y trouver quelque chose de plus intéressant : un programme faisant fonction de dictaphone. Curieux, il consulta les archives de l'application pour y découvrir une série de fichiers numérotés qui, dans leur intitulé, portaient un nom récurrent :

DrMarionCrane1
DrMarionCrane2
(...)
DrMarionCrane10

Santos fronça les sourcils. Ce nom ne lui était pas inconnu. Il lança le premier enregistrement et comprit de quoi il s'agissait. Lorsque Jeremy avait comparu au tribunal, le juge avait assorti sa condamnation d'une obligation de suivi psychologique. Marion Crane était la psy qui l'avait pris en charge. Et le gamin avait enregistré ses séances !

Mais dans quel but ? Était-ce un enregistrement pirate ou cela faisait-il partie d'un processus thérapeutique ?

Peu importe, après tout, pensa le flic en haussant les épaules. Dans la position du voyeur, il écouta sans vergogne les « bandes » dans lesquelles l'adolescent dévoilait son intimité familiale.

Docteur Crane : Tu veux bien me parler de tes parents, Jeremy ?

Jeremy : Ma mère est géniale. Elle est toujours de bonne humeur, optimiste et rassurante. Même lorsqu'elle a des soucis, elle ne me le montre pas. Elle fait des blagues, elle est drôle. Elle traite tout par l'humour. Déjà, quand on était enfants, avec ma sœur, elle nous déguisait en personnages de contes et elle montait des spectacles pour nous amuser.

Docteur Crane : Elle est compréhensive, donc ? Tu peux lui parler de tes problèmes ?

Jeremy : Ouais, elle est très cool. C'est une artiste, quelqu'un qui respecte ta liberté. Elle me laisse sortir, elle me fait

CONFIANCE. ELLE CONNAÎT MES MEILLEURS POTES. JE LUI FAIS ÉCOUTER MES COMPOS DE GUITARE. ELLE S'INTÉRESSE À MA PASSION POUR LE CINÉMA...

DOCTEUR CRANE : EN CE MOMENT, ELLE A UN HOMME DANS SA VIE ?

JEREMY : OUAIS, UN FLIC. UN MEC PLUS JEUNE QU'ELLE. SANTOS, Y S'APPELLE. UNE ESPÈCE DE BABOUIN...

DOCTEUR CRANE : TU NE L'AIMES PAS BEAUCOUP, ON DIRAIT ?

JEREMY : Z'ÊTES PERSPICACE...

DOCTEUR CRANE : POURQUOI ?

JEREMY : PARCE QU'À CÔTÉ DE MON PÈRE C'EST UN MINABLE. ET DE TOUTE FAÇON, CETTE RELATION NE DURERA PAS.

DOCTEUR CRANE : COMMENT PEUX-TU EN ÊTRE CERTAIN ?

JEREMY : PARCE QU'ELLE CHANGE DE MEC TOUS LES SIX MOIS. FAUT QUE VOUS COMPRENIEZ QUELQUE CHOSE, DOC : MA MÈRE EST BELLE. VRAIMENT TRÈS BELLE. ELLE A UNE SORTE DE MAGNÉTISME QUI AFFOLE LES MECS. OÙ QU'ELLE AILLE, ÇA NE MANQUE JAMAIS : LES HOMMES LUI TOURNENT AUTOUR AVEC, DANS LE REGARD, UNE LUEUR DE CHASSEUR. J'SAIS PAS POURQUOI, LES MECS DEVIENNENT DINGUES. UN PEU COMME LE LOUP DE TEX AVERY : LA LANGUE PENDANTE, LES YEUX QUI SORTENT DES ORBITES, VOUS VOYEZ LE TRUC, QUOI...

DOCTEUR CRANE : ET ÇA TE GÊNE ?

Jeremy : C'est elle que ça gêne. Enfin, c'est ce qu'elle prétend. Moi, je pense que c'est plus ambigu. Pas la peine d'être psy pour comprendre qu'elle en a besoin pour se rassurer. Je pense que c'est aussi pour ça que mon père l'a quittée...

Docteur Crane : Parlons de ton père justement...

Jeremy : Pas compliqué : c'est le contraire de ma mère. Sérieux, rigide, rationnel. Il aime l'ordre, la prévision. On ne se marre pas beaucoup avec lui, ça, c'est sûr...

Docteur Crane : Tu t'entends bien avec lui ?

Jeremy : Pas vraiment. D'abord parce qu'on se voit peu à cause du divorce. Et puis, je pense qu'il espérait que je travaille mieux à l'école. Que je sois comme Camille. Lui, il est très cultivé. Il connaît tout sur tout : la politique, l'histoire, l'économie. D'ailleurs, ma sœur le surnomme Wikipédia...

Docteur Crane : Ça te fait de la peine de le décevoir ?

Jeremy : Pas trop. Enfin, un peu...

Docteur Crane : Toi, tu t'intéresses à son travail ?

Jeremy : Il est considéré comme l'un des plus grands luthiers du monde. Il fabrique des violons qui sonnent comme des Stradivarius et ça, quand même, c'est la classe. Il gagne beaucoup de thunes, mais je pense

374

QU'EN FAIT IL N'EN A RIEN À FOUTRE, NI DES VIOLONS NI DE L'ARGENT.

DOCTEUR CRANE : JE NE COMPRENDS PAS.

JEREMY : JE PENSE QUE MON PÈRE N'EN A RIEN À FOUTRE DE RIEN. JE PENSE QUE SON HISTOIRE D'AMOUR AVEC MA MÈRE EST LA SEULE CHOSE QUI L'AIT VRAIMENT FAIT KIFFER DANS LA VIE. ELLE LUI APPORTAIT LA FANTAISIE QUI MANQUAIT À SON EXISTENCE. DEPUIS QU'ILS SE SONT QUITTÉS, C'EST COMME S'IL VIVAIT À NOUVEAU DANS UN MONDE EN NOIR ET BLANC...

DOCTEUR CRANE : POURTANT, IL PARTAGE SA VIE AVEC UNE AUTRE FEMME, N'EST-CE PAS ?

JEREMY : OUAIS, NATALIA, UNE DANSEUSE DE BALLET. UN VRAI SAC D'OS. IL LA VOIT PAR-CI PAR-LÀ, MAIS ILS N'HABITENT PAS ENSEMBLE ET JE NE PENSE PAS QUE CE SOIT DANS SES PROJETS.

DOCTEUR CRANE : QUELLE EST LA DERNIÈRE FOIS OÙ TU T'ES SENTI PROCHE DE TON PÈRE ?

JEREMY : J'SAIS PLUS...

DOCTEUR CRANE : FAIS UN EFFORT, S'IL TE PLAÎT.

JEREMY : L'ÉTÉ DE MES SEPT ANS, PEUT-ÊTRE... ON ÉTAIT ALLÉS VISITER CERTAINS PARCS NATIONAUX EN FAMILLE : YOSEMITE, YELLOWSTONE, LE GRAND CANYON... LE GRAND TRIP, QUOI. ON A VOYAGÉ À TRAVERS TOUS LES ÉTATS-UNIS. C'ÉTAIENT LES DERNIÈRES VACANCES AVANT LE DIVORCE.

Docteur Crane : Tu te souviens d'un épisode particulier ?

Jeremy : Ouais... Un matin, on était allés pêcher rien que tous les deux et il m'a raconté sa rencontre avec ma mère. Pourquoi il était tombé amoureux d'elle, comment il l'avait rejointe à Paris et comment il avait su se faire aimer d'elle. Je me souviens qu'il m'avait dit cette phrase : « Lorsque tu aimes vraiment quelqu'un, aucune forteresse n'est imprenable. » Ça sonne bien, mais je ne suis pas certain que ce soit vrai.

Docteur Crane : On peut parler du divorce de tes parents ? Pour toi, ça a été difficile à vivre, n'est-ce pas ? J'ai vu sur ton dossier scolaire que tu avais eu des difficultés à apprendre à lire et que tu souffrais de dyslexie...

Jeremy : Ouais, le divorce, ça m'a fait morfler. Je n'arrivais pas à croire que leur séparation durerait. Je pensais qu'avec le temps chacun ferait un pas vers l'autre et qu'ils se remettraient ensemble. Mais ça ne marche pas comme ça. Plus le temps passe, plus les gens s'éloignent, et plus ça devient difficile de renouer des liens.

Docteur Crane : Si tes parents ont divorcé, c'est parce qu'ils n'étaient plus heureux ensemble.

376

JEREMY : ÇA, C'EST DES CONNERIES ! VOUS CROYEZ QU'ILS SONT PLUS HEUREUX MAINTENANT ? MA MÈRE BOUFFE DES PILULES ET MON PÈRE EST TRISTE COMME UNE PORTE DE PRISON. LA SEULE PERSONNE QUI SAVAIT LE FAIRE RIRE, C'ÉTAIT MA MÈRE. IL Y A PLEIN DE PHOTOS D'AVANT LEUR DIVORCE OÙ ON LES VOIT RIRE TOUS LES DEUX. CHAQUE FOIS QUE JE REGARDE CES CLICHÉS, J'AI LES LARMES AUX YEUX. AVANT, ON ÉTAIT UNE VRAIE FAMILLE. UNIE, SOUDÉE. RIEN NE POUVAIT NOUS ATTEINDRE...

DOCTEUR CRANE : TU SAIS QUE C'EST UN PHÉNOMÈNE CLASSIQUE ?

JEREMY : QUOI ?

DOCTEUR CRANE : QUE LES ENFANTS DE DIVORCÉS IDÉALISENT LE COUPLE FORMÉ PAR LEURS PARENTS.

JEREMY : ...

DOCTEUR CRANE : TU N'ES PAS CUPIDON, JEREMY. TU NE DOIS PAS ENTRETENIR L'ESPOIR DE LES VOIR À NOUVEAU ENSEMBLE. TU DOIS TIRER UN TRAIT SUR LE PASSÉ ET ACCEPTER LA RÉALITÉ TELLE QU'ELLE EST.

JEREMY : ...

DOCTEUR CRANE : TU COMPRENDS CE QUE JE TE DIS ? TU NE DOIS PAS INTERVENIR DANS LA VIE DE COUPLE DE TES PARENTS. TU NE PEUX PAS LES RÉUNIR DE NOUVEAU.

JEREMY : MAIS SI CE N'EST PAS MOI QUI LE FAIS, QUI LE FERA ?

La question de l'adolescent resta en suspens. À cet instant, la sonnerie du téléphone de Santos retentit, sortant brutalement le flic de l'intimité de la séance de psychanalyse. Il regarda son écran. L'indicatif était celui d'un poste de la NYPD.

— Santos, dit-il en décrochant l'appareil.

— Keren White, j'espère que je ne vous réveille pas, lieutenant.

L'anthropologue du 3ᵉ precinct. Enfin...

— J'ai de bonnes nouvelles pour vous, reprit-elle.

Le flic sentit une poussée d'adrénaline. Déjà, il avait quitté la chambre et descendait les marches pour rejoindre le rez-de-chaussée.

— Vraiment ?

— Je crois que j'ai identifié l'origine du tatouage de votre cadavre.

— Vous êtes au commissariat ? Je vous rejoins, affirma-t-il en refermant la porte du loft derrière lui.

49

Lorsque Constance reprit connaissance, elle eut la surprise de se retrouver… dans son propre lit.

Elle n'avait plus ni chaussures, ni blouson, ni holster. On avait tiré les rideaux de la chambre, mais la porte était restée entrouverte. En tendant l'oreille, elle perçut des voix qui chuchotaient dans le salon. Qui l'avait ramenée chez elle ? Botsaris ? Le SAMU ? Les pompiers ?

Elle déglutit avec peine. Elle avait la langue pâteuse, un goût de papier mâché dans la bouche, les membres ankylosés et le souffle court. Une douleur lancinante et aiguë battait dans sa tempe droite. Elle regarda l'heure sur le radioréveil : midi. Elle était restée inconsciente plus de deux heures…

Elle essaya de se lever, mais le côté droit de son corps était lourd, parcouru de douleurs et de fourmillements. Soudain, elle réalisa qu'elle était menottée à la tête de son lit !

Révoltée, elle se débattit, mais cela ne servit qu'à alerter ses « ravisseurs ».

— *Calm down !* dit Nikki en entrant dans la chambre, un verre d'eau à la main.

— *What the fuck are you doing in my house*[1] *!* hurla Constance.

— Nous n'avions pas d'autre endroit où aller.

Constance se redressa sur son oreiller pour reprendre sa respiration.

— Comment avez-vous su où j'habitais ?

— Nous avons trouvé un formulaire de suivi de courrier dans votre portefeuille. Apparemment, vous avez déménagé depuis peu de temps. Jolie baraque, d'ailleurs…

La jeune flic défia l'Américaine du regard. Elle avait à peu près son âge. Même visage fin et anguleux, même regard clair, mêmes cernes sous les yeux qui trahissaient le stress et la fatigue.

— Écoutez, je crains de ne pas bien comprendre vos motivations. Si je ne donne pas de nouvelles très rapidement, mes collègues seront là d'une minute à l'autre. La maison sera cernée…

— Je ne crois pas, la coupa Sebastian en entrant à son tour dans la chambre.

Constance découvrit amèrement qu'il tenait sous le bras son dossier médical.

1. « Qu'est-ce que vous foutez chez moi ? »

— Vous n'aviez pas le droit de fouiller dans mes affaires ! se révolta-t-elle.

— Je suis navré de vous savoir malade, mais je suis à peu près certain que vous n'étiez pas en mission officielle, répondit-il calmement.

— Vous vous fourrez le doigt dans l'œil.

— Vraiment ? Depuis quand les flics conduisent-ils leur véhicule personnel pour procéder à une interpellation ?

Constance resta silencieuse. Sebastian enfonça le clou :

— Depuis quand un capitaine de police part-il seul en intervention sans une équipe pour l'épauler ?

— En ce moment, on a des problèmes d'effectifs dans le service, répondit-elle, bravache.

— Oh, j'oubliais… J'ai aussi trouvé la copie de votre lettre de démission dans un dossier de votre ordinateur.

Constance encaissa ce dernier coup. La gorge sèche, elle accepta de mauvaise grâce le verre d'eau que lui tendait Nikki. Avec sa main libre, elle se frotta les paupières, se désolant de voir la situation lui échapper totalement.

— Nous avons besoin de votre aide, avoua Nikki.

— Mon aide ? Mais qu'attendez-vous de moi ?

Que je vous prête main-forte pour quitter le territoire ?

— Non, corrigea Sebastian. Que vous nous aidiez à retrouver nos enfants.

Il fallut plus d'une heure à Nikki et Sebastian pour détailler à Constance l'enchaînement des événements qui avaient bouleversé leur vie ces derniers jours. Installés tous les trois autour de la table de la cuisine, ils avaient bu deux théières de gyokuro et vidé un paquet de galettes Saint-Michel.

Absorbée par le récit du couple, Constance avait pris des notes pendant toute la durée du debriefing, noircissant une dizaine de pages d'un cahier d'écolier.

Bien que Sebastian eût menotté son pied à sa chaise, elle sentait bien que le rapport de force penchait désormais en sa faveur. Les deux Américains étaient non seulement empêtrés dans une histoire susceptible de les envoyer derrière les barreaux pour le reste de leur vie, mais surtout désespérés par la disparition de leurs jumeaux.

Lorsque Nikki termina son compte rendu, la jeune flic prit une longue inspiration. L'histoire des Larabee était abracadabrante, mais leur détresse était palpable. Elle se massa la nuque et constata que sa migraine s'était estompée, que sa nausée avait disparu et que son corps avait repris des forces. Les vertus magiques de l'enquête...

— Si vous voulez vraiment que je fasse quelque chose pour vous, il faut d'abord que vous me détachiez ! ordonna-t-elle avec autorité. Ensuite, il faudrait que j'analyse le film de l'enlèvement de votre fils.

Sebastian obtempéra et débarrassa la jeune femme de ses menottes. Pendant ce temps, Nikki ouvrait l'ordinateur de Constance et se connectait à sa propre boîte mail pour rapatrier le film sur le disque dur.

— Voilà ce que nous avons reçu, dit-elle en lançant l'enregistrement.

Constance visionna une première fois le film de quarante secondes, puis le relança dans la foulée en figeant les images stratégiques.

Nikki et Sebastian ne fixaient pas l'écran, mais le visage de celle en qui ils plaçaient désormais leurs derniers espoirs.

Concentrée, Constance fit défiler de nouveau l'enregistrement au ralenti avant de trancher :

— Tout ça, c'est du bidon !

— Comment ça ? fit Sebastian.

Constance précisa sa pensée :

— Ce film est un montage. En tout cas, il n'a pas été tourné à la station Barbès.

— Pourtant… protesta Nikki.

Constance leva la main pour l'interrompre.

— Lorsque je suis arrivée à Paris, j'ai habité pendant quatre ans dans une chambre de bonne, rue Ambroise-Paré, en face de l'hôpital Lariboisière. Je prenais le métro à Barbès-Rochechouart au moins deux fois par jour.

— Et ?

La flic appuya sur « pause » pour fixer l'image.

— Deux lignes passent par Barbès, expliqua-t-elle. La n° 2, dont la station à cet endroit est aérienne, et la n° 4 qui est souterraine.

Avec son stylo, elle pointa l'écran tout en poursuivant sa démonstration :

— Sur ce film, la station n'est visiblement pas à ciel ouvert. Il ne peut donc s'agir que de la ligne 4…

— On est d'accord, acquiesça Sebastian.

— Or la station de la ligne 4 est connue pour être à la fois inclinée et surtout en courbe prononcée au niveau des quais, ce qui est très inhabituel.

— Ce n'est pas le cas ici, admit Nikki.

Sebastian rapprocha son visage de l'écran. Son excursion à Barbès et sa rencontre malheureuse avec les trafiquants de cigarettes lui avaient laissé des souvenirs douloureux, mais il ne se rappelait pas la configuration exacte de la station.

Constance ouvrit son logiciel de messagerie.

— Il y a un moyen imparable de savoir où ce film a été tourné, affirma-t-elle en commençant à rédiger un mail.

Elle expliqua qu'elle voulait envoyer la vidéo à son collègue, le commissaire Maréchal, qui dirigeait la sous-direction régionale de la police des transports, l'administration qui chapeautait la brigade des réseaux ferrés.

— Franck Maréchal connaît le métro parisien comme sa poche. Je suis certaine qu'il saura de quelle station il s'agit.

— Attention, pas d'entourloupe ! menaça Sebastian en se penchant sur son épaule. Nous n'avons plus rien à perdre. N'essayez pas de nous doubler, sinon… Et d'ailleurs, il y a à peine trois heures, vous cherchiez à nous arrêter. Pourquoi seriez-vous subitement prête à nous aider ?

Constance haussa les épaules et cliqua sur l'icône d'envoi.

— Parce que je crois à votre histoire. Et soyons réalistes : vous n'avez plus vraiment d'autre choix que de me faire confiance…

50

Constance enchaînait cigarette sur cigarette en relisant ses notes. Comme un étudiant sur ses fiches, elle surlignait, entourait, réécrivait, dessinait des schémas fléchés pour stimuler sa réflexion et faire surgir l'étincelle.

Dans son esprit, une piste se dessinait progressivement jusqu'à devenir une quasi-évidence. La sonnerie de son téléphone l'empêcha de poursuivre. Elle regarda son écran : c'était le commissaire Maréchal.

Elle décrocha, puis brancha le haut-parleur pour permettre à Nikki et à Sebastian de suivre la conversation. La voix charmeuse et assurée de Maréchal résonna dans la pièce :

— Hello, Constance.

— Salut, Franck.

— Tu t'es enfin décidée à accepter mon invitation à dîner ?

— Oui, je serais très heureuse de rencontrer enfin ton épouse et tes enfants.

— Euh, non… enfin, tu sais très bien ce que je veux dire…

Constance secoua la tête. Maréchal avait été son instructeur à Cannes-Écluse[1]. Une liaison les avait unis peu après la fin de sa formation. Une relation passionnelle et destructrice. Chaque fois qu'elle menaçait de rompre, Franck jurait qu'il allait se séparer de sa femme. Elle l'avait cru pendant deux ans, puis, lassée d'attendre, elle l'avait quitté.

Mais Franck était resté accro. Il ne se passait pas six mois sans qu'il tente à nouveau sa chance, même si jusqu'à présent toutes ses tentatives étaient restées vaines.

— Écoute, Franck, je n'ai pas trop le temps de badiner, là.

— S'il te plaît, Constance, laisse-moi une…

Elle le coupa d'un ton sec :

— Venons-en aux faits, tu veux bien ? Le film que je t'ai envoyé ne provient pas des caméras de surveillance de Barbès, n'est-ce pas ?

Maréchal poussa un soupir de déception avant de répondre d'un ton plus professionnel :

— Tu as raison. Dès que j'ai vu tes images,

1. Ville de Seine-et-Marne abritant l'École nationale supérieure des officiers de police.

j'ai deviné qu'elles avaient été tournées dans une station « fantôme ».

— Une station fantôme ?

— Peu de gens le savent, mais le réseau du métro compte quelques arrêts qui ne figurent pas sur les plans, expliqua Maréchal. Il s'agit souvent de stations fermées pendant la Seconde Guerre mondiale et jamais rouvertes depuis. Tu savais par exemple qu'il existait une station pile au-dessous du Champ-de-Mars ?

— Non, admit Constance.

— En visionnant plusieurs fois les séquences, j'en ai conclu que ta station correspondait au « quai mort » de la porte des Lilas.

— Qu'est-ce que tu appelles un quai mort ?

— Sur la ligne 11, à la station Porte-des-Lilas, il existe un quai fermé à la circulation depuis 1939. Il sert parfois pour la formation des agents de conduite ou pour tester de nouvelles rames, mais il accueille surtout les prises de vues de films ou de publicités censés se dérouler dans le métro parisien.

— Tu es sérieux ?

— Absolument. Au fil du temps, c'est même devenu un véritable studio de cinéma. Il suffit aux décorateurs de changer l'habillage et la plaque de la station pour recréer n'importe quel quai de n'importe quelle époque. C'est là que Jeunet a tourné des scènes d'*Amélie Poulain* et que les frères Coen ont réalisé leur court-métrage sur Paris...

Constance sentit l'excitation la gagner.

— Tu es certain que mon petit film a été tourné là-bas ?

— D'autant plus certain que j'ai envoyé ton fichier au responsable cinéma de la RATP et qu'il me l'a confirmé.

Rapide, intelligent, efficace : Franck était peut-être un mufle, mais c'était un sacré bon flic...

— D'ailleurs, le type se souvient parfaitement du tournage puisqu'il date du week-end dernier, précisa Maréchal. Pendant deux jours, le quai était mis à disposition des élèves d'une école de cinéma : le Conservatoire libre du cinéma français.

— Eux aussi, tu les as appelés ? suggéra Constance.

— Bien sûr. Et j'ai même réussi à identifier l'auteur de ta vidéo, mais, pour connaître le nom du loustic, il faudra d'abord que tu acceptes de dîner avec moi.

— C'est du chantage ! s'insurgea-t-elle.

— Ça m'en a tout l'air, admit-il. Lorsqu'on veut vraiment quelque chose, tous les moyens sont bons, non ?

— Dans ce cas, tu peux aller te faire foutre. Je trouverai le renseignement moi-même.

— Comme tu voudras, ma jolie…

Elle s'apprêtait à raccrocher lorsque Sebastian lui secoua brutalement l'épaule et articula en silence : « Acceptez ! » Nikki appuya la demande de son ex-mari, tapotant le cadran de sa montre sous le nez de Constance.

— OK, Franck, soupira-t-elle, j'accepte de dîner avec toi.

— Tu me le promets ?

— Promis, juré, craché, ajouta-t-elle.

Satisfait, Maréchal livra les résultats de son enquête :

— La directrice du Conservatoire m'a dit que son école recevait actuellement des étudiants américains dans le cadre d'un échange scolaire. Des élèves d'un établissement new-yorkais auquel l'école est jumelée.

— Et c'est l'un de ces étudiants américains qui a réalisé ce film ?

— Oui. Un court-métrage dans le cadre d'un travail d'hommage à Alfred Hitchcock intitulé *Les 39 Secondes*. Une allusion aux *39 Marches*…

— Merci, monsieur le professeur, je connais mes classiques… Tu as le nom de cet étudiant ?

— Il s'appelle Simon. Simon Turner. Il est hébergé à la Cité internationale universitaire, mais si tu as l'intention de l'interroger, je te conseille de te dépêcher : il repart en début de soirée pour les États-Unis.

Dès qu'elle entendit le nom du gamin, Nikki se mordit la lèvre pour ne pas crier.

Constance raccrocha et se tourna vers elle.

— Vous le connaissez ?

— Bien sûr ! Simon Turner est le meilleur ami de Jeremy !

Le coude sur la table, le menton dans la main droite, Constance demeura un court moment en posture de réflexion, avant d'affirmer :

— Je crois qu'il faut vous rendre à l'évidence. Votre fils a simulé son enlèvement.

— Foutaises ! s'exclama Sebastian, exaspéré.

Constance se tourna vers l'Américain.

— Réfléchissez… Qui pouvait avoir accès facilement à votre carte de crédit et à votre coffre-fort ? Qui connaît parfaitement votre taille de costume ?

Le luthier secoua la tête, incapable d'admettre l'évidence. Constance poursuivit le feu de ses questions, dévisageant alternativement Nikki et son ex-mari :

— Qui était au courant de votre premier voyage romantique à Paris ? Qui connaissait suffisamment votre détermination et votre perspicacité pour savoir que vous n'hésiteriez pas à prendre un avion pour vous rendre en France et que vous réussiriez à décoder l'énigme du pont des Arts et le mystère du cadenas ?

Le visage de Nikki se décomposa.

— Camille et Jeremy… admit-elle. Mais pourquoi auraient-ils fait ça ?

Constance tourna la tête vers la fenêtre. Son regard se perdit dans le lointain, sa voix se fit moins affirmée :

— Mes parents ont divorcé lorsque j'avais quatorze ans, se souvint-elle. Ça a peut-être été la pire période de ma vie : un déchirement profond, un bouleversement de tout ce en quoi je croyais…

Lentement, elle alluma une cigarette et inhala une longue bouffée, avant de poursuivre :

— Je pense que la plupart des enfants de divorcés nourrissent le secret espoir de revoir un jour leur père et leur mère ensemble et…

Refusant cette hypothèse, Sebastian la coupa brutalement :

— Votre délire ne tient pas debout. Vous oubliez la cocaïne, l'appartement dévasté, le meurtre de Drake Decker ! Sans parler du colosse à moitié dingue qui a cherché à nous tuer !

— C'est vrai, ma théorie n'explique pas tout, admit la policière.

52

— Entrez donc, lieutenant, l'invita Keren White en levant les yeux de son dossier.

Santos poussa la porte du bureau de l'anthropologue judiciaire. La jeune femme quitta son poste de travail pour mettre une capsule dans la machine à café posée sur une étagère.

— Un espresso ?

— Pourquoi pas, répondit-il en regardant les clichés macabres qui tapissaient les murs.

Des visages tuméfiés et tailladés, des corps lacérés, couturés, des bouches déformées par des cris d'horreur…

Santos détourna la tête de ces monstruosités et détailla la jeune femme pendant qu'elle préparait les deux cafés. Avec sa jupe serrée, ses petites lunettes rondes, son air strict et son chignon haut, Keren White ressemblait à une institutrice à l'ancienne.

Bien que surnommée *Miss Skeleton*, elle faisait fantasmer beaucoup de ses collègues. Au sein de la NYPD, elle avait pour mission d'identifier les restes humains – ossements, dents, corps calcinés ou en décomposition – trouvés sur des scènes de crime. Une tâche complexe : conscients des progrès de la police scientifique, les assassins étaient de plus en plus nombreux à mutiler leurs victimes à l'extrême pour empêcher toute identification.

— J'ai une autopsie dans dix minutes, prévint-elle en consultant sa montre.

— Allez droit au but, approuva le flic en s'asseyant.

Keren White éteignit les lumières. Le jour commençait à se lever, mais le ciel gris et bas gardait la pièce dans la pénombre. L'anthropologue appuya sur le bouton d'une télécommande pour mettre sous tension un écran plat OLED accroché au mur.

D'un clic, elle lança un diaporama qui présentait les clichés de l'autopsie du géant maori que Sebastian Larabee avait égorgé dans le bar de Drake Decker.

Allongée sur une table en inox, sous la lumière crue des projecteurs, la masse de chair cuivrée avait quelque chose de répugnant, mais Santos en avait vu d'autres. Il plissa les yeux et s'étonna du nombre impressionnant de tatouages qui recouvraient le corps de la victime. Loin de se limiter au visage, les dessins cannibalisaient tout le corps : des spirales sur les cuisses, un motif tribal démesuré sur le dos, des rayons et des arabesques sur le torse.

Debout devant l'écran, Keren commença son explication :

— À cause des marques et des entailles sur le visage, j'ai d'abord pensé, comme vous, que la victime avait des origines polynésiennes.

— Mais ce n'est pas le cas...

— Non : les motifs sont ressemblants, mais ne correspondent pas tout à fait aux codes très stricts des Polynésiens. Je pense que l'on est plutôt en présence d'une logique de gang.

Santos connaissait le rituel : dans les gangs originaires d'Amérique centrale, le tatouage révélait l'appartenance d'un individu à l'un d'entre eux et l'attachement symbolique qui le liait au groupe pour la vie.

Keren White pointa la télécommande vers l'écran où s'affichait une nouvelle série de clichés.

— Ces photos ont été prises dans des prisons de Californie. Ces détenus appartiennent à des gangs différents, mais on retrouve chaque fois la même logique : quand les membres commettent un nouveau méfait pour leur communauté, ils gagnent le droit d'ajouter un tatouage. Une étoile sur un bras indique par exemple que vous avez tué une personne, la même étoile sur le front signifie que vous en avez tué au moins deux...

— Le corps devient une sorte de curriculum vitae du crime, constata Santos.

L'anthropologue approuva de la tête avant de revenir à un agrandissement d'un tatouage de la victime.

— On retrouve chez notre « ami » le symbole de l'étoile rouge à cinq branches. Le tatouage a dû être si profond qu'il semble en relief.

— Vous l'avez analysé ?

— Très précisément. L'instrument employé pour effectuer ce type d'incision est sans doute un couteau traditionnel à lame courte. Mais le plus intéressant est l'étude du pigment injecté dans la peau. Je pense qu'il s'agit d'une forme très particulière de suie, issue de la gomme d'un arbre que l'on trouve principalement au sud du Brésil : le pin du Paraná.

Keren attendit quelques secondes avant de passer à d'autres clichés :

— J'ai trouvé ces photos de détenus de la prison brésilienne de Rio Branco.

Santos se leva pour se rapprocher de l'écran et retrouva sur les corps des prisonniers les mêmes formes que sur celui du « Maori » : mêmes arabesques torturées, mêmes saillies qui se tordaient en hélice.

Keren continua :

— Ces détenus ont un point commun : ils appartiennent tous au cartel de la drogue des *Seringueiros*, basé dans la région de l'Acre, un petit État amazonien aux confins du Pérou et de la Bolivie.

— Les *Seringueiros* ?

— C'était le nom donné autrefois aux ouvriers chargés de récolter le latex. L'Acre en était l'un des plus grands producteurs. Je suppose que le nom est resté.

L'anthropologue éteignit l'écran et ralluma les lumières. Santos avait plusieurs questions qui lui brûlaient la langue, mais *Miss Skeleton* le congédia sans prendre de gants :

— Maintenant, c'est à vous de jouer, lieutenant ! dit-elle en sortant avec lui dans le couloir.

Santos se retrouva sur le seuil de l'immeuble du commissariat d'Ericsson Place. À présent, le soleil brillait dans un ciel clair et éclaboussait les trottoirs de Canal Street. Sonné par les révélations de Keren White, le flic éprouva le besoin de réfléchir et se rendit dans le Starbucks qui jouxtait le commissariat. Il commanda une boisson chaude et s'installa à une table en ruminant ses pensées.

Le cartel des *Seringueiros*...

Il avait beau travailler aux Stups depuis dix

ans, il n'en avait jamais entendu parler. Rien d'étonnant en soi : son boulot quotidien consistait davantage à coffrer les trafiquants locaux qu'à démanteler des réseaux internationaux. Il ouvrit son ordinateur portable et le connecta au réseau Wi-Fi de l'établissement. Une recherche rapide le mena sur le site Internet du *Los Angeles Times*. Le cartel y était évoqué dans un article datant du mois dernier.

LA CHUTE DU CARTEL
DES *SERINGUEIROS*

Au terme de deux années d'enquête, les autorités brésiliennes viennent de démanteler un cartel de trafiquants de drogue basé dans l'État amazonien de l'Acre, dans la région la plus occidentale du pays. Organisé sur le modèle colombien, le cartel des *Seringueiros* étendait ses ramifications dans près de vingt États de la Fédération. En provenance de Bolivie, la cocaïne entrait au Brésil par avion avant d'alimenter par la route les grandes villes du pays.

Aujourd'hui en prison, Pablo « Imperador » Cardoza dirigeait cet empire mafieux à la tête d'une armée de mercenaires soupçonnés d'avoir exécuté avec une rare violence une cinquantaine d'opposants.

Implanté de longue date dans l'État de l'Acre, le gang des *Seringueiros* y faisait entrer chaque année plus de cinquante tonnes de cocaïne grâce à plusieurs pistes d'atterrissage clandestines disséminées à travers la jungle amazonienne.

Dans un ballet incessant, les bimoteurs des narcotrafiquants y convoyaient des milliers de kilos de cocaïne pure, qui était ensuite coupée et acheminée vers les grandes métropoles pour fournir une foule de dealers opérant notamment à Rio et à São Paulo.

Pour asseoir son pouvoir, le cartel de Pablo Cardoza avait tissé au fil du temps un vaste réseau de corruption et de blanchiment d'argent impliquant des centaines de personnes, parmi lesquelles des parlementaires, des chefs d'entreprises, des maires, des juges et même plusieurs commissaires de la police civile accusés d'avoir classé de nombreuses enquêtes sur les meurtres commis par l'organisation mafieuse. Plusieurs vagues d'arrestations ont déjà eu lieu à travers le pays et d'autres sont encore à prévoir.

Santos prit le temps de rechercher d'autres informations pour compléter ce qu'il venait d'apprendre dans l'article.

Que faire à présent ?

Gagné par la fièvre de l'enquête, il essaya de rassembler ses idées. Il était évident que jamais il n'obtiendrait l'autorisation de sa hiérarchie pour partir enquêter au Brésil. Il y avait trop d'obstacles administratifs et diplomatiques. En théorie, il pouvait contacter ses homologues brésiliens et leur transmettre un rapport, mais il savait que cette démarche n'aboutirait à rien de concret.

Frustré, il se renseigna néanmoins sur le site de plusieurs compagnies aériennes. Rio Branco, la capitale de l'État de l'Acre, n'était pas la porte à côté. De plus, l'endroit était particulièrement mal desservi : au moins trois escales en partant de New York ! Le voyage était certes cher, mais pas excessif : près de 1 800 dollars en passant par une compagnie *low cost*. Une somme qu'il avait sur son compte.

Il n'hésita pas longtemps.

L'image de Nikki s'imposa de nouveau à son esprit. Comme téléguidé par une force extérieure, Santos reprit sa voiture, s'arrêta à son appartement pour rassembler quelques affaires et mit le cap sur l'aéroport.

53

Constance baissa la vitre de sa voiture pour présenter sa carte tricolore au gardien en faction devant la Fondation des États-Unis.

— Capitaine Lagrange, BNRF, veuillez ouvrir le portail, s'il vous plaît.

Située dans le 14e arrondissement, la résidence d'étudiants faisait face au parc Montsouris et à la nouvelle station du tramway des Maréchaux. Constance gara son coupé devant l'imposant édifice de brique ocre et de pierre blanche. Avec Nikki et Sebastian dans son sillage, elle investit le hall où se trouvait la réception et exigea le numéro de chambre de Simon Turner.

Muni du renseignement, le trio monta au cinquième étage occupé par une enfilade de petits ateliers d'artistes et de chambres insonorisées réservées respectivement aux étudiants en arts plastiques et aux musiciens.

Constance poussa la porte de l'atelier sans prendre la peine de frapper. Coiffure sophistiquée, tee-shirt trendy, pantalon cigarette et sneakers vintage : un jeune homme d'à peine vingt ans essayait de fermer une énorme valise posée sur un lit défait. Épais comme un haricot, il portait un piercing au sourcil. Sa minceur et la finesse de ses traits lui donnaient une allure androgyne et apprêtée.

— Tu veux un coup de main, beau gosse ? demanda Constance en présentant son insigne.

En une seconde, l'étudiant perdit contenance. Son visage blêmit puis se liquéfia.

— Je... je suis citoyen américain ! bredouilla-t-il tandis que la jeune femme l'empoignait par le bras.

— C'est un dialogue de film, ça, mon grand ! Dans la réalité, ça fait cliché, remarqua-t-elle en le forçant à s'asseoir sur la chaise du bureau.

Lorsqu'il aperçut les Larabee derrière l'officier, Simon s'exclama :

— J'vous jure que j'ai cherché à dissuader Jeremy, madame ! lança-t-il à l'intention de Nikki.

Sebastian s'approcha à son tour du gamin et l'agrippa fermement par l'épaule :

— OK, fiston, on te croit. Calme-toi et raconte-nous tout depuis le début, d'accord ?

L'étudiant déroula sa confession en bafouillant. Comme Constance l'avait deviné, Jeremy avait

404

bien manœuvré pour réunir ses deux parents malgré eux.

— Il était persuadé que vos sentiments renaîtraient si vous passiez plusieurs jours tous les deux, expliqua Simon. Il y pensait depuis plusieurs années. Dernièrement, c'était même devenu une obsession. Dès qu'il est parvenu à rallier sa sœur à sa cause, il s'est mis en quête d'un plan pour vous obliger à partir ensemble pour Paris.

Stupéfait, Sebastian écoutait les propos du jeune homme sans réussir à les prendre au sérieux.

— Le seul moyen de vous faire baisser la garde, c'était de vous convaincre qu'un de vos enfants était en grand danger, poursuivit Simon. C'est comme ça qu'il a eu l'idée de simuler son enlèvement.

Il s'arrêta quelques secondes pour reprendre sa respiration.

— Continue ! le pressa Nikki.

— Jeremy a mis à profit sa passion pour le cinéma : pour vous contraindre de faire équipe dans le but de le sauver, il a élaboré un véritable scénario avec des indices, des fausses pistes et des rebondissements.

Constance enchaîna :

— Et toi, quel était ton rôle ?

— Mon stage à Paris était prévu de longue date. Jeremy en a profité pour me demander de réaliser un court-métrage qui mettrait en scène son agression et son enlèvement dans le métro.

— C'est toi qui nous as envoyé le film ? demanda Sebastian.

Le jeune homme confirma d'un signe de tête, puis précisa :

— Mais ce n'est pas Jeremy que l'on voit sur l'enregistrement. C'est Julian, un de mes potes. Il a une petite ressemblance avec votre fils, mais, surtout, il porte ses fringues : sa casquette, son blouson et son tee-shirt des Shooters. Vous vous êtes fait avoir, n'est-ce pas ?

— Ça t'amuse, en plus, espèce d'abruti ? s'énerva Sebastian en secouant violemment Simon.

Excédé, il essaya de remonter le fil chronologique des événements :

— C'est toi qui nous as appelés depuis ce bar, *La Langue au chat* ?

— Oui. C'était une idée de Camille. Plutôt drôle, non ?

— Et ensuite ? s'impatienta Constance.

— J'ai suivi à la lettre les instructions de Jeremy : j'ai déposé son sac à dos dans une consigne de la gare du Nord, j'ai accroché le cadenas sur le pont des Arts et j'ai livré à votre hôtel les habits que Camille m'avait demandé d'acheter.

Sebastian sortit de ses gonds :

— Camille n'a pas pu participer à cette pitrerie !

Simon haussa les épaules :

— Et pourtant… Quand vous étiez encore à New York, c'est elle qui a subtilisé votre carte de paiement pour réserver l'hôtel de Montmartre et le dîner en bateau sur la Seine.

— C'est faux !

— C'est la vérité ! rétorqua le gamin. Et le livre, chez le bouquiniste : d'après vous, qui l'a volé dans votre coffre-fort pour le revendre sur eBay ?

Devant les preuves qui s'accumulaient, Sebastian sombra dans une stupeur muette. Très calme, Nikki posa la main sur le bras de Simon :

— Comment devait se terminer ce jeu de piste ?

— Vous avez trouvé la photo, n'est-ce pas ?

Elle hocha la tête :

— C'était la dernière pièce du puzzle ?

— C'est ça : un rendez-vous dans les jardins des Tuileries. Camille et Jeremy avaient prévu de vous y retrouver ce soir à 18 h 30 pour vous avouer la vérité, mais…

Cherchant ses mots, Simon marqua une pause.

— Mais quoi ? le brusqua Constance.

— Ils ne sont pas venus à Paris comme prévu, s'effraya-t-il. Ça fait presque une semaine que je n'ai pas de nouvelles de Jeremy, et le portable de Camille sonne dans le vide depuis deux jours.

Tremblant de colère, Sebastian pointa un index menaçant :

— Je te préviens, si c'est encore un de tes mensonges...

— C'est la vérité, je vous jure !

— Mais la drogue et les meurtres, ça ne faisait pas partie de ton putain de plan ? explosa-t-il.

Les traits de Simon se décomposèrent :

— Quelle drogue ? Quels meurtres ? demanda-t-il, soudain paniqué.

54

Ivre de rage, Sebastian attrapa Simon par le col et le souleva de sa chaise.

— Il y avait un kilo de coke dans la chambre de mon fils ! Ne me dis pas que tu n'étais pas au courant !

— Ça va pas ! Ni Jeremy ni moi ne touchons à la cocaïne !

— En tout cas, c'est bien toi qui l'incitais à jouer au poker !

— Et alors ? C'est pas un crime !

— Mon fils n'a que quinze ans, petit connard ! hurla-t-il en le plaquant contre le mur.

Simon tremblait de tous ses membres. Ses traits crispés déformaient son visage. Redoutant un coup de poing, il ferma les yeux et leva les bras en croix.

— Tu aurais dû le protéger au lieu de le traîner chez Drake Decker ! poursuivit Sebastian.

Simon ouvrit les paupières et balbutia :

— De... Decker ? Le mec du *Boomerang* ? Jeremy n'a pas eu besoin de moi pour l'approcher ! Il l'a rencontré dans une cellule du commissariat de Bushwick lorsque les flics l'ont coincé pour le vol d'un jeu vidéo !

Ébranlé par cette révélation, Sebastian lâcha Simon.

Nikki prit le relais :

— Tu veux dire que c'est Decker qui a proposé à Jeremy de venir jouer au poker dans son bar ?

— Oui, et ce gros porc s'en est bien mordu les doigts : Jeremy et moi, on lui a raflé plus de 5 000 dollars. Et à la loyale !

Simon avait repris un peu d'assurance. Il réajusta son tee-shirt en poursuivant :

— Decker n'a pas supporté l'humiliation. Comme il refusait de nous payer, on a décidé de cambrioler son appartement pour lui piquer la mallette dans laquelle il planquait son fric.

La mallette métallique de poker...

Nikki et Sebastian se regardèrent avec stupéfaction. En un instant, ils comprirent que c'était le vol de cette mallette qui était à l'origine du désastre.

— Il y avait près d'un kilo de came dans cette mallette ! s'écria Sebastian.

Simon ouvrit des yeux ronds.

— Mais non…

— Planqué dans les piles de jetons, précisa Nikki.

— Ça, on n'en savait rien ! se défendit le jeune homme. Nous, on voulait seulement récupérer l'argent que Drake nous devait.

Constance avait gardé le silence pendant tout l'échange, essayant mentalement de reconstituer l'enchaînement des événements. Peu à peu, les pièces du puzzle se mettaient en place, mais quelque chose la chiffonnait.

— Dis-moi, Simon, à quand remonte le vol de la mallette ?

Le gamin réfléchit :

— C'était juste avant que je ne parte pour la France, il y a une quinzaine de jours.

— Et Jeremy et toi, vous n'avez pas eu peur que Decker veuille se venger lorsqu'il se rendrait compte du vol ?

Il haussa les épaules :

— Aucune chance : à part nos prénoms, il ne connaissait rien de nous. Ni nos noms ni nos adresses. Il y a deux millions et demi d'habitants à Brooklyn, vous savez ! s'exclama-t-il avec condescendance.

Constance ignora la remarque :

— Tu m'as dit que Decker vous devait

5 000 dollars, mais combien y avait-il d'argent dans la mallette ?

— Un peu plus, admit Simon, mais pas tellement. Peut-être 7 000 dollars qu'on s'est partagés au prorata de nos gains. On n'était pas mécontents de ce petit bonus, d'ailleurs : Jeremy avait besoin d'argent pour financer son plan et pour...

Il s'arrêta au milieu de sa phrase.

— Pour quoi ? insista Constance.

Un peu embarrassé, Simon baissa les yeux :

— Avant de vous retrouver à Paris, il voulait passer quelques jours au Brésil...

Le Brésil...

Nikki et Sebastian échangèrent un nouveau regard inquiet. Deux jours plus tôt, lorsqu'ils avaient interrogé Thomas, à la sortie de son lycée, l'adolescent avait évoqué devant eux une Brésilienne que Jeremy affirmait avoir rencontrée sur Internet.

— C'est ce qu'il m'a dit aussi, confirma Simon. Il passait ses nuits à tchater avec une belle Carioca. Elle était entrée en contact avec lui par l'intermédiaire de la page Facebook des Shooters.

— Le groupe de rock ? Attends, ça ne tient pas debout, ton truc, affirma Nikki. Les Shooters, ce n'est pas Coldplay : ils jouent dans des petites salles à moitié vides, des clubs un peu paumés.

Comment une fille de Rio de Janeiro pourrait-elle être fan de ce groupe obscur ?

Simon eut un geste vague :

— Aujourd'hui, grâce à Internet...

Sebastian poussa un long soupir. Malgré son agacement, il demanda sans crier :

— Et toi, cette fille, tu la connais ?

— Elle s'appelle Flavia. D'après les photos, elle est chaude comme la braise.

— Tu as des photos ?

— Oui, Jeremy en a posté plusieurs sur Facebook, expliqua-t-il en sortant l'ordinateur de son sac.

Il se connecta en Wi-Fi sur le site du réseau social, entra ses paramètres puis, en quelques clics, rassembla sur une page une dizaine de clichés d'une fille magnifique. Une blonde au regard clair, aux formes capiteuses et à la peau légèrement hâlée.

Constance, Nikki et Sebastian s'agglutinèrent autour de l'écran, détaillant la jeune Brésilienne à la beauté trop parfaite : visage de poupée Barbie, taille fine, poitrine avenante, longue chevelure ondulée. Sur les photos, on pouvait voir la pin-up dans différentes poses : Flavia à la plage, Flavia fait du surf, Flavia boit un cocktail, Flavia joue au beach-volley avec ses copines, Flavia en bikini sur le sable chaud...

— Qu'est-ce que tu sais d'autre sur cette fille ?

— Je crois qu'elle travaille dans un bar à cocktail sur une plage. Jeremy m'a dit qu'elle avait craqué sur lui et qu'elle l'avait invité à passer quelques jours chez elle.

Sebastian secoua la tête. Quel âge avait cette beauté blonde ? Vingt ans ? Vingt-deux ? Comment croire que cette fille ait pu tomber amoureuse de son fils de quinze ans ?

— Cette plage, c'est où, exactement ? demanda Nikki.

Constance tapota l'écran :

— Ipanema, affirma-t-elle.

Elle zooma sur l'image pour mettre au centre de l'écran un paysage de hautes collines, derrière la mer et l'étendue de sable.

— Ces montagnes jumelles, ce sont les « Deux Frères ». C'est là que se couche le soleil à la fin de la journée, expliqua la jeune flic. J'y suis allée en vacances il y a quelques années.

En manipulant la photo, elle parvint à isoler le nom du bar où travaillait Flavia grâce à l'inscription ornant les parasols. L'endroit s'appelait le *Cachaça*. Elle le nota sur son carnet.

— Et Camille ? demanda Nikki.

Simon secoua la tête.

— En voyant que Jeremy ne donnait pas de

nouvelles, elle s'est inquiétée et elle a voulu le rejoindre à Rio. Mais je vous l'ai dit : depuis qu'elle est au Brésil, impossible de l'avoir au bout du fil...

Dans l'esprit de Sebastian, le dépit se mêlait à l'abattement. Il imaginait ses deux enfants, perdus, sans argent, dans cette ville tentaculaire et violente.

Une main se posa sur son épaule.

— Partons pour Rio ! proposa Nikki.

Mais Constance s'opposa aussitôt à cette idée :

— Je crains que ce ne soit pas possible. Je vous rappelle que vous êtes des fugitifs visés par une commission rogatoire internationale. Votre signalement est diffusé partout. Vous ne tiendriez pas dix minutes à Roissy...

— Peut-être pouvez-vous nous aider, implora Nikki, au bord des larmes. Il s'agit de nos enfants !

Constance soupira et tourna la tête vers la fenêtre. Elle se projeta vingt-quatre heures plus tôt, lorsqu'elle avait reçu le dossier des Larabee sur son téléphone portable. En parcourant les premières pages, elle n'avait pas pensé un seul instant que cette enquête, en apparence banale, prendrait un tour aussi singulier. Elle devait bien admettre cependant qu'il n'avait pas fallu longtemps pour qu'elle ressente de la compassion et de l'empathie pour ce couple insolite et leurs drôles d'enfants.

Elle avait cru à leur histoire et avait essayé de les aider jusqu'au bout, mais elle se heurtait à présent à un obstacle infranchissable.

— Je suis désolée, mais je ne vois aucun moyen de vous faire quitter le pays, s'excusa-t-elle en fuyant le regard de Nikki.

55

— Bienvenue à bord, madame Lagrange. Bienvenue à bord, monsieur Botsaris.

Nikki et Sebastian récupérèrent leur carte d'embarquement et suivirent la charmante hôtesse de la TAM[1] jusqu'à leurs sièges en classe affaires. Sebastian lui laissa sa veste, mais garda avec lui les deux précieux passeports que lui avaient remis Constance et son adjoint.

— Incroyable que ça ait marché, souffla-t-il en regardant la photo sur le document d'identité de Nicolas Botsaris. Ce gars a au moins quinze ans de moins que moi !

— Je veux bien croire que tu ne fasses pas ton âge, renchérit Nikki, mais c'est vrai que les types du poste de contrôle n'étaient pas très zélés.

Avec appréhension, elle regarda par le hublot

1. La plus grande compagnie aérienne d'Amérique latine.

les balises qui brillaient dans la nuit. Il pleuvait à verse sur Paris. La pluie détrempait les pistes, floquant l'asphalte de fibres lumineuses et argentées. Un temps de chien qui n'était pas fait pour calmer sa phobie de l'avion. Elle fouilla dans la trousse de toilette mise à la disposition des passagers et trouva un masque de sommeil. Elle l'appliqua sur ses yeux, brancha le casque de l'iPod qu'elle avait pris dans la chambre de son fils et chaussa les écouteurs en espérant trouver le sommeil le plus rapidement possible.

Dominer sa peur.

Économiser ses forces.

Elle savait que la partie qu'ils auraient à jouer au Brésil ne serait pas facile. Ils avaient perdu du temps à Paris. S'ils voulaient avoir une chance de retrouver leurs enfants, ils allaient devoir agir vite.

Bercée par la musique, Nikki se laissa doucement envahir par le sommeil, sombrant peu à peu dans un état second, mélange de rêves et de réminiscences. À plusieurs reprises, une même sensation revint à la charge. Le souvenir presque réel de son accouchement. La première fois qu'elle avait été séparée de ses enfants, que ce lien fusionnel avait été rompu après des mois de plénitude à les sentir bouger dans son ventre.

Le Boeing 777 avait décollé depuis plus de deux heures et survolait à présent le sud du Portugal. Sebastian tendit à l'hôtesse son plateau-repas pour qu'elle l'en débarrasse.

Il se tortilla sur son siège. Il aurait bien aimé dormir, mais il était trop nerveux pour y parvenir. Pour tromper l'ennui, il ouvrit le guide touristique que lui avait donné Constance et en parcourut les premières lignes :

> Mégapole de douze millions d'habitants, Rio de Janeiro est célèbre dans le monde entier pour son carnaval, ses plages de sable fin et son goût de la fête. Mais la deuxième plus grande ville du Brésil est aussi gangrenée par la violence et la criminalité. Avec près de cinq mille homicides enregistrés l'année dernière, l'État de Rio reste l'un des endroits les plus dangereux au monde. Son taux d'homicide, trente fois supérieur à celui de la France, est…

Un frisson le saisit. Trop angoissé par cette entrée en matière, il arrêta sa lecture au milieu d'une phrase et reposa le livre dans le filet devant lui.

Pas le moment de céder à la panique.

Ses pensées dérivèrent rapidement vers Constance Lagrange. Dans leur malheur, Nikki et lui avaient eu une sacrée chance de la croiser. Sans elle, ils seraient certainement en train de dormir en prison. Elle leur avait payé les billets d'avion, fourni des papiers, de l'argent et un téléphone.

L'injustice qui frappait cette femme l'avait bouleversé. Foudroyée par la maladie alors qu'elle était si jeune et si vive. D'après ce qu'il avait cru comprendre en parcourant son dossier médical et en discutant avec elle, les dés étaient jetés. Mais l'issue était-elle à ce point gravée dans le marbre ? Dans sa vie, il avait plusieurs fois croisé des gens qui, en menant un combat acharné contre la mort, avaient réussi à déjouer les pronostics des médecins. À New York, un cancérologue réputé, le Dr Garrett Goodrich, avait guéri sa mère d'une tumeur. Cela ne servirait peut-être à rien, mais il se promit de tout faire pour aider Constance à le rencontrer.

En pensant à son fils, il éprouva un sentiment contrasté de colère et d'admiration. Colère devant l'inconscience de l'adolescent qui l'avait conduit à se mettre lui-même en danger et à entraîner sa sœur dans cette histoire. Mais aussi une véritable émotion. Le fait que Jeremy en vienne à mettre en scène son enlèvement pour les réunir lui et Nikki révélait la souffrance muette qu'il avait endurée depuis leur séparation. Presque malgré lui, Sebastian ne pouvait s'empêcher d'être fier de la ténacité de son fils. Jeremy l'avait surpris, bluffé, impressionné.

Sebastian ferma les yeux. En songeant aux trois jours qui venaient de s'écouler, il fut saisi de vertige. Sa vie avait basculé en quelques heures, sortant de ses rails, échappant à tout contrôle. Soixante-douze heures d'inquiétude et d'angoisse, mais aussi d'exaltation.

Car c'était indéniable et Jeremy l'avait compris : avec Nikki, il se sentait vivant. Mi-ange, mi-démon, elle dégageait une vitalité et une espièglerie un peu adolescente combinées à un magnétisme animal qui le troublait profondément. Hantés par le danger qui planait sur leurs enfants, ils avaient réussi à surmonter leurs différends pour faire équipe. Malgré le passé, leurs caractères inconciliables et leurs prédispositions au conflit. Certes, ils ne savaient toujours pas se parler autrement qu'en se disputant et chacun ruminait encore ses rancœurs, mais, comme au premier jour de leur relation, il y avait entre eux une alchimie, un cocktail explosif de complicité et de sensualité.

Avec Nikki, la vie prenait l'allure d'une *screwball comedy* : il était Cary Grant, elle était Katharine Hepburn. Il devait se rendre à l'évidence : il n'avait rien tant aimé que rire avec elle, se chamailler avec elle, discuter avec elle. Elle rendait le quotidien riche et intense, allumant la petite étincelle qui faisait le sel de la vie.

Sebastian poussa un soupir et s'enfonça dans son siège. Une alerte clignotait cependant dans sa tête comme un rappel à l'ordre. S'il voulait avoir une chance de retrouver ses enfants, il ne devait surtout pas retomber amoureux de son ex-femme.

Car si Nikki était son principal allié, elle était aussi son principal ennemi.

Quatrième partie

The Girl from Ipanema

« Il existe toujours entre deux êtres, si unis soient-ils, un abîme, sur lequel l'amour [...] ne peut que jeter une fragile passerelle. »

Hermann HESSE

56

— *Táxi ! Táxi ! Um táxi para levá-lo ao seu hotel !*

Ambiance électrique, bourdonnement confus, longues files d'attente pour récupérer ses bagages ou franchir la douane : l'immense aéroport Galeão baignait dans la chaleur moite et pesante d'une étuve.

— *Táxi ! Táxi ! Um táxi para levá-lo ao seu hotel !*

Les visages chiffonnés par la fatigue, Nikki et Sebastian dépassèrent la horde de chauffeurs de taxi qui apostrophaient les touristes à leur arrivée dans le hall et se dirigèrent vers les stands des loueurs de voitures. La brève escale prévue à São Paulo s'était éternisée. Pour une obscure raison d'encombrement des pistes, leur vol était reparti avec plus de deux heures et demie de retard pour atterrir à 11 h 30.

— Je vais changer un peu d'argent pendant que tu t'occupes du véhicule, proposa-t-elle.

Acquiesçant à cette répartition des tâches, Sebastian prit place dans la file d'attente et sortit le permis de conduire de Botsaris. Lorsque vint son tour, il hésita sur le choix du modèle. Leur enquête allait-elle limiter leurs déplacements à la ville ou les mènerait-elle sur des terrains plus cahoteux ? Dans l'incertitude, il opta pour un Land Rover compact qu'il récupéra sur un parking écrasé de soleil.

Dégoulinant de sueur, il enleva sa veste et s'installa au volant pendant que Nikki écoutait sur « son » téléphone portable le message laissé par Constance.

Comme convenu, la jeune flic leur avait réservé une chambre d'hôtel dans le quartier d'Ipanema, à proximité de la plage où travaillait Flavia. Elle continuait à enquêter de son côté et leur souhaitait bonne chance.

Épuisés par leur voyage, ils roulèrent en silence, suivant les panneaux autoroutiers (*Zona Sul – Centro – Copacabana*) qui balisaient le trajet vers le sud depuis l'*Ilha do Governador* jusqu'au centre-ville.

Sebastian s'essuya le front et se frotta les yeux. Le ciel était bas, lourd, huileux, l'atmosphère polluée et étouffante brouillait sa vision et piquait ses paupières. À travers les vitres teintées, le paysage apparaissait flou, saturé de couleurs orangées, comme une image graisseuse au grain épais.

Après seulement quelques kilomètres, ils se retrouvèrent encalminés dans les bouchons. Résignés, ils regardèrent par la fenêtre le panorama qui les entourait. Bordant la voie rapide, des milliers de maisons de brique s'étendaient à perte de vue. Des constructions de deux étages aux toits-terrasses parcourus de cordes à linge. Les habitations donnaient l'impression de se chevaucher, de s'enchevêtrer jusqu'à former des grappes de logements superposés dans un équilibre précaire. Labyrinthique, chaotique, gigantesque : la favela fragmentait le paysage, brisant et tordant les perspectives, craquelant l'horizon pour le faire ressembler à un collage cubiste aux tons ocre, rouillés, roussis.

Peu à peu, le tissu urbain se transforma. Les lotissements populaires cédèrent la place à des sites industriels. Tous les cent mètres, de grandes affiches annonçaient la prochaine Coupe de monde de football et les Jeux olympiques de 2016. Tendue vers ces deux compétitions sportives, la ville entière semblait être en travaux. Derrière les grillages des terrains vagues, des chantiers colossaux redessinaient le paysage : les bulldozers détruisaient les murs encore debout, les pelleteuses retournaient la terre, les camions-bennes se livraient à un ballet ininterrompu.

Puis la voiture traversa la forêt de gratte-ciel du quartier des affaires avant d'aborder la zone sud de la ville où étaient situés la majorité des grands hôtels et des centres commerciaux. La capitale carioca retrouvait alors des airs attendus de carte postale : celle d'une *cidade maravilhosa* baignée par la mer, mais cernée par les collines et les montagnes.

Au terme de son parcours, le Land Rover s'engagea sur le front de mer, longeant au ralenti la fameuse *Avenida Vieira Souto*.

— C'est ici ! lança Nikki en désignant un petit immeuble à l'étonnante façade de verre, de bois et de marbre.

Ils laissèrent leur 4×4 au voiturier et pénétrèrent dans la bâtisse. À l'image du quartier, l'hôtel était chic et sophistiqué, décoré avec goût par du mobilier des années 1950 et 1960 qui donnait l'impression d'évoluer dans un épisode de *Mad Men*.

Le lobby dégageait de bonnes ondes : briques anglaises, musique douce, parquet, canapés capitonnés, bibliothèque *old school*. Nerveux, ils s'accoudèrent au comptoir – taillé dans un tronc d'arbre d'Amazonie – et s'enregistrèrent sous les noms de Constance Lagrange et de Nicolas Botsaris.

Nikki et Sebastian ne restèrent dans la chambre que le temps de se rafraîchir et d'apercevoir, depuis leur balcon, le ressac violent des vagues qui se brisaient sur la plage. La brochure de l'hôtel affirmait que le nom d'Ipanema venait d'un dialecte amérindien signifiant les « eaux dangereuses ». Un présage troublant auquel ils décidèrent de ne pas accorder trop d'importance. C'est bien décidés à retrouver la « fille d'Ipanema » qu'ils quittèrent leur chambre.

Dès qu'ils mirent un pied dehors, ils furent happés de nouveau par la chaleur, l'odeur des gaz d'échappement et le bruit de la circulation. Un flot incessant de joggeurs, de skateurs et de cyclistes disputait le trottoir aux piétons. Le quartier concentrait un nombre important de boutiques de luxe, de salles de musculation et de cliniques de chirurgie esthétique.

Nikki et Sebastian traversèrent la rue pour rejoindre la longue promenade bordée de palmiers qui longeait la plage. L'esplanade était le domaine des vendeurs ambulants qui battaient le bitume et rivalisaient d'astuces pour capter l'attention du chaland. Chargés de glacières, de bidons métalliques, ou installés directement dans des cahutes, ils proposaient de l'eau de noix de coco, du maté, des pastèques, des biscuits dorés au four, des *coca-das* caramélisées et croustillantes, ainsi que des brochettes de bœuf dont les effluves pimentés se répandaient sur toute l'avenue.

Le couple d'Américains emprunta un petit escalier maçonné qui menait à la plage. Plus chic que sa voisine Copacabana, Ipanema s'étendait le long d'une bande de trois kilomètres de sable blanc à la réverbération brûlante et aveuglante. À l'heure du déjeuner, l'endroit était bondé. L'océan scintillait, vibrait sous la puissance de la houle qui abattait sur la plage des vagues furieuses et irisées. Nikki et Sebastian abandonnèrent l'espace privatif et le service de plage que leur hôtel mettait à la disposition des clients. Ils progressèrent avec, en ligne de mire, le bar où travaillait Flavia.

Tous les sept cents mètres, la plage était jalonnée d'une haute tour de surveillance : un *ponto* qui servait de point de repère et de rendez-vous aux baigneurs. Orné d'un drapeau arc-en-ciel, le *ponto* 8 était apparemment le lieu de rencontre des homosexuels. Nikki et Sebastian le dépassèrent et poursuivirent leur avancée. Les embruns leur parvenaient de l'océan. Au loin, ils reconnurent la silhouette des îles Cagarras qui brillaient de mille feux, ainsi que les montagnes jumelles des « Deux Frères » qu'ils avaient repérées sur la photo de Simon.

Ils continuèrent à arpenter l'étendue de sable, se faufilant entre les joueurs de football et de beach-volley. La plage était animée, elle ressemblait à un podium de défilé de lingerie ou de costumes de bain. Ipanema débordait de sensualité. Une vraie tension érotique planait dans l'air. Graciles et élancées, les baigneuses arboraient leurs poitrines refaites et se déhanchaient dans des bikinis minuscules sous l'œil de surfeurs aux corps sculptés recouverts d'huile bronzante.

Nikki et Sebastian arrivèrent au niveau du *ponto* 9, visiblement le coin le plus sélect de la plage, lieu de ralliement de la jeunesse dorée de Rio.

— Bon, résuma Nikki, on veut retrouver une belle blonde à moitié nue qui s'appelle Flavia et qui sert des cocktails dans un bar appelé…

— Le *Cachaça*, souffla Sebastian en désignant une paillote luxueuse.

Ils se dirigèrent vers le débit de boissons. Le *Cachaça* était un *beach bar design* réservé à une clientèle fortunée en paréo griffé et lunettes mouches qui dégustait des mojitos à 60 réaux en écoutant des remix de bossa nova. Ils dévisagèrent les serveuses une à une : elles avaient toutes le même profil : vingt ans, taille mannequin, mini-short, décolleté explosif…

— *Hello, my name is Betina. May I help you ?*
leur demanda l'une de ces créatures.

— Nous recherchons une jeune femme, expliqua Nikki, une certaine Flavia...

— Flavia ? Oui, elle travaille ici, mais elle est absente aujourd'hui.

— Vous savez où elle habite ?

— Non, mais je peux me renseigner.

Elle appela l'une de ses collègues, une autre poupée Barbie : blonde, yeux clairs, sourire cristallin.

— Je vous présente Cristina. Elle habite dans le même quartier que Flavia.

La jeune Brésilienne les salua. Malgré sa beauté, il y avait en elle quelque chose de triste et de fragile. Une sylphide gracieuse, mais dévitalisée.

— Flavia n'est plus venue travailler depuis trois jours, leur apprit-elle.

— Vous savez pourquoi ?

— Non. D'habitude, nous descendons ensemble lorsque nous avons les mêmes horaires. Mais en ce moment elle n'est plus chez elle.

— Où vit-elle ?

Elle désigna les collines d'un signe vague de la main.

— Chez ses parents, à la *Rocinha*.

— Vous avez cherché à lui téléphoner ?

— Oui, mais je n'ai eu que son répondeur.

Nikki sortit une photo de Jeremy de son portefeuille.

— Vous avez déjà vu ce garçon ? demanda-t-elle en montrant le cliché.

Cristina secoua la tête.

— Non, mais vous savez, avec Flavia, les garçons, ça va, ça vient…

— Vous pourriez nous donner son adresse ? Nous aimerions poser quelques questions à ses parents.

La jeune Brésilienne grimaça :

— La *Rocinha* n'est pas un endroit pour les touristes ! Vous ne pouvez pas vous y rendre seuls.

Sebastian insista, mais se heurta au même refus.

— Peut-être pouvez-vous nous y conduire, alors ? proposa Nikki.

Cette perspective n'enchantait guère la serveuse :

— C'est impossible, je commence à peine mon service.

— S'il vous plaît, Cristina ! Nous vous dédommagerons pour votre journée. Si Flavia est votre amie, vous devez l'aider !

L'argument fit mouche. Visiblement, Cristina éprouvait un début de culpabilité.

— Bon, attendez.

Elle partit demander l'autorisation à celui qui

devait être son patron : un jeune homme au maillot près du corps qui buvait des *caïpirinhas* avec une cliente de deux fois son âge.

— C'est d'accord, acquiesça-t-elle en revenant. Vous avez une voiture ?

57

Le Land Rover était lourd, mais s'élevait avec souplesse sur la route en lacet qui menait à la favela. Au volant du SUV, Sebastian suivait à la lettre les indications de Cristina. Assise sur la banquette arrière, la jeune Carioca les avait guidés depuis la plage, leur faisant d'abord traverser les luxueux complexes résidentiels de la zone sud avant de les entraîner sur l'*Estrada da Gávea*, une route étroite qui serpentait à flanc de coteau, seule voie d'accès à la plus grande favela de Rio.

Comme la plupart des quartiers populaires, la *Rocinha* était construite sur les *morros*, les immenses collines qui surplombaient la ville. Nikki se pencha à sa portière pour apercevoir les milliers d'habitations accrochées aux versants. Un enchevêtrement de maisonnettes qui bouchaient l'horizon de leurs briques ocre et donnaient l'impression de pouvoir s'effondrer à tout instant.

Au fur et à mesure qu'ils quittaient l'asphalte[1] pour se rapprocher des collines, le paradoxe leur sautait aux yeux : c'était dans les favelas que l'on avait les plus belles vues sur la ville. Difficiles d'accès, ces nids d'aigle offraient une exposition panoramique sur les plages de Leblon et d'Ipanema, mais aussi une position dominante de citadelle. Un point d'observation idéal sur la ville basse qui expliquait que les narcotrafiquants en aient fait leur quartier général.

Sebastian rétrograda. Les portes de la favela n'étaient plus très loin, mais un virage en double épingle à cheveux, comme un goulet d'étranglement, bloquait la circulation. Seules de vieilles mobylettes et des motos-taxis pétaradantes parvenaient à s'extraire du trafic.

— Le plus simple est de s'arrêter ici, conseilla Cristina.

Sebastian gara la voiture sur le bas-côté. Puis le groupe abandonna le tout-terrain et parcourut à pied la centaine de mètres qui les séparaient de l'entrée de la *Rocinha*.

Au premier abord, la favela n'avait rien de l'image

1. À Rio, on oppose parfois schématiquement l'« asphalte » – les quartiers proches de la mer où vivent les populations aisées – et les « morros », les collines auxquelles s'accrochent les favelas.

misérable décrite dans les guides touristiques. Alors que Nikki et Sebastian s'étaient préparés à pénétrer dans un coupe-gorge, ils se retrouvaient dans un quartier populaire et bon enfant. Les rues étaient propres et les maisons bétonnées, reliées à l'eau courante, à l'électricité et aux chaînes câblées. Certains petits immeubles montant jusqu'à trois étages étaient certes recouverts de graffitis, mais ils étaient colorés et apportaient une touche de gaieté et de bonne humeur.

— À Rio, plus d'un Carioca sur cinq est un favelado, expliqua Cristina. La plupart des gens qui habitent ici sont des travailleurs honnêtes : des nourrices, des femmes de ménage, des chauffeurs de bus, des infirmières, et même des professeurs…

Nikki et Sebastian reconnurent les odeurs d'épices, de brochettes et de maïs qu'ils avaient découvertes sur la plage. Entre langueur et léger bouillonnement, l'ambiance était plutôt sereine. Du *baile funk*[1] écouté à tue-tête s'échappait des habitations. Dans la rue principale, des gamins tapaient dans un ballon en se prenant pour Neymar. Attablés à des terrasses, des hommes de tout âge sirotaient des bouteilles de Bamberg Pilsen pendant que des

1. Mélange de rap et de funk aux paroles crues, typique des quartiers populaires de Rio.

femmes, parfois très jeunes, s'occupaient de leur bébé ou jacassaient, accoudées aux fenêtres.

— L'armée et la police ont fait une descente dernièrement, s'excusa Cristina alors qu'ils passaient devant une immense fresque bariolée criblée d'impacts de balles.

Puis ils quittèrent les axes principaux pour s'enfoncer dans un dédale d'artères pentues et étroites. Un labyrinthe de ruelles escarpées qui se resserraient en escaliers. Progressivement, l'ambiance se transforma et la favela apparut sous un aspect moins séduisant. Désormais, les maisons ressemblaient à des embarcations colmatées après un naufrage ; les ordures s'amoncelaient devant les portes et les enchevêtrements de câbles électriques pendaient au-dessus de leur tête, révélant des branchements anarchiques. Un peu inquiets, Nikki et Sebastian peinaient à s'extraire de la masse de gamins qui se pressaient autour d'eux pour demander l'aumône.

À présent, les rues n'avaient plus de nom, les maisons plus de numéro. Les ombres menaçantes des bâtisses planaient sur les égouts à ciel ouvert. De l'eau croupissait dans les recoins, attirant des nuées de moustiques.

— La municipalité se contente trop souvent de ne ramasser les poubelles que dans les rues principales, expliqua Cristina.

Guidé par la jeune serveuse, le trio pressa le pas, faisant déguerpir les rats sur son passage. Cinq minutes plus tard, ils débouchèrent sur un autre versant de la colline abritant des maisons encore plus décaties.

— C'est ici, dit-elle en toquant contre la vitre d'un appartement dont la façade tombait en décrépitude.

Après une courte attente, une vieille femme au dos voûté leur ouvrit la porte.

— C'est la mère de Flavia, leur apprit Cristina.

Malgré la chaleur, elle était enveloppée dans un châle épais.

— *Bom dia, Senhora Fontana. Você já viu Flavia ?*

— *Olá, Cristina*, la salua la vieille avant de répondre à sa question en restant dans l'entrebâillement.

Cristina se tourna vers les Larabee pour traduire :

— Mme Fontana n'a plus de nouvelles de sa fille depuis deux jours et…

La jeune femme n'eut pas le temps de finir sa phrase que, déjà, l'autre reprenait la parole. Ne comprenant pas un mot de portugais, Nikki et Sebastian en furent réduits à assister en spectateurs passifs à la conversation des deux Brésiliennes.

Comment cette femme peut-elle avoir une fille de vingt ans ? se demandait Nikki en observant la vieille Carioca. Creusé par des rides profondes, son visage était buriné, déformé par l'inquiétude et le manque de sommeil. On lui donnait facilement soixante-dix ans. Entrecoupée de gémissements plaintifs, sa logorrhée était insupportable.

Cristina fut obligée de l'interrompre pour expliquer :

— Elle dit qu'en début de semaine, Flavia a hébergé dans sa maison un jeune Américain et sa sœur...

Nikki ouvrit son portefeuille pour lui tendre une photo des jumeaux.

— *Eles são os únicos ! Eles são os únicos !* les reconnut-elle.

Sebastian sentit son cœur s'accélérer. Jamais ils n'avaient été aussi près du but...

— Où sont-ils allés ? la brusqua-t-il.

Cristina poursuivit :

— Avant-hier, des hommes armés ont débarqué chez elle au petit matin. Ils ont enlevé Flavia et vos deux enfants.

— Des hommes ? Mais quels hommes ?

— *Os Seringueiros !* cria la vieille. *Os Seringueiros !*

Nikki et Sebastian pressèrent Cristina du regard.

440

— Les… les *Seringueiros*, bredouilla-t-elle. Je ne sais pas de qui il s'agit.

Les cris avaient attiré le voisinage. Pendues aux fenêtres, les cancanières avaient abandonné leurs *telenovelas* pour se régaler du spectacle de la rue. Autour de la maison, des hommes aux regards pesants écartaient les enfants pour appréhender la situation.

Cristina échangea encore quelques mots avec la vieille.

— Elle accepte de nous montrer la chambre de Flavia, annonça-t-elle. Il paraît que vos enfants y ont laissé des affaires.

Nerveux, Nikki et Sebastian suivirent la femme dans sa masure. L'intérieur du logement était aussi peu confortable que l'extérieur le laissait présager. Assemblées à la hâte, des planches de contreplaqué tenaient lieu de cloison. La chambre de Flavia n'était qu'une pièce commune flanquée de deux lits superposés. Sur l'un des matelas, Sebastian reconnut le sac de voyage en cuir caramel que Camille utilisait dans ses déplacements. Fébrile, il se jeta sur le fourre-tout et en retourna le contenu : un jean, deux pulls, des sous-vêtements, une trousse de toilette. Rien de particulier, sauf peut-être… le téléphone portable de sa fille. Il essaya d'allumer l'appareil, mais la batterie était à plat et le chargeur

441

avait disparu. Frustré, il glissa le portable dans sa poche pour l'examiner plus tard. En tout cas, ils tenaient une piste. Avant d'être kidnappés par ces mystérieux *Seringueiros*, Camille et Jeremy étaient donc bien venus ici avec la jeune Brésilienne...

La vieille femme avait recommencé ses jérémiades. Elle criait, pleurait, hoquetait, prenait Dieu à témoin, levait le poing. La jeune serveuse incita le couple à sortir. Dehors, les esprits s'échauffaient aussi. Des voisins totalement étrangers à l'affaire s'étaient rapprochés et prenaient un plaisir manifeste à mettre de l'huile sur le feu. Une petite foule grondait devant la maison. La tension devenait palpable ; l'hostilité grandissait. Ils n'étaient visiblement plus les bienvenus dans ce quartier.

Soudain, la vieille les apostropha directement.

— Elle dit que c'est à cause de vos enfants que Flavia a été enlevée, traduit Cristina. Elle vous accuse d'avoir attiré le malheur sur sa maison.

Le climat s'envenimait : un favelado un peu éméché bouscula Nikki, et Sebastian évita de peu un seau d'épluchures lancé d'une fenêtre.

— Je vais essayer de les calmer. Partez ! Je rentrerai par mes propres moyens.

— Merci, Cristina, mais...

— Partez ! répéta-t-elle. Je crois que vous n'avez pas conscience du danger...

442

D'un signe de tête, Nikki et Sebastian se résignèrent à quitter la jeune Carioca sous les injures et les menaces. Ils rebroussèrent chemin au pas de course, s'efforçant de retrouver leur route dans le lacis de ruelles étroites et escarpées qui irriguaient la favela.

Lorsqu'ils atteignirent le virage en double épingle où ils s'étaient garés, leurs poursuivants s'étaient découragés. Mais leur voiture avait disparu.

58

La chaleur, la poussière, la fatigue, la peur.

Nikki et Sebastian marchèrent pendant plus d'une heure avant de trouver un chauffeur de taxi qui profita de leur désarroi et leur extorqua une course à 200 réaux pour les ramener à l'hôtel. Lorsqu'ils poussèrent enfin la porte de leur chambre, ils étaient fourbus et ruisselants de sueur.

Pendant que Nikki prenait une douche, Sebastian appela la réception et demanda qu'on lui apporte un câble pour recharger le téléphone de Camille. Le garçon d'étage arriva cinq minutes plus tard. Sebastian brancha le portable sur secteur, mais, la batterie étant à plat, il fallait quelques minutes avant de pouvoir l'utiliser.

Il se rongea les ongles en patientant et baissa le souffle polaire de la climatisation. Puis il reprit le portable en main pour y taper le code secret en se félicitant de le connaître : ses mois d'indiscrétion et d'espionnage envers sa fille trouvaient aujourd'hui tout leur sens. Soudain, il grimaça en ressentant un élancement au niveau du thorax. La longue marche pour revenir à l'hôtel avait réveillé ses blessures. Il était cabossé, perclus de douleurs, avait le dos cassé et la nuque raide. Ses côtes gardaient le souvenir des coups de poing de Youssef et de ses sbires. Il leva les yeux et aperçut son reflet dans le miroir avec une certaine répulsion. Barbe hirsute, cheveux collés par la sueur, pupilles brillant d'une mauvaise flamme. Sa chemise était moite, collante, jaunie par la transpiration. Il fuit son image et poussa la porte à battants de la salle de bains.

Une serviette nouée autour de la poitrine, Nikki sortait de la douche. Humides et emmêlés, ses cheveux tombaient sur ses épaules comme de longues lianes enlacées. Elle frissonna. Sebastian anticipa une bordée de reproches : « Hé ! Te gêne pas ! », « Tu aurais pu frapper ! », « Fais comme chez toi ! ». Au lieu de ça, elle fit un pas vers lui et le fixa intensément.

Ses yeux vert absinthe miroitaient comme des flaques de pétrole. La vapeur d'eau soulignait la blancheur lactée de son visage piqué de discrètes taches de rousseur qui s'éparpillaient comme une traînée de poussières d'étoile.

D'un mouvement brusque, Sebastian la saisit par

le cou et plaqua sa bouche contre la sienne dans un élan qui fit glisser la serviette de Nikki au sol, laissant apparaître son corps nu.

· Nikki n'opposa aucune résistance et s'abandonna à ce baiser sauvage. Une onde de désir monta en Sebastian, brûlant son ventre comme une morsure. Alors que leurs souffles se mêlaient, il retrouvait le goût de la bouche de sa femme et la fraîcheur mentholée de sa peau. Le passé rattrapait le présent. Des sensations anciennes faisaient de nouveau surface, libérant en lui une foule de souvenirs contradictoires qui crépitaient comme des flashes.

Chacun s'accrochait à l'autre dans ce corps à corps précipité, cette lutte brutale où le réconfort se heurtait à la peur, l'ancrage à la fuite. Leurs muscles se tendaient, leurs cœurs cognaient. Pris de vertige, ils bravaient les interdits, dénouant les liens qui, depuis des années, les maintenaient prisonniers de la frustration et de la rancœur. Peu à peu, ils lâchaient prise, perdant le contrôle, roulant vers...

Clair, argentin, presque mélodieux : le son pénétra leur corps, rompant brusquement leur étreinte.

Le portable de Camille !

Le bruit annonçant la réception d'un SMS les ramena brutalement à la réalité.

Ils reprirent leurs esprits en toute hâte. Sebastian reboutonna sa chemise et Nikki ramassa sa serviette.

Ils se ruèrent dans la chambre et s'agenouillèrent autour du téléphone. Sur l'écran, une pastille notifiait l'arrivée de deux courriers. Deux photos envoyées par messagerie qui se chargèrent lentement sur l'écran.

Deux gros plans de Camille et Jeremy, ligotés et bâillonnés.

En provenance du même numéro, un troisième message s'afficha subitement :

Voulez-vous revoir vos enfants vivants ?

En état de choc, ils échangèrent un regard terrifié. Avant qu'ils n'aient eu le temps de formuler la moindre réponse, un nouveau SMS les mit sous pression :

Oui ou non ?

Nikki s'empara du cellulaire et répondit :

Oui

La conversation virtuelle se poursuivit :

DANS CE CAS, RENDEZ-VOUS À 3 HEURES DU MATIN, AU PORT DE COMMERCE DE MANAUS, AU NIVEAU DE LA CITÉ LACUSTRE. VENEZ AVEC LA CARTE. SEULS. NE PRÉVENEZ PERSONNE. SINON...

— La carte ? Quelle carte ? À quoi font-ils allusion, là ? s'écria Sebastian.

Nikki pianota sur le clavier :

Quelle carte ?

La réponse se fit attendre. Longtemps. Trop longtemps. Figés par la peur, Nikki et Sebastian se tenaient immobiles dans la lumière irréelle qui baignait la chambre. Le soir tombait ; le ciel, la plage, les immeubles se fondaient dans une symphonie de couleurs parcourant toutes les nuances, du rose pâle jusqu'au rouge cramoisi. Nikki les relança au bout de deux minutes :

De quelle carte parlez-vous ?

Les secondes se dilatèrent. Le souffle suspendu, ils guettaient une réponse qui n'arriva jamais. Bientôt, une clameur soudaine monta de la plage : comme chaque soir, touristes et Cariocas applaudissaient à tout rompre lorsque le soleil se couchait derrière les « Deux Frères ». Une coutume singulière pour remercier l'astre de feu après une belle journée.

Exaspéré, Sebastian essaya d'appeler le numéro qui sonna dans le vide. Visiblement, ils étaient censés savoir quelque chose qu'ils ignoraient. Il réfléchit à haute voix :

— Mais de quoi parlent-ils ? Une carte à puce ? Une carte bancaire ? Une carte géographique ? Une carte postale ?

Déjà, Nikki avait déplié sur le lit le plan du Brésil que l'hôtel mettait à la disposition de ses clients.

Avec un feutre, elle marqua d'une croix le point de rendez-vous que leur avaient indiqué les ravisseurs. Manaus est la plus grande ville d'Amazonie, une zone urbaine au milieu de la plus vaste forêt du monde à plus de trois mille kilomètres de Rio.

Sebastian consulta l'horloge murale. Il était déjà presque 20 heures. Comment pouvaient-ils se rendre à Manaus avant 3 heures du matin ?

Il appela néanmoins la réception pour demander les horaires des vols entre Rio et la capitale amazonienne.

Après quelques minutes d'attente, le concierge lui annonça que le prochain départ était programmé à 22 h 38.

Sans hésiter, ils réservèrent deux billets et commandèrent un taxi pour gagner l'aéroport.

59

« Boa noite senhoras e senhores. *Ici votre commandant de bord, José Luís Machado. Je suis heureux de vous accueillir à bord de cet Airbus A320 à destination de Manaus. Notre temps de vol est aujourd'hui estimé à 4 heures et 15 minutes. L'embarquement est à présent terminé. Initialement prévu à 22 h 38, notre décollage sera différé d'une trentaine de minutes en raison d'un...* »

Nikki soupira et regarda à travers le hublot. En prévision des prochaines compétitions sportives internationales, le terminal réservé aux vols domestiques était en pleins travaux. Sur la piste, une dizaine de gros-porteurs au roulage faisaient la queue sur les *taxiways* en attendant un créneau de décollage.

Mue par un réflexe pavlovien, Nikki ferma les yeux et chaussa ses écouteurs. C'était la troisième fois qu'elle prenait l'avion en trois jours et, loin de refluer, son angoisse montait d'un cran à chaque voyage. Elle augmenta le volume du baladeur pour se laisser envahir par la musique. Un chaos effrayant régnait dans son esprit. Sous le coup de l'épuisement physique et mental, son cerveau était assailli d'images et de sensations qui se télescopaient : le souvenir encore à vif de sa brève étreinte avec Sebastian, le danger inconnu qui planait sur leurs enfants, la crainte de ce qui les attendait en Amazonie.

Alors que l'avion tardait à décoller, Nikki ouvrit les yeux, troublée par la musique qui déferlait dans son casque. Elle connaissait ce morceau… Un cocktail d'électro et de hip-hop brésilien. C'était la musique qu'elle avait entendue dans la favela ! Le *baile funk* carioca qui s'échappait des fenêtres. De la musique brésilienne… Elle fit défiler les titres : un patchwork de samba, de bossa, des remix de reggae, des titres rappés en portugais. Cet iPod n'était pas celui de son fils ! Pourquoi ne l'avait-elle pas remarqué avant ?

Excitée, elle retira ses écouteurs et utilisa la molette cliquable pour naviguer dans les dossiers que contenait l'appareil : Musique, Vidéos, Photos, Jeux, Contacts… Rien de notable. Jusqu'à ce qu'elle ouvre un dernier dossier contenant un fichier PDF assez volumineux.

— Je crois que j'ai découvert quelque chose ! dit-elle en montrant sa trouvaille à Sebastian.

Il regarda le baladeur, mais le fichier était illisible sur le minuscule écran.

— Il faudrait qu'on le branche sur un ordinateur, affirma-t-il.

Il détacha sa ceinture et remonta dans le couloir de l'avion jusqu'à trouver un homme d'affaires qui pianotait sur son notebook. Il arriva à le convaincre de lui prêter son appareil et un câble pendant quelques minutes. De retour à sa place, il brancha l'iPod sur l'ordinateur portable. Il repéra le fichier PDF sur le bureau et cliqua pour l'ouvrir.

Les premières photos étaient stupéfiantes. On y voyait la carcasse d'un monoplan à hélices noyé dans la végétation amazonienne. L'avion s'était manifestement écrasé en pleine jungle. Sebastian fit défiler les images. Sans doute pris avec un téléphone portable, les clichés n'étaient pas de très bonne qualité, mais suffisamment nets pour qu'il reconnaisse le bimoteur à structure métallique comme étant un Douglas DC-3 équipé de turbopropulseurs. Enfant, il avait assemblé plusieurs maquettes du célèbre avion. Emblème de la Seconde Guerre mondiale, l'oiseau de fer avait marqué l'histoire de l'aviation. Il avait transporté des troupes sur tous les fronts (l'Indochine, l'Afrique du Nord, le Viêtnam…) avant d'être « recyclé » dans le civil. Robuste, rustique et facile d'entretien, il avait été produit à plus de dix mille unités et continuait à voler en Amérique du Sud, en Afrique et en Asie.

Suite au crash, le nez de l'avion et l'aileron arrière étaient très endommagés. L'atterrissage forcé avait fait voler en éclats le pare-brise. Les ailes en porte-à-faux s'étaient fracassées et les pales des hélices étaient bloquées par un enchevêtrement de lianes. Seul le fuselage central – au flanc percé d'une grande porte à deux battants – était presque intact.

La photo suivante était macabre. On y voyait les cadavres du pilote et du copilote. Leurs combinaisons étaient noires de sang et leurs visages dans un état de décomposition avancé.

Sebastian cliqua pour faire apparaître la suite. L'avion était en configuration cargo. À la place des sièges passagers, des caisses en bois étaient empilées les unes sur les autres et des coffres métalliques ouverts contenaient des armes de gros calibre, des fusils d'assaut et des grenades. Mais surtout… une cargaison hallucinante de cocaïne. Des centaines de paquets rectangulaires recouverts de plastique transparent et de bandes adhésives. Combien en comptait-on ? Quatre cents ? Cinq cents kilos ? C'était difficile à estimer, mais la valeur du chargement devait s'élever à des dizaines de millions de dollars.

Les images suivantes étaient encore plus explicites. L'auteur des clichés s'était photographié lui-même en tendant son téléphone à bout de bras. C'était un grand échalas d'une trentaine d'années arborant une épaisse crinière de dreadlocks. L'euphorie se lisait sur son visage émacié, ruisselant de transpiration et dévoré par une barbe de plusieurs jours. Ses yeux étaient brillants, injectés de sang, ses pupilles dilatées. À l'évidence, il avait dû s'offrir plusieurs rails de cocaïne. Des écouteurs sur les oreilles, il portait un gros sac à dos et une gourde de campeur clipsée à la ceinture de son bermuda. Visiblement, il n'était pas tombé par hasard sur la carcasse de l'avion.

— Notre décollage est imminent, monsieur. Veuillez attacher votre ceinture et éteindre votre ordinateur.

Sebastian leva les yeux et adressa un hochement de tête à l'hôtesse qui le rappelait à l'ordre.

Dans l'urgence, il continua à faire défiler le document pour connaître la fin de l'histoire. Les dernières pages comprenaient une carte satellite de la forêt amazonienne, un relevé de coordonnées GPS ainsi que des indications détaillées et un itinéraire précis permettant de retrouver le bimoteur.

Une véritable carte au trésor...

— Voilà la fameuse carte qu'ils nous ont demandé d'apporter ! C'est ça qu'ils recherchent depuis le début !

Nikki avait déjà compris. Pressée par le temps, elle sortit son téléphone et prit plusieurs clichés de l'écran d'ordinateur : l'avion, la carte, l'étrange bonhomme à la coiffure rasta.

— Qu'est-ce que tu fais ?

— Il faut que j'envoie ces informations à Constance. Elle parviendra peut-être à identifier les trafiquants.

L'avion empruntait maintenant la voie de circulation pour rejoindre la piste. Très remontée, l'hôtesse repassa à leur niveau et leur enjoignit d'un ton cassant d'éteindre leur téléphone.

Avant de s'exécuter, Nikki sélectionna rapidement les photos qu'elle venait de prendre et les envoya en pièces jointes via l'adresse de sa messagerie électronique.

Au moment de compléter le champ du destinataire, elle profita de ce que Sebastian parlementait avec l'agent de bord pour ajouter à l'adresse électronique de Constance celle de Lorenzo Santos.

60

Il était plus de 21 heures lorsque l'avion de Lorenzo Santos se posa sur la piste du petit aéroport de Rio Branco. Il lui avait fallu plus de trente heures pour rejoindre la capitale de l'État de l'Acre. Un voyage éprouvant rythmé par deux escales – São Paulo et Brasília – sur le siège étroit d'une compagnie *low cost*, assis au milieu de passagers braillards.

Devant le tapis roulant, il se frotta les paupières en maugréant contre le chef de cabine qui l'avait obligé à mettre sa valise en soute. En attendant son bagage, il ralluma son téléphone pour consulter sa messagerie et constata qu'il avait un mail de Nikki.

Le corps du message était vide. Pas d'objet, pas de texte d'explication. Juste une petite dizaine de photographies. Au fur et à mesure que les images se chargeaient sur le terminal, Santos sentait l'excitation le gagner. Il étudia chaque cliché. Tout n'était pas clair, mais peu à peu quelques pièces du puzzle s'assemblaient dans son esprit, validant certaines de ses intuitions. Comme il avait eu raison de suivre l'instinct qui l'avait conduit au Brésil !

Il se rendit compte que ses mains tremblaient légèrement.

L'exaltation, la fièvre, le danger, la peur…

Le cocktail préféré du flic.

Il essaya d'appeler Nikki, mais tomba sur son répondeur. Il l'aurait parié. Ce mail était un appel au secours. Il n'attendit même pas de récupérer sa valise. Déjà, il cherchait comment se rendre au terminal des hélicoptères. Le vent avait enfin tourné. Cette nuit, il allait faire d'une pierre deux coups : résoudre la plus grande affaire de sa carrière et regagner l'amour de la femme qu'il aimait.

Au même moment, à Paris, Constance Lagrange s'acharnait. Elle travaillait depuis le matin, essayant de mobiliser toutes ses ressources pour aider les Larabee. Elle avait récupéré sur la page Facebook de Simon les photos de Flavia qu'elle avait envoyées à ses contacts dans les différents services de police et elle avait obtenu des informations sidérantes.

Ses yeux étaient secs. Elle battit plusieurs fois

des paupières pour chasser les picotements, lot quotidien des travailleurs sur écran. Elle jeta un coup d'œil à l'horloge numérique de son ordinateur : 3 heures du matin. Elle décida de s'accorder une pause et se leva pour aller jusqu'à la cuisine où elle prépara une tartine de pain de mie et de Nutella. Elle savoura sa collation face au jardin, retrouvant à chaque bouchée les saveurs de l'enfance. La brise de la fin octobre caressait son visage. Elle ferma les yeux et ressentit une paix intérieure inattendue, comme si elle était parvenue à se libérer de sa colère, à s'affranchir de la terreur de la mort. Elle sentait le frémissement du vent qui s'engouffrait à travers la fenêtre, le parfum sucré des camélias d'automne. Habitée par cette étrange sérénité, elle vivait l'instant présent avec une intensité inhabituelle. C'était peut-être absurde, mais toute peur l'avait abandonnée, comme si la fin n'était plus inéluctable.

Un tintement métallique signala l'arrivée d'un nouveau courrier électronique.

Constance ouvrit les yeux et retourna devant l'écran de son ordinateur.

C'était un mail de Nikki ! Elle cliqua pour ouvrir les pièces jointes, qui s'affichèrent presque instantanément. Des photos d'une carcasse d'avion qui s'était écrasé en pleine jungle, une cargaison de M-16 et de AK-47, des centaines de kilos de cocaïne, un campeur bien allumé, une carte d'Amazonie...

Durant les trois heures qui suivirent, Constance ne leva pas la tête de son écran. Elle envoya des dizaines de mails à tout son réseau pour essayer de faire parler les photos. Il était presque 6 h 30 du matin lorsque son téléphone sonna.

C'était Nikki.

61

Un îlot de béton en plein cœur de l'Amazonie.

La ville de Manaus s'étendait au nord-ouest du Brésil, déployant ses métastases urbaines au plus profond de la jungle.

Après plus de quatre heures de vol, Nikki et Sebastian débarquèrent dans le hall d'arrivée de l'aéroport. Ils ignorèrent la meute des chauffeurs de taxi illégaux qui abordaient les clients potentiels dans la salle de livraison des bagages et s'adressèrent au guichet des compagnies officielles pour obtenir un coupon de réservation.

Il pleuvait.

En sortant du terminal, ils furent saisis à la gorge par la chaleur tropicale et moite. L'air était sale et saturé d'humidité. L'eau de pluie se mélangeait à la poussière, aux vapeurs souillées et aux résidus huileux, rendant l'atmosphère irrespirable. Ils remontèrent la file des taxis et présentèrent leur coupon à l'employé de la compagnie, qui les orienta vers une Mercedes 240D repeinte en rouge et vert. La voiture à la mode à la fin des années 1970.

L'habitacle sentait l'aigre et le renfermé. Une odeur infecte d'œuf pourri, de soufre et de vomi. Ils se hâtèrent de baisser la vitre avant de montrer leur itinéraire au chauffeur, un jeune métis aux cheveux raides et aux dents gâtées vêtu du maillot jaune et vert de la Seleção[1]. À la radio, une *Macarena* sauce brésilienne. Insupportable, assourdissante.

Nikki alluma son téléphone et essaya de joindre la France tandis que Sebastian demandait fermement au chauffeur de baisser le volume de sa musique. Après quelques essais infructueux pour obtenir la ligne, Constance décrocha enfin. Nikki la mit au courant de la situation en quelques mots.

— Je suis allée à la pêche aux renseignements et j'ai de mauvaises nouvelles, annonça la jeune flic.

— Nous avons très peu de temps, prévint Nikki en branchant le haut-parleur pour permettre à Sebastian de profiter de la conversation.

— Alors, écoutez-moi attentivement. J'ai envoyé les photos de Flavia à tout mon carnet d'adresses. Il y a quelques heures, j'ai reçu un appel d'un de

---

1. Équipe nationale de football.

mes collègues de l'OCRTIS, l'Office central pour la répression du trafic illicite des stupéfiants. Il a reconnu la jeune femme sur les photos. Elle ne s'appelle pas Flavia. Il s'agit de Sophia Cardoza, aussi connue sous le nom de « Barbie Narco ». C'est la fille unique de Pablo Cardoza, un puissant baron brésilien de la drogue, le chef du cartel des *Seringueiros*.

Nikki et Sebastian échangèrent un regard affolé. Les *Seringueiros*... Ils avaient déjà entendu ce nom à Rio.

— Depuis un mois, Pablo Cardoza dort dans une prison fédérale de haute sécurité, poursuivit Constance. Officiellement, le cartel a été démantelé lors d'un gigantesque coup de filet mené par les autorités brésiliennes, mais la fameuse « Flavia » ambitionne manifestement de reprendre les rênes de l'empire de son père. Son boulot de serveuse sur la plage d'Ipanema n'est qu'une couverture. Elle n'a jamais vécu dans les favelas… Votre périple à travers la *Rocinha* n'était qu'une mise en scène.

Malgré l'odeur, Nikki remonta la fenêtre pour couvrir le bruit de la ville. La chaleur était pesante. L'humidité et la pollution contaminaient tout. Les gratte-ciel sans charme alternaient avec des monuments plus anciens, vestiges du fastueux passé de la ville, lorsque la capitale de l'Amazonie dominait la production mondiale de caoutchouc. Même en pleine nuit, les rues étaient encore animées, grouillantes et bruyantes.

— Et l'avion ? demanda-t-elle.

— J'ai montré les photos du DC-3 à mon collègue de l'OCRTIS. Pour lui, il n'y a aucun doute : le bimoteur appartient au cartel et la cargaison de drogue proviendrait de Bolivie. Probablement entre quatre cents et cinq cents kilos de cocaïne pure pour une valeur de 50 millions de dollars. Le cargo a dû avoir une avarie avant de s'écraser au milieu de la jungle, il y a deux ou trois semaines. Depuis cette date, Flavia et les membres du cartel qui ont réussi à échapper aux arrestations doivent le rechercher activement.

— C'est si compliqué de retrouver un avion de cette taille ? demanda Sebastian.

— En Amazonie, oui. Suivant où il s'écrase, il peut être impossible de le repérer. La plupart des endroits sont si reculés qu'il n'y a ni route ni accès, rien. L'avion ne devait pas posséder de balise de détresse. J'ai fait des recherches : l'année dernière, les militaires brésiliens ont mis plus d'un mois pour localiser un Cessna de la Croix-Rouge qui s'était crashé dans la jungle. Et encore, c'est une tribu indienne qui les a mis sur la piste.

La Française laissa passer quelques secondes avant de continuer :

— Mais le plus surprenant, c'est l'identité de l'homme qui a trouvé l'avion…

— Je ne comprends pas.

— Les photos du bimoteur ont été prises avec un téléphone portable, expliqua Constance. D'après son attirail de camping, visible sur certains clichés, on pourrait croire à un randonneur tombé sur l'épave par hasard. Je crois au contraire qu'il la cherchait et qu'il a doublé les types du cartel. Je pense également qu'il était seul, car les photos sur lesquelles il figure ont été faites à bout de bras. Comme il portait un tee-shirt avec le drapeau américain, j'ai parié qu'il n'était pas brésilien et j'ai consulté à tout hasard les bases de données d'Interpol. Tenez-vous bien : le type est recherché par la police new-yorkaise depuis cinq ans. Il a quitté Brooklyn après avoir été condamné à une lourde peine de prison. Son nom est Memphis Decker : c'est le frère de Drake Decker, le tenancier du *Boomerang*…

Nikki et Sebastian encaissèrent l'information avec stupéfaction. Depuis qu'ils avaient quitté la zone de l'aéroport, le chauffeur poursuivait la même route : l'*Avenida Constantino Nery*, une espèce de Strip local qui reliait le nord-ouest de Manaus au port en passant par le centre historique. Brusquement, ils quittèrent l'avenue par une bretelle autoroutière pour déboucher sur une enfilade de débarcadères desservis par une route goudronnée. Dominant les eaux noires du Rio Negro, l'immense port de Manaus s'étendait à perte de vue.

— Le type qui a découvert le DC-3 était le frère de Drake Decker ? Vous en êtes sûre ? demanda Sebastian.

— Certaine, confirma Constance. Il a transféré les photos et la carte sur son iPod avant d'envoyer l'appareil à son frère à New York. Et Drake n'a rien trouvé de mieux que de le conserver dans la mallette de poker que lui a volée Jeremy...

— Et vous savez où se trouve ce Memphis Decker, aujourd'hui ? demanda Nikki.

— Oui, au cimetière. Son cadavre a été retrouvé dans le parking de la gare routière de Coari, une petite ville en bordure de l'Amazone. D'après le rapport de police, son corps portait des traces de tortures et de mutilations.

— Les hommes de Flavia ?

— C'est évident. Sans doute ont-ils essayé de lui extorquer la localisation exacte de l'avion.

Le taxi dépassa les premières embarcations : des bateaux gigantesques sur le pont desquels étaient suspendus des centaines de hamacs multicolores. Puis il traversa la zone dévolue aux cargos en partance pour les principales escales du bassin amazonien – Belém, Iquitos, Boa Vista ou Santarém – avant d'arriver devant une immense halle en acier. Sous une charpente métallique monumentale, les étals des commerçants débordaient de poissons, de plantes médicinales, de carcasses de bœufs, de peaux et de fruits tropicaux. L'air était dense et saturé de manioc. Coloré, anarchique, ce « Rungis amazonien » bourdonnait d'animation. Dans la confusion, des dizaines de pêcheurs ravitaillaient les étals, déchargeant des crustacés encore frétillants.

Alors que le taxi continuait le long des quais rouillés, Sebastian se frotta les paupières, essayant de reconstituer l'enchaînement des événements. Après avoir tué Memphis, les hommes du cartel avaient envoyé l'un des leurs – sans doute le fameux « Maori » – pour prendre contact avec Drake Decker. Sous la menace, Drake avait dû avouer s'être fait voler le baladeur par un gamin appelé Jeremy. Mais comme l'avait précisé Simon, Drake ne connaissait ni le nom ni l'adresse de Jeremy. Les seules informations à sa disposition étaient son prénom et sa passion pour les Shooters, dont il portait souvent le tee-shirt. Et c'est par l'intermédiaire de la page Facebook du groupe de rock que Flavia avait réussi à remonter la piste jusqu'à Jeremy pour le séduire dans l'espoir de le faire venir au Brésil avec l'iPod…

Un plan dingue. Une machination perverse et machiavélique.

— *Aqui é a cidade à beira do lago*, prévint le chauffeur alors que les hangars et les conteneurs laissaient place peu à peu à des habitations sauvages.

La cité lacustre était une sorte de favela au bord de l'eau noire. Un bidonville sur pilotis constitué de masures en bois avec des toits en tôle ondulée. Un cloaque de boue grasse et collante dans laquelle la voiture menaçait de s'embourber à tout instant.

— Je dois raccrocher, Constance. Merci pour votre aide.

— N'allez pas à ce rendez-vous, Nikki ! C'est de la folie ! Vous ne savez pas de quoi sont capables ces hommes…

— Je n'ai pas le choix, Constance, ils détiennent mes enfants !

La flic marqua une courte pause avant de prévenir gravement :

— Si vous leur donnez les coordonnées de l'emplacement de l'avion, ils vous exécuteront dans la minute, vous et vos enfants. C'est une certitude.

Refusant d'en écouter davantage, Nikki raccrocha. Sans ciller, elle coula un regard vers son ex-mari. Cette fois, ils avaient bien conscience de jouer la dernière manche d'une partie qu'ils ne pouvaient pas gagner.

Le chauffeur arrêta la voiture, empocha le prix de la course et s'empressa de faire demi-tour, abandonnant ses passagers au milieu d'un paysage de désolation. Nikki et Sebastian restèrent un long moment seuls, debout, prisonniers de la peur. Dans la nuit noire, le crachin et le brouillard imprégnaient ces terres dévastées pour les transformer en un immense bourbier cerné de broussailles. À 3 heures précises, deux énormes Hummer débouchèrent dans la nuit et se portèrent à leur niveau. Aveuglés par la lumière des phares, ils s'écartèrent pour éviter d'être écrasés par les monstrueux tout-terrain. Les véhicules s'immobilisèrent, gardant leur moteur allumé.

Les portières s'ouvrirent. Cinglés dans des uniformes de camouflage, harnachés de cartouchières, fusils d'assaut IMBEL en bandoulière, trois hommes lourdement armés jaillirent dans la nuit. Des guérilleros reconvertis en narcotrafiquants.

Sans ménagement, ils extirpèrent Camille et Jeremy d'un des 4×4 et les tinrent en joue, mains attachées dans le dos, bouche entravée par du chatterton.

En apercevant leurs enfants, Nikki et Sebastian sentirent leurs ventres se nouer. Leurs cœurs s'emballèrent. Au bout de l'enfer, ils avaient fini par retrouver Camille et Jeremy.

Vivants.

Mais pour combien de temps encore ?

Une jeune femme blonde et mince claqua enfin la porte du Hummer et se posta triomphalement dans la lumière des phares.

Sophia Cardoza, alias « Barbie Narco ».

Flavia.

62

Magnétique, féline, fine comme une lame.

La silhouette effilée de Flavia se découpait dans la bruine et la lumière crue des phares des 4×4. Des vagues blondes ondulaient sur ses épaules et des reflets irisés scintillaient dans son regard.

— Vous avez quelque chose qui m'appartient ! cria-t-elle à travers la nuit.

Plantés à dix mètres d'elle, Nikki et Sebastian restaient immobiles et silencieux. L'éclat d'un pistolet automatique brilla entre les mains de la Brésilienne. Elle attrapa Camille par la chevelure et posa le canon du Glock sur sa tempe.

— Allez ! Donnez-moi cette foutue carte !

Sebastian s'approcha d'un pas, cherchant sa fille du regard pour la rassurer. Il voyait son visage, blanc de terreur, marbré de mèches plaquées par le vent. Affolé, il pressa son ex-femme à voix basse :

— Remets-lui l'iPod, Nikki.

Une bourrasque mêlée de pluie balaya les hautes herbes du talus.

— Soyez raisonnables, s'impatienta Flavia. La carte et dans deux minutes vous repartez aux États-Unis avec vos enfants !

La proposition était séduisante, mais mensongère. L'avertissement de Constance résonnait encore dans la tête de Nikki : « Si vous leur donnez les coordonnées de l'emplacement de l'avion, ils vous exécuteront dans la minute, vous et vos enfants. C'est une certitude. »

Il fallait gagner du temps, coûte que coûte.

— Je ne l'ai plus ! cria Nikki.

Un silence médusé.

— Comment ça, vous ne l'avez plus ?

— Je m'en suis débarrassée.

— Pourquoi auriez-vous pris ce risque ? demanda Flavia.

— Une fois que je vous aurais donné la carte, quel intérêt auriez-vous eu à nous maintenir en vie ?

Les traits de Flavia se figèrent en un masque glacé. D'un mouvement de tête, elle ordonna à ses hommes de fouiller les Américains. Aussitôt, les trois guérilleros se jetèrent sur leurs prisonniers, retournant leurs poches, palpant leurs vêtements sans rien trouver.

— Je connais l'emplacement exact de l'épave ! affirma Nikki en essayant de dissimuler sa peur. Je suis la *seule* à pouvoir vous y conduire !

Flavia hésita. Dans les plans qu'elle avait écha-faudés, elle n'avait pas prévu de s'encombrer d'otages, mais avait-elle vraiment le choix ? Il y a deux semaines, elle avait cru que la torture délie-rait la langue de Memphis Decker, mais l'Amé-ricain était mort sans révéler les coordonnées de l'avion. À cause de ce contretemps, elle se trouvait à présent dos au mur. Elle regarda sa montre en essayant de garder son calme. Le compte à rebours arrivait bientôt à son terme. Chaque heure perdue augmentait les chances de voir les forces de police retrouver le DC-3 avant elle.

— *Leva-los !* cria-t-elle à ses hommes.

Dans un même mouvement, les guérilleros pous-sèrent les Larabee et leurs enfants vers les véhi-cules. Sans ménagement, Nikki et Sebastian furent projetés à l'arrière d'un des 4×4 tandis que Jeremy et Camille étaient séquestrés dans l'autre. Puis les deux tout-terrain quittèrent le port aussi vite qu'ils étaient arrivés.

Ils roulèrent vers l'est pendant une demi-heure. Le convoi traversait la nuit, empruntant des artères désertes avant de s'enfoncer dans un chemin de terre boueux. Le sentier longeait un lac encaissé et se prolongeait jusqu'à une vaste étendue de terre où stationnait un imposant Black Hawk. Les narcotrafiquants et leurs otages étaient attendus. À peine avaient-ils posé le pied au sol que déjà le pilote de l'hélicoptère mettait en route la turbine. Sous la menace des fusils d'assaut, la famille Larabee monta à bord de l'appareil, suivie par Flavia et ses hommes.

La jeune femme coiffa un casque et s'installa à la place du copilote.

— *Tiramos !* ordonna-t-elle.

Le pilote acquiesça de la tête. Il orienta le Black Hawk face au vent et tira sur le pas collectif pour le faire décoller. Flavia attendit que l'hélicoptère ait trouvé sa vitesse de croisière pour se tourner vers Nikki.

— Où va-t-on ? demanda-t-elle fermement.

— D'abord, en direction de Tefé.

Flavia la fixa d'un regard profond qui s'efforçait de paraître calme, mais la lueur intense de ses pupilles trahissait l'impatience et l'exaspération. Nikki ne donna pas davantage d'informations. Pendant toute la durée du vol Rio-Manaus, elle avait étudié minutieusement la carte et l'itinéraire qui menait jusqu'à la carcasse de l'avion bourrée de cocaïne. Mentalement, elle avait fractionné la trajectoire en autant de balises qu'elle comptait égrener le plus lentement possible.

À l'arrière de l'appareil, Sebastian n'avait aucun contact avec ses enfants. Les trois gorilles s'étaient installés de façon à constituer une sorte de paravent qui empêchait tout regard et toute communication.

C'est pendant la deuxième heure de vol que Sebastian ressentit les premiers symptômes. Une poussée de fièvre, des nausées, des douleurs articulaires au niveau des jambes. Il avait l'échine glacée, la nuque raide et des maux de tête.

Une grippe tropicale ? Il pensa aux moustiques qui l'avaient dévoré dans la favela. Ils étaient vecteurs de dengue, mais le temps d'incubation lui semblait un peu court. L'avion alors ? Dans l'appareil qui les conduisait de Paris à Rio, il se souvenait d'un passager mal en point assis juste devant lui. Le type avait passé tout le voyage à frissonner sous des couvertures. Peut-être lui avait-il transmis une saloperie…

Ce n'est pourtant pas le moment d'être malade.

Mais il ne pouvait rien contre la montée de fièvre. Il se recroquevilla sur lui-même en se frictionnant les côtes pour se réchauffer et en priant pour que son état ne s'aggrave pas.

Tefé était à plus de cinq cents kilomètres de Manaus. Une distance que l'hélicoptère parcourut en moins de trois heures, survolant une mer d'arbres, une étendue sombre infinie qui saturait le champ de vision. Pendant tout le trajet, Flavia imposa à Nikki de rester dans le poste de pilotage pour suivre sur l'écran la progression du Black Hawk.

— Et maintenant ? demanda la narcotrafiquante alors que le soleil se levait dans un ciel rose et bleu.

Nikki releva la manche de son pull. Comme une adolescente, elle avait inscrit au stylo sur son avant-bras une série de chiffres et de lettres :

S 4 3 21
W 64 48 30

Elle avait bien retenu la leçon de Sebastian pour exprimer les coordonnées géographiques d'un point. Latitude et longitude. Degrés, minutes et secondes.

Flavia plissa les yeux et demanda au pilote d'entrer les données dans le système de navigation.

Le Black Hawk vola encore pendant une demi-heure avant de se poser dans une petite clairière au milieu de la forêt.

Tout le monde descendit de l'hélicoptère dans la précipitation. Les guérilleros s'équipèrent de machettes, de gourdes et de lourds sacs à dos. Ils attachèrent par-devant les poignets de chaque membre de la famille à l'aide de menottes serre-flex en plastique, leur accrochèrent une gourde à la ceinture, et le groupe s'enfonça dans la forêt vierge.

63

— Ça va, papa ? s'inquiéta Jeremy.

Sebastian répondit d'un clin d'œil rassurant, mais son fils ne fut pas dupe. Son père était en nage, tremblant de fièvre, le cou et le visage recouverts de plaques rouges.

Ils crapahutaient depuis deux heures. Armés chacun d'une machette, deux guérilleros ouvraient le passage tandis que le troisième tenait en joue les prisonniers. Nikki fermait la marche sous la menace de Flavia. Elle avait communiqué à la jeune narco de nouvelles coordonnées immédiatement entrées dans un récepteur GPS portatif. Elle profitait de sa proximité avec Flavia pour jeter de nombreux coups d'œil au récepteur et suivre ainsi la progression du groupe à l'écran. D'après la carte qu'elle avait étudiée dans l'avion, de nombreux kilomètres les séparaient encore de la carcasse du DC-3.

À présent, ils étaient loin de toute civilisation, perdus dans un labyrinthe dense et végétal. Le danger était partout. Il fallait éviter les troncs, les racines, les trous d'eau. Échapper aux serpents et aux tarentules. Endurer la fatigue, la chaleur, les hordes de moustiques qui attaquaient même à travers les vêtements.

Plus ils progressaient, plus la végétation se faisait hostile, épaisse, collante. Comme dans une marmite dantesque, la forêt frémissait, bouillonnait, bruissait de mille souffles. L'air était saturé d'une odeur tiédasse où palpitaient des parfums oppressants de terre fermentée.

Alors qu'ils traversaient un tunnel de branchages, une brusque averse tropicale s'abattit sur la jungle, mais Flavia refusa de s'arrêter. La pluie dura vingt minutes, gorgeant le sol d'eau et rendant leur progression plus difficile encore.

Ils firent une pause à midi, après cinq heures de marche. Sebastian vacilla et crut qu'il allait s'évanouir. L'humidité saturait tout. Combinée à la fièvre, elle le faisait suffoquer. Il avait bu toute son eau et mourait de soif. Camille s'en aperçut et lui tendit sa gourde, mais il la refusa.

Il s'appuya contre un tronc, puis leva la tête pour regarder la cime des arbres qui culminaient à plus de quarante mètres. Dans son délire, les trouées de ciel lui paraissaient apaisantes. Des lambeaux lointains de paradis…

Soudain, il sentit une vive démangeaison : une colonie de fourmis rouges grimpait le long de son bras, s'infiltrant dans la manche de sa chemise. Il essaya de s'en débarrasser en se frottant à l'arbre ; les minuscules insectes s'écrasaient sous la pression en un liquide érubescent.

Un des gardes du corps se porta à son niveau et leva son coupe-coupe. Sebastian, pris de panique, se recroquevilla sur lui-même. L'homme abattit sa lame contre l'arbre et indiqua à Sebastian d'en goûter la sève. Le tronc saignait un liquide blanc et visqueux qui avait un goût de lait végétal proche de la noix de coco. Le gorille coupa ses liens pour lui permettre de remplir sa gourde.

Ils marchèrent encore une heure avant d'atteindre le point que Memphis Decker avait indiqué sur la carte.

Rien.

Rien de particulier à cet endroit.

Juste un enchevêtrement végétal.

Des nuances de vert qui se multipliaient à l'infini.

— *Você acha que eu sou um idiota !* cria Flavia.

— Il devrait y avoir une rivière ! se défendit Nikki.

Inquiète, l'Américaine vérifia les coordonnées sur l'écran du GPS. Le récepteur haute sensibilité fonctionnait même sous les arbres. Un voyant indiquait que la réception satellite était bonne. D'où venait le problème, alors ?

Elle scruta le paysage qui l'entourait. Des oiseaux bleus au plumage fourni jacassaient comme des perroquets. Un groupe de paresseux cherchait des branches ensoleillées pour sécher leur toison après la pluie. Soudain, Nikki pointa un tronc marqué d'une flèche. Pour retrouver son chemin, Memphis avait taillé l'arbre à la machette ! Flavia ordonna au groupe de changer de direction. Ils marchèrent encore une dizaine de minutes avant de déboucher sur un cours d'eau boueux.

Malgré la saison sèche, le niveau de la rivière n'était pas suffisamment bas pour pouvoir la traverser à pied. Ils longèrent le cours d'eau en remontant vers le nord tout en guettant les caïmans immobiles qui flottaient, alanguis, à la surface. Bien que les berges soient broussailleuses, le terrain était beaucoup plus dégagé que ce qu'ils avaient connu jusqu'ici, ce qui facilita leur progression jusqu'à un pont suspendu.

De grosses lianes étaient attachées entre elles dans un entrelacs arrimé aux branches des arbres. Qui avait construit ce pont ? Memphis ? C'était peu probable, car l'ouvrage avait dû demander du temps. Peut-être des Indiens.

Flavia fut la première à s'élancer sur le tablier de la passerelle, puis, tour à tour, les autres membres du groupe la franchirent prudemment. Le pont vacillait à une bonne dizaine de mètres au-dessus de la rivière. À chaque passage, le fragile édifice craquait davantage, menaçant de s'effondrer. Après cet obstacle, ils marchèrent encore plus d'une heure, s'enfonçant à nouveau dans la forêt d'émeraude jusqu'à atteindre une nouvelle trouée de lumière, un des rares endroits de la jungle suffisamment découverts pour permettre aux rayons du soleil de réchauffer le sol.

— C'est ici ! annonça Nikki. D'après la carte, la carcasse du DC-3 se trouve à moins de trois cents mètres de la clairière en remontant vers le nord-est.

— *Siga a seta !* cria l'un des guérilleros en désignant un nouvel arbre gravé d'une flèche.

— *Vamos com cuidado !* recommanda Flavia en sortant son Glock.

Il paraissait peu probable que le lieu soit truffé de policiers, mais, depuis l'arrestation de son père, elle vivait dans la paranoïa. Elle prit la tête du cortège, recommandant la plus grande prudence à ses hommes.

Sebastian eut de la difficulté à faire les quelques

mètres restants. Il avait les yeux collants et saignait du nez. Secoué de tremblements, proche du malaise, il transpirait par tous les pores. Cette fois, la migraine qui lui vrillait le crâne lui fit lâcher prise. Au bord de la rupture, il tomba à genoux.

— *Levante-se !* hurla l'un des hommes en se portant à sa hauteur.

Sebastian essuya la sueur sur son visage et se releva avec peine.

Il but quelques gorgées à sa gourde, cherchant du regard Nikki et ses deux enfants. Les images se brouillaient, mais il put distinguer les membres de sa famille serrés les uns contre les autres, toujours sous la menace des gardes du corps de Flavia.

Alors que Jeremy adressait un petit signe à son père, il fut ébloui par un éclat de lumière. Un objet, à moitié enfoui sous les broussailles, brillait de mille feux. Discrètement, l'adolescent le ramassa malgré ses deux poignets entravés. C'était un briquet-tempête en or blanc gainé de cuir. En examinant le boîtier, il remarqua les initiales L.S. entrelacées sur le chapeau argenté.

Lorenzo Santos…

C'était le briquet que sa mère avait offert à Santos ! Il le glissa dans sa poche en se demandant comment il avait pu atterrir en pleine jungle.

Puis le groupe reprit sa marche en avant, se

coulant dans le sentier que Memphis Decker avait sommairement dégagé quelques semaines plus tôt.

Au bout de dix minutes de marche, Flavia donna un nouveau coup de machette puis écarta une dernière branche.

La carcasse de l'avion s'étendait devant eux.

Énorme, saisissante, effroyable.

64

Ils avancèrent prudemment.

Long de plus de vingt mètres, le corps argenté du DC-3 brillait sous la végétation. Le train d'atterrissage avait sauté sous la violence du choc et le cockpit s'était fracassé contre un gros tronc couché qui avait écrasé la pointe sous le gouvernail. Son fuselage bombé était cabossé, ses flancs troués par une dizaine de hublots qui avaient volé en éclats. Quant à la voilure, elle s'était brisée des deux côtés, décapitant les deux flèches d'acier. L'avion n'était plus qu'une vieille carcasse bientôt rongée par la corrosion.

Sauf que cette carcasse contenait 50 millions de dollars.

La drogue, enfin…
Un sourire mâtiné de soulagement illumina le

visage de Flavia. Tout en elle se détendit. Elle était enfin parvenue à retrouver la cocaïne. Les millions qu'elle tirerait de la vente de la cargaison allaient lui permettre de ressusciter le cartel des *Seringueiros* ! Elle n'avait pas fait tout ça pour l'argent, mais pour sauver l'honneur de sa famille. Son père, Pablo Cardoza, ne l'avait jamais prise au sérieux. Il ne jurait que par ses deux imbéciles de frères qui passeraient pourtant la fin de leur vie en prison. Elle seule avait été assez maligne pour échapper à la police. Elle seule avait été assez intelligente pour retrouver l'avion. Son père était souvent surnommé l'*Imperador*. Désormais, ce serait elle, l'*Imperatriz* de la drogue ! Et son empire s'étendrait de Rio à Buenos Aires en passant par Caracas et Bogotá…

Deux coups de feu claquèrent dans le silence moite de la jungle, sortant brutalement Flavia de ses rêves de grandeur. Sans qu'ils aient pu esquisser le moindre geste, les deux guérilleros qui ouvraient la marche s'écroulèrent au sol, atteints d'une balle en pleine tête. Planqué dans la carcasse du bimoteur, un sniper les ajustait, utilisant l'un des hublots comme meurtrière ! Une troisième balle fendit l'air, frôlant la jeune Brésilienne qui se jeta au sol pour s'emparer du fusil-mitrailleur d'un des membres du commando. Les Larabee plongèrent à leur tour à terre, roulant dans la végétation et se recroquevillant pour éviter une balle perdue.

La réplique fut d'une violence inouïe. Flavia et son garde du corps arrosèrent le bimoteur, noyant le fuselage de leurs tirs croisés. Des gerbes de flammes et d'étincelles jaillirent des fusils. Les balles sifflaient de tous les côtés, ricochant contre la carlingue dans un fracas étourdissant.

Puis le silence succéda au tonnerre.

— *Eu matei ele*[1] *!* affirma le soldat.

Flavia était dubitative. Sûr de lui, le guérillero se rua imprudemment pour enjamber la porte latérale qui perçait le fuselage. Après quelques secondes, il en ressortit réjoui et plein d'entrain :

— *Ele esta morto !* annonça-t-il triomphalement.

Le doigt sur la détente, Flavia avait regroupé la famille Larabee qu'elle tenait dans le viseur de son IMBEL.

— *Matá-los*[2] *!* ordonna-t-elle à son homme de main.

— *Todos os quatro*[3] *?*

— *Sim, se apresse*[4] *!* dit-elle en pénétrant à son tour dans la carlingue.

1. « Je l'ai tué ! »
2. « Tue-les ! »
3. « Tous les quatre ? »
4. « Oui, dépêche-toi ! »

Le guérillero tira une arme de poing de son étui et l'alimenta d'un nouveau chargeur. Visiblement, ce n'était pas la première fois qu'il exécutait ce genre de besogne. Sans trembler, il imposa à ses prisonniers de se mettre à genoux côte à côte dans les broussailles.

Sebastian, Nikki, Camille, Jeremy…

Il posa le canon froid contre la nuque de Jeremy. Terrorisé, l'adolescent transpirait à grosses gouttes et tremblait convulsivement. Sa bouche se déforma. Écrasé par la culpabilité, épouvanté par les conséquences de ses actes, il fondit en larmes. Il avait cherché à réunir ses parents, mais son idéalisme naïf avait basculé dans l'horreur. À cause de lui, sa sœur, son père et sa mère allaient mourir.

Les sanglots s'étouffèrent dans sa gorge.

— Pardon, hoqueta-t-il au moment où le tueur posait le doigt sur la détente.

65

Flavia s'avança dans la carlingue de l'avion. Le tunnel sentait la poudre, l'humus, l'essence et la mort.

Elle naviguait entre les caisses de cocaïne, se frayant un passage dans le corridor jusqu'au corps de Santos. Le flic était criblé de balles. Un filet de sang noir et épais s'écoulait de sa bouche. Flavia regarda froidement la dépouille en se demandant qui était cet homme et comment il avait pu retrouver l'emplacement du DC-3 avant elle. Elle s'accroupit et surmonta sa répugnance pour fouiller dans la poche intérieure de la veste du mort. Elle y cherchait un portefeuille, mais elle tomba sur un étui de cuir contenant un insigne de la police de New York.

Inquiète, elle allait se relever lorsqu'elle aperçut le bracelet métallique qui enserrait le poignet droit du flic.

Des menottes ?...

Trop tard. Dans un dernier effort, Santos ouvrit les yeux et attrapa le poignet de Flavia pour le glisser dans le deuxième bracelet qu'il referma dans un clic.

Prise au piège, paniquée, la jeune Brésilienne essaya vainement de se libérer, mais elle était dorénavant enchaînée.

— *Aurélio ! Salva-me*[1] *!* hurla-t-elle pour appeler à l'aide son homme de main.

Les cris de « Barbie Narco » suspendirent le geste du guérillero. Alors qu'il s'apprêtait à exécuter Jeremy, il releva son arme et abandonna ses prisonniers pour se précipiter à l'intérieur de l'avion. Il traversa l'habitacle du bimoteur et se porta au niveau de Flavia.

— *Me livre*[2] *!* haleta-t-elle.

Aurélio comprit aussitôt le parti qu'il pouvait tirer de la situation. Ses yeux brillèrent d'une flamme folle. Tout pouvait lui appartenir ! La drogue et les millions de dollars, le pouvoir et le respect. L'excitation d'une vie débarrassée de toute contrainte...

Il leva le canon du Glock et le posa sur le front de Flavia.

1. « Aurélio ! Sauve-moi ! »
2. « Délivre-moi ! »

— *Sinto muito*[1], murmura-t-il avant de faire feu.

La violence de la détonation couvrit le bruit de la porte à double battant que Sebastian venait de refermer sur le fuselage.

Il se retourna vers Nikki et, d'un signe de tête, lui demanda de mettre leurs enfants à l'abri.

Alors, il alluma le briquet-tempête de Santos et le projeta à travers l'un des hublots.

Les rafales tirées par les fusils d'assaut avaient criblé le fuselage et percé le réservoir principal. Baignant dans l'essence, le bimoteur s'embrasa, tel un bûcher dont les flammes montèrent rapidement jusqu'aux dernières branches des arbres.

Puis il explosa.

Comme une bombe.

1. « Je suis désolé. »

Deux ans plus tard

Tout avait commencé dans le sang.
Tout finirait dans le sang.

Les cris.
La violence.
La peur.
La douleur.

La séance de torture durait déjà depuis plusieurs heures, mais le temps se dilatait, abolissant les repères comme dans un délire fiévreux.

Épuisée, tendue, haletante, Nikki ouvrit les yeux et fit un effort pour reprendre son souffle. Allongée sur le dos, elle sentait la chaleur oppressante qui courait sur sa peau, les pulsations de son cœur qui cognait dans sa poitrine, la sueur qui baignait son visage.

Le sang palpitait dans ses tempes, compressant son crâne et troublant sa vision. Dans la lumière crue des néons, elle distinguait, par bribes, des images effrayantes : seringues, instruments métalliques, tortionnaires masqués qui s'affairaient dans un ballet silencieux en échangeant des regards entendus.

Une nouvelle lame de fond souleva son ventre. Au bord de la suffocation, elle étouffa un hurlement. Elle aurait eu besoin de répit et d'oxygène, mais, à présent, il fallait aller jusqu'au bout. Elle s'accrocha aux accoudoirs en se demandant comment elle avait tenu le choc la première fois, dix-sept ans plus tôt. À côté d'elle, Sebastian prononça quelques mots de réconfort, mais elle ne les entendit pas.

La poche des eaux se rompit, puis le rythme des contractions s'accéléra pour devenir plus intense. Le gynécologue stoppa la perfusion d'ocytocique et posa les mains sur son ventre. La sage-femme l'aida à reprendre haleine, lui rappelant de bloquer sa respiration alors que la contraction arrivait. Nikki laissa passer la douleur, puis poussa de toutes ses forces. Progressivement, l'obstétricien dégagea la tête du bébé puis, lentement, les épaules et le reste du corps.

Alors que le nouveau-né poussait ses premiers

cris, Sebastian afficha un large sourire et serra la main de sa femme.

Le médecin jeta un œil au monitoring pour contrôler le rythme des battements du cœur de Nikki.

Puis il se pencha pour vérifier que le jumeau se présentait bien la tête en bas et se prépara pour la seconde naissance.

Merci

à Ingrid,
pour ses idées, son implication et son soutien.

Table

guillaumemusso.com

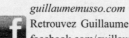
Retrouvez Guillaume Musso sur Facebook
facebook.com/guillaume.musso.fanpage

POCKET N° 15074

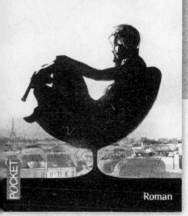

GUILLAUME MUSSO

MUSSO

L'appel de l'ange

POCKET

Roman

Dans **leur téléphone, il y avait toute leur vie**

Guillaume MUSSO

L'APPEL DE L'ANGE

New York, Aéroport Kennedy. Un homme et une femme se télescopent et échangent par mégarde leurs téléphones. Cédant à la curiosité, chacun explore le contenu du téléphone de l'autre. Une double indiscrétion et une révélation : les vies de Madeline et Jonathan sont liées par un secret qu'ils croyaient enterré à jamais.

> « La fascination opère. On plonge dans le "mystère" Musso comme, gamin, on sautait à pieds joints dans les flaques. »
> Pierre Vavasseur – *Le Parisien*

Retrouvez toute l'actualité de pocket sur :
www.pocket.fr

POCKET N° 14671

Quand la vie
ne tient plus
qu'à un
livre...

Guillaume MUSSO

LA FILLE DE PAPIER

Tom Boyd, un écrivain célèbre en panne d'inspiration, voit surgir dans sa vie l'héroïne de ses romans. Elle est jolie, elle est désespérée , et elle va mourir s'il s'arrête d'écrire. Impossible ? Et pourtant !
Ensemble, Tom et Billie vont vivre une aventure extraordinaire, où la réalité et la fiction s'entremêlent et se bousculent dans un jeu séduisant... et mortel.

Retrouvez toute l'actualité de pocket sur
www.pocket.fr

POCKET N° 14327

MUSSO

Que serais-je sans toi ?

Ils se connaissent,
ils se détestent,
ils se sont lancé
un défi mortel

Guillaume MUSSO
QUE SERAIS-JE SANS TOI ?

Gabrielle a deux hommes dans sa vie. L'un est son père, l'autre, son premier amour. L'un est flic, l'autre est un célèbre voleur. Ils ont disparu depuis longtemps, laissant un vide immense dans son cœur.

Le même jour, à la même heure, ils surgissent pour bouleverser sa vie. Gabrielle refuse de choisir entre les deux, elle voudrait les préserver, les rapprocher, les aimer ensemble. Mais il y a des duels dont l'issue inéluctable est la mort. Sauf si...